33—

O que é ser rio, e correr?

Alberto Guzik

O QUE É SER RIO, E CORRER?

Sete histórias

ILUMI//URAS

Copyright © 2002:
Alberto Guzik

Copyright © desta edição:
Editora Iluminuras Ltda.

Capa:
Fê
sobre *Trois études de personnages couchés dans un lit*, tríptico (1972), Francis Bacon (modificado digitalmente).

Revisão:
Ana Teixeira

Filmes de capa:
Fast Film - Editora e Fotolitos

Composição e filmes de miolo:
Iluminuras

ISBN: 85-7321-155-5

2002
EDITORA ILUMINURAS LTDA.
Rua Oscar Freire, 1233 - 01426-001 - São Paulo - SP - Brasil
Tel.: (0xx11)3068-9433 / Fax: (0xx11)3082-5317
iluminur@iluminuras.com.br
www.iluminuras.com.br

ÍNDICE

Adonias 13

Orianne 37

J.H. 59

João Gabriel 87

Helena Maria 123

Rodrigo 155

Dora 181

"Olho o Tejo, e de tal arte
Que me esquece estar olhando,
E súbito isto me bate
De encontro ao devaneando —
O que é ser-rio, e correr?
O que é está-lo eu a ver?"

Fernando Pessoa

Em memória de Plínio Marcos, mestre

Para Wolff Rothstein — amigo e
parceiro de aventuras na arte —,
que acompanhou a gênese deste livro
desde o instante de sua germinação

ADONIAS

Quente abafada tarde, desagradável, úmida. Suor à flor da pele, roupa colada ao corpo. A poluição paira no ar, quase visível. Não aqui, na ilha entre dois rios divergentes de automóveis e ônibus ruidosos, fumarentos, junto de um alto e feio poste de metal, mas lá, ao longe, para os lados da praça Oswaldo Cruz, na outra ponta da Paulista. A avenida perde-se na lonjura, envolta num vapor marrom e cinza que ofusca o céu azul da tarde mormacenta. Um homem musculoso, camiseta branca e jeans justos, botas e cinto pretos, aguarda a mudança do farol. Um a mais no pacote de pedestres parados ali, que ele olha desatento. Presta atenção é à camada fina de sujeira que o cerca, intangível. Ao respirar, tem a impressão de sentir na garganta e nos pulmões o chumbo e os venenos emitidos pelos escapamentos dos veículos. Somados a poluições maiores e menores, sufocam a cidade sob uma tênue capa podre.

Pisca os olhos escuros, passa a mão pelo rosto. A pele azeitonada, as pálpebras, o nariz de aletas levemente achatadas, os lábios grossos, todo ele está coberto de gotículas de suor. Tira do bolso do jeans um lenço. Seca mãos, depois rosto. Dobra, meticuloso, o lenço e coloca-o no bolso outra vez. Lembra de cenas que viu em algum programa de tevê, talvez um documentário. Numa cidade qualquer do Oriente — seria Tóquio? — pessoas atravessam uma neblina feia, escura, com máscaras brancas no rosto. Ele lembra que poderia suster a respiração, como quando criança. Brincava no rio, atrás da casa da avó, lá no mato. No fim das tardes de muito calor, e todas eram, mergulhava no poço formado pelo cotovelo do riacho, um canto sombreado, verde, e apostava com ninguém quanto tempo seria capaz de ficar submerso sem respirar. Ao fim de cada mergulho, subia ofegante, exausto, feliz, sangue tamborilando nos ouvidos, sem saber se havia ganho a aposta. Sentia-se muito vivo, capaz das maiores façanhas. Isso foi muito antes de... Mas que besteira pensar naquilo agora.

Olha o relógio vistoso. A sessão deve estar perto de começar. O filme sai de cartaz hoje. Não quer perder. É com um ator que não conhece, morto faz tempo. Laurence Olivier era seu nome. *Hamlet* é como se chama o filme. Lembra-se de que começou a assisti-lo na televisão uma vez, mas cansou logo. Filme escuro, em aparelho pequeno velho preto e branco, não dá pedal. E a porra era legendada. Não lê rápido, fica difícil acompanhar. Pior ainda na tevê, umas merdas de umas letrinhas miúdas. Ficou com sono, foi dormir.

O que é ser rio, e correr?

Cinema é diferente. Não faz mal se não entender. Na sala escura, observa os atores, segue seu jogo, vibra quando nota os truques que usam para convencer o público de que estão sentindo o que não sentem. Isso é que o atrai, vez após vez, todas as vezes.

Impaciente, observa anúncios colados ao poste. Em um deles, soletrada a custo, a palavra "novelas", em grandes caracteres vermelhos, chama sua atenção. Com esforço decifra o resto. Um curso de interpretação garante encaminhar alunos para elencos de telenovelas. Alguns nomes mais ou menos conhecidos enfileiram-se na condição de ex-estudantes, sob fotos três por quatro borradas, indecifráveis. Ele arranca do poste a parte de baixo do panfleto, que traz o telefone do curso. Olha mais uma vez seu grande relógio metálico. Tem o exato tempo de ver o filme e correr para o estúdio. Marcaram a cena para as sete da noite. Sabe deus a que horas aquilo vai começar, mas ele é profissional. Se disseram às sete, às sete vai estar lá. É assim que ganha a vida.

Entra no Conjunto Nacional e vai reto para o Cinearte. Não passa os olhos pela vitrine da livraria. Odeia ler. Se puxa pelas idéias, fica com a vista baralhada, dor de cabeça. Cinema, não. No cinema sente-se bem. Querendo, pode não ler nada. Mesmo quando não sabe de que falam os atores. Gosta de todo tipo de filme. Muito mais dos americanos, de comédia, mocinho, máfia, policial, capa-e-espada, musical de dança. Não liga para estes filmes, os de arte, como dizem; são chatos. Dormiria, não fossem também os atores, que fazem a diferença. Conhece bem os atores depois de todo esse tempo. Na hora sabe se são bons, só de bater o olho. Avança rápido, desce as escadas do cinema, ofega até a bilheteria.

Gagueja ao pedir a entrada, atrai por um momento a atenção da mulher de seios vastos murchos do outro lado do vidro. Ela vê um rosto bem feito, cabelos escuros curtos, franja separada ao meio sobre a testa. O penteado mais a roupa e a lisa pele azeitonada dão ao homem um ar juvenil. Só na segunda olhada, a bilheteira nota que já passou dos trinta. Ou a fina teia de rugas ao redor dos olhos e as têmporas grisalhas são precoces?

Indiferente à contemplação de que é objeto, ele paga o ingresso e vai para a sala. A bilheteira alonga o olhar e nota algo de felino em seu andar, um toque de elegância malandra calculada, destoante do traje juvenil, que revela os contornos dos braços, tórax, coxas, musculatura exibicionista e abrupta, vulgar, obtida à custa de aparelhos e anabolizantes. Ela suspira, enterra entre os seios amplos o breve desejo, volta a fitar as escadas e o corredor da galeria, ao alto: não vai aparecer mais ninguém.

A sala de espera está quase vazia. Oito, dez pessoas. Também, quem quer ver esse *Hamlet* no meio da tarde, dia de semana? Aliás, quem quer saber desse tal de Laurence Olivier? Ele mesmo não estaria ali, sequer passaria perto, se o velho Silva não insistisse tanto, não martelasse. Não fosse Silva, veria só filmes de Clint Eastwood, Bruce Willis, Tom Cruise e Demi Moore, Sharon Stone, Michelle Pfeiffer, a deusa dos seus sonhos. Mas de uns tempos para cá, depois que passou a conversar um pouco, pouquinho, com o Silva, anda assistindo também a esses tais filmes de arte.

O Silva falou que falou desse Laurence Olivier, tanto encheu o saco, que agora está parado ante o cartaz em que se destaca, contra um fundo preto, a imagem de um jovem loiro, olhos escuros, lábios finos, camisa branca de mangas largas presas nos punhos, gola de renda, segurando uma espada, gesto arrebatado incompleto no ar. Essa cara não existe, tem alguma coisa que parece falsa, só uma máscara, como é que pode um homem ser só uma máscara?, que besteira. E eu vou me enfiar três horas no cinema, no meio do dia, só por causa que aquele velho Silva disse que... Melhor ir embora. Mas é tarde. Pagou a entrada. Não sairá sem assistir ao filme.

Só que mixou aqui, vou acabar com essa brincadeira, chega de fazer o que a bichona diz, ou fico pinel, feito o cara. Tem que ler isso, tem que ver aquilo, vai no museu, no teatro. Eu? Quem disse que eu quero ler, que eu vou no museu? Teatro é coisa pra fresco. Nem não dá dinheiro. Se desse, o velho Silva não precisava fazer iluminação lá no estúdio, ia era operar luz nos palcos, que tanto gosta. Eu? Não. O que preciso é me arranjar na televisão, pô. É lá que tá a grana. Então eu ajeitava a vida, arrumava umas bocas, desfile, baile debutante, o cacete, umas propagandas. Daí voltava naquela merda de vila cheio da gaita, maior carrão, queria só ver que filho da puta ia falar alguma coisa de mim. Calava a boca de todos, na maior.

Enfia os dedos nos os cabelos grossos, que empurra para trás, gesto nervoso, depois leva a mão da nuca ao queixo. Sacode a cabeça. Se um gesto pudesse apagar memórias... Ele não esquece: entra mês, sai mês, mais de quinze anos, muito mais. Quando chegou a São Paulo? No ano em que virou presidente o general dos cavalos, como se chamava o figura? Era rapaz, novinho ainda, de menor. Arrumou trabalho em um bar na João Mendes, atrás da Sé, perto do Fórum, ralando no balcão, mão na água gelada, o maior inverno, como fazia frio naquele tempo! As mãos iam da enregelante água para a ardente chapa, e dali para a máquina de café, queimavam de frio e de calor.

Segurou as pontas até que o saco estourou. Foi procurar outra vida. Sonhava, queria ser artista, como os das novelas da televisão que via nas cores desmaiadas do aparelho suspenso sobre o caixa do bar. Jamais chegara sequer a fazer um teste. Mas era obstinado. Um dia... Queria só ver, no maior domingo, naquela cidadinha de bosta, todos bestando em casa, tevê ligada depois do almoço e minha cara no Faustão, dando entrevista, beleza, mano, o novo artista da novela, botando banca, porque isso e aquilo.

Perdido em seu devaneio, não nota o início da sessão. Quando dá por si, o diminuto público entra. Corre na direção contrária. Entra no banheiro branco, que cheira a desinfetante. Posta-se diante da peça de cerâmica alva em forma de pêra. Abre a braguilha com um movimento ágil. Mija sossegado, saboreia a solidão. As paredes de azulejos arrefecem o calor. Não seria mau ver o filme no banheiro.

O que é ser rio, e correr?

Ri da idéia, como se tivesse grande graça. Procura dirigir o jato para o exato centro do ralo.

A porta abre-se. Alguém se aproxima. Um vulto coloca-se frente a um urinol distante. Um momento depois pula para outro, mais próximo, e em seguida para a divisão vizinha. O homem, com o rabo dos olhos, percebe um rapaz alto, magro, cacho de cabelos castanhos caindo sobre a testa. Os olhos do rapaz atrás de óculos de lentes grossas fitam o pau do homem, que perde a concentração. Irrita-se ao sentir que o fluxo diminui e cessa antes da hora. Não tem certeza de perceber um movimento do rapaz em sua direção e não espera para se certificar. Recua com um movimento brusco que assusta o outro. "Veado de merda, vai ver o que é bom", diz entredentes enquanto caminha para a porta fechando a braguilha, afivelando o cinto. Fumegando de raiva, sai do banheiro.

A sessão já começou. Perdeu uma parte dos créditos. Não importa. Jamais consegue ler qualquer coisa além do nome do filme e dos atores principais. Os créditos deveriam vir sempre no fim. Dessa forma, quem, como ele, não se interessa pela lenta lista de nomes, poderia ir-se sem perder tempo. Este filme tem letreiros que não acabam mais. A música sinfônica antiga não agrada. E, pior de tudo, a fita é preto e branco no cinema também, não só na televisão velha, comprada de segunda mão. Se tem coisa que ele não agüenta, é preto e branco. Tinha dito isso pro pentelho do Silva, que não tem saco pra filme em preto e branco. E o descarado mentiu, garantiu que era o maior tecnicolor, lembra que Silva falou, exagerando cada sílaba. Agora ele está ali, na sala abafada, cheiro de mofo, quase cego na escuridão. Depois de um tempo vislumbra silhuetas, volumes, poltronas. Às apalpadelas acomoda-se. As pupilas ajustam-se, vê imagens, homens vestidos em roupas de outra época que parecem muito agitados, ansiosos, aflitos. Tenta acompanhar as legendas. Mas são estranhas as palavras, nem português parecem, "vós sois", "potestades celestiais", coisas assim. Cruza os braços, emburrado. Pensa em sair. Fica. Estica-se na poltrona. Se deixar o cinema, que vai fazer até a hora da sua filmagem? Não quer andar à toa. Voltar pra casa, nem pensar. Tenta cochilar. Desiste. O filme é barulhento. Falam alto, muito nervosos, todos.

Não poderia dizer depois em que ponto foi fisgado. Mas foi. A história, ainda não entende. Percebe vagamente alguma vingança. Por quê, é incapaz de dizer. No entanto, o loiro do cartaz, o mocinho, tem qualquer coisa que o faz arregalar os olhos. Um jeito de andar, de olhar, um modo de falar que parece... Não conhece palavras para expressar o que sente. Mas é uma calidez, algo físico que sai da tela e o envolve. Vibração, isso, e energia. A voz do loiro nem é bonita: metálica, desagradável, mas o jeito como o cara fala — e fala muito — é sensacional. Deve estar dizendo coisas difíceis lá no inglês dele, mas parece que inventa tudo na hora. O homem de camiseta sabe que só os melhores são assim. E conhece isso na própria pele, pois tentou, como é difícil decorar um texto, mesmo de duas linhas, o mais simples! Está atento. Costas distantes do encosto, corpo atraído pela tela, concentra-se no desempenho do loiro, o tal Olivier.

Tão absorto está que não nota o rapaz de óculos que se sentou ao lado. Quando percebe o calor de uma coxa que roça a sua, metralha um palavrão, dá uma cotovelada seca e violenta. O outro solta um arquejo brusco de dor. O homem grunhe: "Se vier de novo atrás de mim, te mato, veado nojento".

Salta para uma poltrona próxima e tenta concentrar-se outra vez no filme. Impossível. Furioso, levanta-se, vai para o fundo da sala. Deixa-se cair numa cadeira. O velho molejo geme sob seu peso. Fica ali, arquejante. Soergue-se. Vai voltar lá e dar umas porradas de verdade no escroto, murro no nariz, na boca, pra aprender. Mas não, melhor não. Tem de se controlar. O professor da academia vive dizendo: nem tudo se resolve na porrada. Tesa, crispada, a custo a respiração normaliza-se.

Procura mais uma vez envolver-se no sortilégio do ator. Mas está muito puto. Como esse baitola, duas vezes, não só uma, quem ele pensa que... Cerra as mãos com força, fecha os olhos. Ouve sons, frases, tinir de espadas, gritos. Precisa saber o que rola com o loiro que não consegue se vingar. Refreia a desordem de suas emoções e abre os olhos. Sobem as palavras THE END em toda a largura da tela e ouve-se uma solene tristonha marcha. Acendem-se as luzes, o escasso público sai. Vê de soslaio o veado quatro-olhos de cabelo na testa, lança-lhe um olhar de rancor venenoso quando passa ao seu lado. É muito alto, caminha de um jeito oscilante. Gostaria de lhe chutar a bunda, que rebola. Mas fica onde está, feroz, punhos cerrados, lábios apertados. Um funcionário cinza de uniforme cinza dá volta em toda a platéia, lento, murcho, e some. Entram alguns gatos pingados e acomodam-se. Não quer se lembrar de seu horário. Todos atrasam, ele fica horas esperando até que cheguem. Desta vez os outros vão esperar. Quer ver o começo do filme. Depois vai. Não é longe. Tudo culpa da bicha lazarenta. Se não tivesse me deixado tão emputecido...

A nova sessão tem início. Desta vez, os letreiros intermináveis não incomodam o homem, que também não liga para a música solene. Laboriosamente decifra as legendas. O tal Hamlet é príncipe de um lugar chamado Dinamarca. O pai dele morreu, mataram, e a assombração aparece. Quer vingança. O sujeito que acabou com a raça do velho e papou a viúva era irmão dele, vê se pode! Mas se o tal Hamlet já era adulto quando essa baixaria rolou, ele que devia ter sido eleito rei em vez do tio. Em tudo que é filme de capa-e-espada funciona assim, quem vira rei é filho do que bateu as botas. O homem arregala os olhos quando vê o loiro surgir, tão fantasmagórico quanto o pai fantasma, movido por energia espantosa. Porisso ficou, para tentar entender. Logo ele, que manja tanto de atores. Tinha de ter percebido qual é a do loiro. Mas não conseguiu. E o cara nem é tão bacana assim. Com essa voz de arara... Olha aí, ele exagera, que coisa, isso não é jeito de falar, parece comédia. Esquisito é que não fica esquisito. É uma coisa feita pra ser assim, mesminho assim. Desse modo, que é de outro tempo. Ninguém fala nem anda como esse cara. Mas...

É o "mas" que o faz ficar um pouco mais e mais um pouco. Como uma criança que não sossega enquanto não souber o que faz a caixa tocar música, o carrinho andar, o pião rodar zunindo até cair. Não tiveram brinquedos quando crianças, ele e a fieira de irmãos mais velhos. Brinquedos eram pá e enxada, porque foram quebrar as costas na roça tudo desde novinho. Quem brinquedos tinha era... Mas não quer lembrar, não, é sem precisão. Aí está o tal Hamlet. Como ele é tão bom? O loiro fala, nunca ninguém falou tanto assim; é por isso, vai ver, que não consegue fazer nada, só fala. Coisa chata. Apesar disso, o homem não vai embora.

O tempo passa, o filme avança. Esforça-se para não lembrar da hora. Remorso nenhum pelo atraso. Será a primeira vez. De repente, o rosto do loiro ocupa toda a tela. A imagem de dor mais funda em que já pôs os olhos. Lê, devagar: "Ser ou não ser". Não acompanha as outras palavras. Mas aquilo ele entende. Experimenta em si o sentido. Como não viu a frase na outra sessão? Foi a bicha lazarenta? Não importa. Agora ficou a sua frente o tempo necessário para que a decifrasse. E a frase dança ante seus olhos: "Ser ou não ser". Assiste ao enlouquecimento da mocinha que se afoga, tão maltratada que foi. Boquiaberto, estonteado, segue como pode a história vertiginosa. Esquece-se de que não gosta de preto e branco. Lembra que pensou que o loiro era só uma máscara, não um homem. Que máscara! Mesmo que esteja morto esse Olivier, a intensidade da dor, da raiva que sente, está ali, presente. O homem testemunha conluios, desafios, o tio-rei que trama contra o loiro, o duelo, a mãe-rainha que toma uma bebida com veneno. E morrem. Nem o príncipe escapa. Também, bundão, não conseguiu fazer nada! Mas se morreu, levou todo mundo com ele. O loiro está caído no chão. O homem lê outra frase: "O resto é silêncio".

Arranca-se ao feitiço. Tarde, quase nove. Sobe escadas aos pulos, sai para a Paulista. O calor da sala adensa-se na rua. Ar parado, noite morna, o calor pega na pele. Ele tem pouca grana, mas foda-se. Faz sinal para um táxi.

Não guarda memória das ruas pelas quais o carro avança. As paisagens familiares ficam invisíveis ante o raiar da estranha percepção de que em sua cabeça — ele não gosta, sente agonia quando pensa em alma — existe alguma coisa — uma idéia? — que antes não estava lá. Algo que não compreendia e agora entende. Como, entende? Não entende nada, porra! Nem uma poeira mudou depois que saiu do cinema. E ficou longe de gostar tanto do filme, arrastado, em preto e branco, uma falação que não tem fim, que porre! Mas ficou duas sessões seguidas para ouvir essa frase: "Ser ou não ser". E a outra: "O resto é silêncio".

— Pô, Adonias, isso é hora de chegar, caralho?
— Todo mundo aí, esperando. Vai ver, acha que é o John Holmes.
— Ou aquele outro, lá, o tal do Longdong.

O diretor e o produtor, que também fazem as vezes de câmeras, cenógrafos e maquiadores, quase pulam no pescoço de Adonias no momento em que este salta do táxi em frente a um galpão, numa ruela torta no Centro, perto da praça da Bandeira.

— Se aprontar mais uma dessas, seu filho da puta...

— Olha aqui — Adonias não pára de pensar no loiro do filme, mas não é por isso que sua cota de paciência está baixa —, não ofende, não, entendeu, que eu nunca aprontei nenhuma com vocês. Tou toda vez aqui, na hora marcada. Uma vez que eu atraso, é essa merda? Fico sempre esperando, porra. — Olha para os dois homens a sua frente. Ao contrário do que costuma ocorrer quando é confrontado por quem paga seus serviços, não sente vontade de tentar acomodar as coisas. Ouve as frases que lhe são arremessadas como se o alvo fosse outro.

— Mas hoje você...

— Acha que a gente não tem mais nada que fazer, a não ser...

— Virou estrela, tá pensando que pode mandar e desmandar aqui.

— Só que se enganou.

— Como você, a gente arruma de dúzia.

O diretor e o produtor falam ao mesmo tempo, interrompem-se, esbravejam, espumam. Adonias olha-os, imóvel. Não faz menção de entrar, nem a dupla lhe abre passagem. Fica o trio em pé, na rua vazia. Dentro do tosco estúdio, os dois outros membros da equipe, um fulano míope de cabelos brancos e costas curvas e uma mulher de meia-idade com avental de faxineira sobre um vestido azul, observam a discussão. Adonias tira os olhos dos sujeitos vociferantes e observa as pontas das próprias botas. Nada diz. Sai andando na direção do Anhangabaú.

— Ei, espera aí — berra o diretor.

— Tá pensando o quê? — uiva o produtor.

— Como eu vocês arrumam de dúzia.

— Ô cara, volta aqui.

— Você não entendeu direito.

— Entendi muito bem. — Ele tem de pagar o aluguel, o médico da porra da velha, a academia, o pó. Mas tanto faz. Vai se virar.

— Calma. Vamos conversar, cara.

O diretor e o produtor ladeiam Adonias. Moderam o tom. Você tem de entender nosso lado. Estamos aí, há duas horas, esperando. É pra espantar se a gente tava esquentado? Vamos lá. Tem trabalho pra fazer. Adonias, calado, deixa-se conduzir para dentro do barracão. Talvez com medo de que ele mude de idéia, o produtor fecha as portas grandes de madeira com uma lingüeta travada por um gordo cadeado. O diretor, que segue Adonias, grita para o fulano de cabelo branco e a mulher de avental:

— Ninguém tem mais nada pra fazer? Vamos começar essa merda. Já perdemos muito tempo.

Adonias, sempre mudo, vai para o fundo do galpão, onde servem de camarins cubículos do mais ordinário compensado. Diretor e produtor vistoriam o cenário e o escasso equipamento: duas filmadoras domésticas, refletores com longos anos de serviço a seu crédito.

Adonias tira rápido a roupa. Observa-se nu em um espelho rachado. Depois veste uma sunga branca, justa. Em movimentos rápidos, práticos, espalha óleo na pele. O corpo, sem pêlos, ganha um fosco brilho. Ouve uma batida na porta desconjuntada do camarim. É Silva, o fulano de cabelo branco.
— E aí? Viu o filme?
— Vi.
— Então?
Silva passa pouco dos cinqüenta, mas aparenta muito mais. Cabelos de um branco sujo, pele morena, rosto seco gretado, anda inclinado para a frente. Apesar dos gestos discretos, da roupa sóbria, neutra, há uma acentuada feminilidade em sua atitude. Examina Adonias com um brilho no olhar. O constrangido mas indisfarçado desejo leva-o a fitar com ar de cão faminto o corpo exposto. Atrás dos óculos de lentes grossas, armação de plástico preto, uma das hastes atada com esparadrapo, reluz duplo seu tesão pelo outro. Adonias, sempre besuntando o corpo, rosna:
— Te manda.
— O que que eu...
— Achei um porre, se quer saber.
O velho iluminador abre os braços, desolado:
— Como pode?
— Podendo, entendeu? Fiquei foi de saco cheio.
— Não acredito. Gostou de...*E o vento levou*, e não do *Hamlet*?
— Encheu. Só lero-lero. E não fica aí de conversinha, tenho mais o que fazer. Só porque atrasei, esses cuzão vêm torrar. E agora você com essa bosta de filme em preto e branco. Não disse que odeio preto e branco?
Quer a bicha longe. Um babaca, nem teste na Globo é capaz de arrumar. E diz que trabalhou lá. Há! Observa Silva, que se manda daquele jeito maricas para a mesa de luz. Três frases e acabou com o cretino.
Adonias arrepende-se. Pensa em chamar Silva, falar do rebouço que o filme fez em sua cabeça. "Caguei", resmunga. Espalha o óleo nas coxas. Pronto.
Apanha um roupão vermelho. Não o veste, ou na hora da ação terá de lambuzar-se com mais óleo, que tem cheiro enjoativo. Enfia os pés em havaianas e sai do camarim. Vai até o cenário, um semicírculo de tecido branco no centro do qual há uma grande cama de casal com lençóis de pano sintético, desagradável ao tato. De um lado da cabeceira, um criado-mudo capenga, pintado de branco. Do outro, um vaso com palmeira de plástico. Adonias atira o roupão em uma cadeira cambaia e senta-se na borda da cama. No criado-mudo há um tubo de vaselina e camisinhas.
— Caralho, produção ordinária. Não podiam comprar umas melhores? Essa aqui rasga — reclama.

— Do jeito que tão as coisas, tem de dar graças que ainda dá pra comprar camisinha, entendeu? Se não gostou, da próxima vez traz as suas — diz o produtor, ocupado em carregar uma das câmeras.
— Se tiver próxima vez — acrescenta o diretor. — Sabe que a gente não trabalha com encrenqueiro, não sabe?
— E aí? — grita o produtor na direção dos camarins — Vai demorar muito, Lulu? Só falta a senhora.
— Lulu? — ruge Adonias.
— Algum poblema? — indaga o diretor.
— Ia ser a Wanda.
— Mas não foi. Qual o galho? – pergunta o produtor, belicoso.
— Eu e Lulu, nós já trabalhamo junto. Num filme do Zézo. Ela não foi com a minha cara, nem eu com a dela. É uma pentelha filha da puta.
— Eu também não tou indo com a tua cara, sabia? — retruca o produtor. — Que te deu, Adonias? Tá estranhando? Enrabichou e levou pé na bunda?
— Tem rabicho nenhum.
— Então, o que é? — insiste o produtor.
— Nada, não. Avisaram pra Lulu que é cena comigo?
— Ela tá sabendo.
— Se invocar, eu...
— Ela tá sabendo, já disse.
Adonias pede um café. Silva arranja-lhe uma dose da beberagem fraca doce morna num copinho plástico. Ele pega o café sem agradecer e sem olhar para Silva. O iluminador encanecido afasta-se mudo, encurvado, fitando o chão. Vai até os refletores fixados em tripés e ajusta os focos. A operação serve-lhe de pretexto para observar Adonias de longe enquanto contém com um lenço lágrimas que teimam em se acumular nos olhos míopes.
— Oi, gente.
Lulu é morena, baixinha e gorducha, seios grandes, coxas grossas, voz aguda de criança. Não só a voz. Andar, gestos, modos, tudo nela é infantil. A calcinha e o sutiã de renda vermelha, além dos tamancos de verniz cor de vinho e salto agulha, estabelecem, com sua sugestão de volúpia, um contraste perturbador com o jeito pueril. Adonias, de costas para Lulu, não reage a sua entrada nem responde ao cumprimento que lhe é endereçado, mais que a qualquer outro. Olha o copinho vazio que segura nas mãos, como se ali estivesse o fim de suas aflições.
O diretor e o produtor falam com Lulu, elogiam a escolha da *lingerie*, pedem-lhe que se deite, ordenam a Silva para acender os refletores, põem um CD num aparelho velho. Os alto-falantes distorcem a música repetitiva.
— Então, vamos lá, Adonias? — diz o produtor. É magro, pálido, calvo, com ralos cabelos finos, cor de areia. Sua camiseta bege exibe largas manchas de suor sob os braços. Apanha a câmera e olha para Adonias, que devolve o olhar e depois se levanta, lento, caminhando para trás de uma porta falsa. O diretor grita:

O que é ser rio, e correr?

"Gravando". Adonias dá três pancadas na porta com os nós dos dedos. Lulu, deitada, sempre calçando os tamancos de verniz, sorri um sorriso profissional e flauteia:

— Pode entrar, meu bem. — Estira-se na cama, contorce o corpo, joga um braço para cima da cabeça, dobra as pernas.

Adonias abre a porta, que oscila quando a fecha com força. Fica em pé, descalço, roupão fechado. Olha para a mulher que serpenteia sobre a cama, acompanhando a música monótona. Ele não sente nada. Sabe apenas que gostaria de não estar ali. Fecha os olhos. O rosto do ator de *Hamlet* volta a sua memória, e traz a expressão assustada da mocinha, aquela que o tal príncipe maltrata, e que fica pirada. É coisa errada pra pensar, não vai me deixar de pau duro. Preciso me concentrar, lembrar coisa que dá tesão. Um fragmento de imagem passa por sua cabeça, mas ele não quer, não é isso.

— Tá ótimo, Lulu, continua assim — diz o diretor, que opera a segunda câmera. — Agora você, Adonias. Chega mais perto. Tira o roupão.

Ele obedece, mas sabe que não vai dar pé. Seus olhos cruzam com os de Silva. Desvia o olhar. Busca não fitar Lulu. Se o fizer, será pior. Com gestos impessoais, mecânicos, desaperta o laço do roupão, abre-o, despe-se devagar. Tenta esvaziar a cabeça, não pensar em nada. De que adianta o esforço? O tesão está longe. Não sabe o que fazer. Se não quer transar com a vaca, como ficar entesado? O que é sempre tão simples — dando a Adonias a sensação de que suas ereções são produto da vontade, de que basta desejar ficar de pau duro para que o sangue comece a correr —, agora tarda. Ele não se move. Gotas de suor na testa.

— E aí, meu? — diz o diretor. — Tá gastando filme, pô.

Lulu puxa para baixo a sunga branca. Adonias fita o nada. Ela resmunga alguma coisa que ele não entende, mas faz rir o diretor, que de joelhos, no chão, aponta sua câmera para o rosto da mulher. Lulu brinca com as bolas de Adonias, o pau murcho. Os dedos da mulher têm unhas compridas, desproporcionais à minúscula mão. Nada acontece. Ela suspira, resmunga e, com ar resignado, aproxima a boca do cacete indiferente. Olha para cima, busca os olhos de Adonias, que continuam perdidos no vazio. Adonias não facilita o seu trabalho. Ao contrário, dá um passo para trás, afastando a pélvis dos lábios tintos de vermelho, que se acercam. Lulu grita:

— Broxa! Tu tá broxa, porra. O grande machão tá broxa. — Deixa-se cair na cama. E ri. O corpo pequeno sacode-se todo, gelatinoso, convulso. — Tem de tomar Viagra, cara. — Ela gargalha.

Adonias fica parado, nu, pau mole, junto da cama, por um tempo pavimentado de humilhação e rancor, sentimentos incandescentes que o induzem ao salto felino, veloz. Joga-se sobre Lulu. Em um instante estapeia seu rosto uma, duas, dez vezes. Ela grita, ele bate com mais força. Ela reage, atraca-se com Adonias.

— Quem é broxa, puta, quem?

Ele resmunga, rosna e bate. Sente gosto de sangue na boca. Tem só uma raiva sem fim. Espanca a mulher, furioso, mecânico, bruto. Lulu morde, arranha.

— Separa os dois — grita o diretor para o produtor, sem parar de registrar com sua câmera os movimentos frenéticos, violentos, de Adonias.

— Separa uma porra. Agora é que tá bom — diz o outro, no canto oposto da cama, câmera rodando.

Silva olha a cena assombrado, boquiaberto. Observa Lulu, que se deixa atingir pelos golpes de Adonias.

— Ele tá machucando ela, é capaz de matar — berra, enfim.

— Fica quieto, panaca, cê não entende nada. Olhaí, ela tá gostando.

— Isso, machão, bate mais — geme Lulu —, acaba comigo, esmurra que eu gamo, meu home.

Ela incita, desafia. Adonias lembra do loiro do filme, de quando arrasta a mocinha pelo chão, berrando para ela que se enfie em um convento, ou coisa assim. Adonias não sabe por que, mas aquela memória e essa putinha que se contorce como enguia sob seus golpes deixam-no excitado. Tem até dor no pau, de tanto tesão. Levanta-se e mostra para Lulu o pau enfim rijo, rubro. Enfia uma camisinha com gestos frenéticos e práticos. Ela, que tem um fio de sangue no canto do lábio, sorri e abre-se para ele. Adonias não lhe dá trégua. Mete com uma fúria que a faz gemer.

— É isso aí, gente fina — berra o produtor. — Vai, agora, piça, assim. Mas devagar, preciso filmar essa pica entrando. Caralho, quer estragar tudo?

Adonias tenta controlar-se. Lulu, de costas, pernas abertas, está inteiramente entregue, não reage às ordens, nem as ouve. Incita Adonias. Quer mais, e mais fundo. Ele tira o cacete de dentro dela com um recuo brutal, que a faz gritar. Coloca-a de quatro na cama e a enraba.

— Perfeito, tá ótimo. Assim. Olha pra mim, Lulu, não esquece de mim — exige o diretor, a câmera a um milímetro do rosto suado da mulher, que tem os olhos esgazeados e não dá mostras de ouvi-lo.

— Isso, me fode, me fode, machão — ela geme de quando em quando. Adonias nada diz. Concentra-se na posse, nas estocadas fundas. Agarra-a pelos cabelos, que segura como um arreio. Lulu grita. Mas nem ele pára de meter, nem ela de exigir mais.

O produtor percebe que Adonias está a ponto de gozar.

— Não vai acabar dentro dela, seu puto. Eu não pago teu cachê se você gozar dentro, tá me entendendo?

Adonias arfa, geme, grunhe. Ofegante, arranca o pau das cálidas entranhas de Lulu, tira num gesto convulso a camisinha. Goza. As gotas brancas de esperma espalham-se pelas nádegas, pelas costas de Lulu. Caem de bruços na cama, Adonias soterra o corpo miúdo de Lulu sob seus músculos luzentes; depois afasta-se. Lulu choraminga e geme.

— Lulu, cê tá bem? — Silva está preocupado.

— Tô. Mas não por causa desse escroto filho de uma puta – ela rosna. Adonias levanta-se e veste a sunga. Enfia os pés rapidamente nos chinelos, veste o roupão.

— Filho de uma puta — repete Lulu.

— É pra você aprender a não se meter com quem não conhece, entendeu? Por que não vai pra um convento, sua vaca?

— O quê? — cospe ela, pondo-se de joelhos. Tem hematomas escuros na face, nos ombros, nos braços. O fiapo de sangue que escapou da comissura dos lábios secou sobre a pele morena, um risco escuro que desce na direção do queixo.

— Que você disse?

— Vai pra um convento, vaca.

— Você é um bosta, entendeu, Adonias? — Lulu tem os olhos arregalados fixos nele. — Se eu quisesse, ia pra um convento, sim, cuzão. Ia ser melhor que agüentar merdas como você. Da outra vez já foi escroto comigo. Hoje cheguei numa boa, a fim de ser profissa. Mas você é um cagalhão, um broxa que pra ficar entesado tem de bater e...

Ela não completa a frase. Com um berro, Adonias avança, cenho crispado, braço dobrado, mão fechada em punho. É contido a custo pelo diretor e o produtor, que o empurram, esperneando e esbravejando, para o camarim. Silva, ainda ao lado da cama, olha a cena, assustado.

— Que que deu nele? — pergunta o iluminador a Lulu, que, com raiva fremente, olha-o como se o visse pela primeira vez.

— Não é o seu queridinho? Não vive falando com ele pelos cantos? Vai lá, vai ver o que aconteceu. Quero que ele se foda. Tá acabado. Vou botar a boca no mundo. Todos vão saber. Vai lá, vai.

— Lulu, vim ajudar você, ele te bateu e...

— Cê queria que ele tivesse batido em você, né? Que tivesse te enrabado, como me enrabou, aquele porco. Tem de bater pra ficar de pau duro. Vai atrás dele. Quem sabe não é hoje seu dia, bicha? — Ela quase grita, com raiva. Silva afasta-se, atarantado.

No camarim, Adonias, irado, lava o rosto na pia rachada. Passa a toalha umedecida pelo corpo. Nem pra instalar um chuveiro ali servem os merdas. Mas pra fazer sermão, não há como o produtor e o diretor, que falam com ele sem parar, postados um de cada lado da porta aberta.

— Tem de se controlar, cara, pensa que...

— Além disso, podia ter se enroscado feio. Se acontece alguma coisa com a Lulu, se ela tem de ir pro hospital, quem ia pagar, você?

— Assim não vai mais dar pra gente te chamar, cara.

— Parece que não precisa da grana.

Adonias não responde. Seca o corpo com o roupão que usou na cena e começa a vestir a roupa, dobrada na cadeira. É madrugada já, mas o calor abafado permanece. Sem vento, o ar fica parado. Ao vestir a camiseta, sente-a molhar-se com o suor que pensou ter acabado de secar. O diretor e o produtor continuam a falar.

— Você é dos bons, cara, quando quer.

— Mas precisa se acalmar, meu. Ou você não tem mais muito tempo neste negócio. Sabia?

Ele sai do camarim, onde o calor está mais concentrado e o ar tem um cheiro azedo. Pára em frente ao produtor e estende a mão aberta, palma voltada para cima. O careca cala-se e olha para Adonias, que ainda não disse uma palavra. Medem-se. Depois, tira do bolso uma carteira e puxa de lá algumas notas. Estende-as para Adonias, que conta rápido, e pergunta:

— Só?

— É o combinado.

— Uma mixaria.

— Já te pago demais, encrenqueiro. Mas... Quer ganhar o dobro? — indaga o produtor de supetão.

— Que foi, tá louco? — diz o diretor, assustado.

— Deixa eu acertar isso — retruca o produtor.

— Pra fazer o quê? — silva Adonias.

— Mais um filme, amanhã.

— Que filme?

— O dobro, Adonias.

— Pra fazer o quê? Comer outra vaca, como a Lulu?

— Se fosse isso, te pagava a mesma coisa. É outro barato.

Adonias entende.

— Eu não faço — diz, seco.

— O dobro, Adonias.

— Não.

— O triplo — diz o produtor.

— Agora pirou de vez — corta o diretor. — Eu acho que...

— Não acha nada — seca o produtor. — O Adonias decide. Topa?

— Não.

— Três vezes teu cachê.

— Não.

— Vamos filmar na mesma hora de hoje. Pensa bem.

— Não trepo com homem.

— Vai ser normal. Não tira pedaço. Só que em vez de comer uma...

— Não.

— Não vai se arrepender, garanto. — O produtor olha-o esperançoso.

Adonias sacode a cabeça, obstinado. A lembrança do ator louro e do seu olhar de ódio dirigido ao tio que matou o seu pai volta à memória. Esse filme tá me assombrando. Maldição. Gostaria de dar um murro no nariz desses bostas, mas hoje já aprontou muito. Não quero encrenca. Enfia o dinheiro no bolso e caminha para a porta.

O produtor segue atrás, insiste:

— Não decide agora. Pensa bem. Quem sabe amanhã cê muda de idéia. Te digo, cara, vai dar o maior pedal. É rápido, meu. Todo mundo profissa pra caramba.

— Não vou fazer filme de veado.

— Se mudar de idéia, telefona.

Adonias nada diz.

— Caralho, vai me falar que cê nunca fez uma sacanagem, um troca-troca?

Adonias pára junto da porta e lança ao produtor um olhar rancoroso. Este, no entanto, não se intimida:

— É a mesma coisa, porra, qual o problema?

— Vai cagar e me deixa em paz, cara. — Adonias sai para a noite abafada e opaca. Enquanto avança pela rua, ouve de novo a voz do produtor:

— Na mesma hora de hoje, falou?

Ele anda no passo incerto de quem não sabe onde vai. Cabeça em turbilhão. Devia ter esganado a puta. E esse produtor escroto. Fazer filme de *gay*? A porra que eu vou. Só porque ele e o diretor dão a bunda um pro outro, acham que todo mundo... Tão pensando o quê? Eu, não, entendeu? Eu, não. Desce para a quase deserta praça da Bandeira. Não olha onde pisa, mãos cerradas, saltos das botas batendo no chão. A noite é quente. Adonias avança, automático, rilhando dentes. Caminha pela rua Formosa, de onde avista todo o vale do Anhangabaú, cortado por túneis, passarelas e viadutos, que ele encara como se não estivessem ali. Sobe as escadarias para o viaduto do Chá. Sujeira. Cascas de laranja em tiras finas. Cheiro de urina. Em certo ponto, de merda. Por toda parte pessoas sob pedaços de papelão. Adonias desemboca no viaduto e avança para a praça Ramos.

A Barão de Itapetininga exala odores ácidos e pastosos, intoleráveis. Adonias apressa o passo. A rua é um acampamento de esmolambados a céu aberto. Dormem sob cobertores imundos, folhas de jornal, pilhas de trapos que a sujidade acinzenta. Escapam das trouxas informes, aqui e ali, um pé, um braço, mãos, membros recobertos de crostas escuras de pó, de feridas, cabeças encimadas por cabeleiras hirsutas, rígidas, incolores. Adonias não consegue desviar os olhos. Tem tanto medo, sempre, de acabar ali um dia, de se ver reduzido àquilo. Contrai os lábios; a boca cerrada transforma-se em um traço fino. Como se assim pudesse evitar o contágio da desgraça que o cerca dos dois lados da rua. O que alguém dizia no filme do ator loiro? Não consegue lembrar com certeza. Mas era qualquer coisa sobre o que estava podre lá. Não um peixe ou comida estragada, mas pessoas podres, um lugar podre, disso falavam. Como aqui, com essa gente fedida, suja: crianças cheirando cola e brigando, um homem tocando punheta, um casal trepando.

Adonias apressa o passo, uma sensação ruim no peito. Eu me mato antes, não vou ficar assim. Avança seguido por crianças imundas que pedem dinheiro. Uma delas acompanha-o, insistente, chega a puxar sua camiseta. Com alívio sai para a avenida Ipiranga. Atravessa a rua. Anda teso, sem olhar para os lados. Passa em frente ao Cine Marabá e observa de relance o grande cartaz de um filme de caratê. Eu devia era ter vindo aqui, em vez de ir naquele filme chato, bela bosta. Mas a imagem do ator louro não sai de sua cabeça. Ser ou não ser. Ser ou não ser o quê?

Adonias não entende. Mas a frase gira em sua cabeça, vai e vem, como palavras que dançam no ar em comerciais da televisão, quando a tela é percorrida de cá para lá, de lá para cá, por palavras que o exasperam. Coisa de fazer doido, isso.

A cidade na madrugada quente enlanguesce cansada, suja. A luz pálida que desce dos postes muito altos dá às ruas aspecto doentio, repugnante. Adonias está exausto, quer dormir. Na esquina da Ipiranga com São João, ouve um grito:

— E aí, meu, vai passando assim, sem nem falar com os mano?

— Quê? — Adonias prepara os punhos e firma os pés no chão, pronto para a briga. O pedaço é perigoso. Nunca se sabe quando vai aparecer uma gangue rival, um trombada. Respira aliviado ao ver seus companheiros de academia, meia dúzia de homens musculosos, cabelos curtos, vestindo camiseta e coturnos, como Adonias.

— Ô mano, fazendo o que na área? — diz ao estender a mão, palma para a frente, cumprimentando o líder, esse mulato mais alto, que o chamou.

— Tamos dando umas volta. Agora távamos pensando em assustar umas bicha. Vem com a gente, meu?

— Tô meio cansadão.

— Pô, cara, vamo lá, faz tempo que ocê não sai com a gente pra zoar.

— Tá bom. Mas antes tô a fim de uma cerva.

— Claro, mano. Tá na mão.

No mesmo instante uma lata de cerveja é pentregue a Adonias. Esta noite ele não tem vontade de caçar aventuras com seus colegas de malhação. Mas não pega bem recusar o convite, são capazes de cismar com ele, e então... A bebida morna tem gosto ruim. Adonias gostaria de uma carinha de pó. Sabe até onde conseguir, mas os manos não curtem. Só cerveja. Adonias engole o conteúdo da lata a contragosto.

Caminham, os sete homens à espreita, pela praça. Adonias vai ao lado do chefe, que o retém perto de si pelo braço enquanto fala as coisas que costuma dizer sempre: que é preciso limpar o lixo: as bicha, os preto, os judeu, os comunas, e só então as coisas vão entrar no eixo, e daí gente como nós, eu e você e os mano, nós vamos poder ter a vida que nós merece, e... Adonias sente-se zonzo. Que diria o mano se soubesse de que modo ganha a vida? Seria capaz de espancá-lo, como agora está procurando um veado pra judiar, e os manos todos, que são cordiais, que acabaram de dar cerveja e de trocar cumprimentos com Adonias, ajudariam na sova. Passam por um grupo de quatro veados que conversam e dão

O que é ser rio, e correr?

risinhos em uma esquina. Vêem outros três, que correm apressados e somem na direção do metrô. Alguém murmura, baixo:

— Olhaí.

Adonias vê um garoto de vinte e poucos anos, camiseta preta, justa, jeans, que caminha só. Deve ter bebido, pois tem dificuldade para andar em linha reta. Adonias quer fugir do assalto iminente, mas não opõe resistência quando o mulato mais alto empurra-o na direção do moleque, que é magro e fraco. Isso vai ser fácil. A trombada é violenta; o garoto, arremessado para a frente, tenta manter o equilíbrio e olha em volta, sem entender o que acontece. "Ei, vê onde...", começa. Não diz mais que isso. "Que foi, bicha, tá querendo briga?", berra Adonias, cercado pelos manos, que sorriem por antecipação. "Não, eu..." diz o garoto. Adonias poderia impedir a surra. Não precisam fazer isso, bater no bostinha, já tá assustado, olha a cara dele, deixa ir, pensa. Mas nada diz. O primeiro soco é ele quem desfere, um murro de direita contra o rosto do veado. Sente nos nós esfolados dos dedos a força do golpe. Uivos de dor e rogos diluem-se numa tempestade de socos e chutes. Os sete homens desferem saraivadas de golpes no menino indefeso e aturdido, que balbucia a custo: "Pelo amor de... Nossa Senhora...". Mais socos e chutes atingem o garoto, que está caído há uma data no chão, uma trouxa sangrenta, inerte, convulsa, sujeita à fúria animal. Adonias chuta e bate mais que os outros, com feroz alegria. Ouve os gemidos inúteis, o som seco dos golpes, o estalar sinistro dos ossos que se partem. Ao bater, sente a irmandade na fúria que o une a esses homens com um elo mais forte do que o sangue. Sangue, há sangue real ali a fortalecer o vínculo, sangue do menino. Sangue que corre da boca carnuda, dos ouvidos. Adonias ouve gritos altos, berros, passos em tropel: "Que cês tão fazendo? Pára com isso. Putos de merda. Polícia, chama uma ambulância". Ao longe, uma sirene.

— Vamo se mandá que vai pintá sujeira — diz o mulato mais alto. — Dispersa. Se encontramos no bar do Paulão.

Adonias chuta mais duas, três vezes. Os gritos ao longe aumentam. "Não deixa eles fugirem, os filhos da puta! Que foi que fizeram?" A fraternidade na violência desfaz-se. Adonias não pode ficar mais ali. Olha para as mãos. Os nós dos dedos estão machucados. Ao tocá-los sente a pele pegajosa. Sai correndo a toda velocidade, exaltado e trêmulo. É sangue o que tem nas mãos e que as torna grudentas, sangue da bicha, o mesmo sangue que suja sua calça, sua camiseta. Atravessa a avenida. Não quer, não deve ser pego. Ouve sirenes ao longe e, mais fracos, gritos: "Por aí, um foi pra lá. Filhos da puta, assassinos". Quanto tempo durou tudo? Olha para o pulso, não tem mais o pesado relógio com seu nome gravado no verso. Perdeu-o na confusão Puta merda. Detém-se, precisa voltar, ver se o encontra. Mas claro que não pode voltar. Está todo sujo de sangue. Bateu na bicha até acabar com ela. Ouviu quando berraram "assassinos". Mas ninguém precisa lhe dizer o que fez. Sabe que matou o garoto, e sente uma espécie esquisita de prazer. Tem de continuar a correr, assim, isso, mesmo que a respiração esteja no fim. Avança pela São João. Percebe silêncio ao redor. Não estão mais atrás dele. Desacelera aos poucos, passa da corrida a um caminhar apressado.

Ainda está sem ar quando pára diante do portão grafitado e sujo de um edifício enorme, cuja entrada dorme dia-e-noite na penumbra do viaduto. Abre-o com uma chave grande, entra, passa pela portaria desolada e deserta, anda pelo corredor longo de paredes manchadas de umidade: seus passos não ecoam na gasta passadeira de borracha verde esbranquiçada e repleta de rasgos. Passa por quatro placas indicando "elevador", e detém-se em frente da quinta e última. A superfície de madeira escura da porta está mutilada, lanhada de alto a baixo. Com estrondo e um sacolejo engasgado, a máquina pára. Ele entra na caixa de fórmica verdolenga, que sobe aos trancos. Desce no 18º andar e avança por um corredor arruinado, com luminárias banguelas.

No fim do sombrio túnel, povoado de ruídos vagos, noturnos, pavimentado de lajotas na maior parte soltas, detém-se ante uma porta pintada de marrom. A tinta, depositada sobre velhos sulcos e cicatrizes, não cumpre o papel que lhe foi destinado: dar feição melhor à madeira dasta que anos de incúria e maus-tratos dilaceraram.

Adonias abre-a e entra. Num recuo no corredor, a cozinha. Uma minúscula pia, fogareiro alimentado por botijão de gás, geladeira, pratos, copos, tudo escrupulosamente limpo, arranjado com ordem no exíguo espaço. Sobre o fogareiro há um volume esférico envolto em pano xadrez verde e branco, pouco visível na penumbra lançada pela lâmpada fraca, sempre acesa junto de uma cruz simples de madeira, acima do filtro d'água, ao lado da porta do banheiro. Descalça as botas, que deixa junto da pia, e vai para o chuveiro. Ao ver o estado de sua roupa no espelho, assusta-se. Não pode deixar que ela a encontre. Despe-se, rápido, e entra debaixo da água fria. O chuveiro elétrico está quebrado e não há dinheiro para o conserto. Esfrega-se em gestos rápidos, rudes, sente dor nas mãos, o veado tinha ossos duros. E o relógio que ele deixou lá, com seu nome, será que vão encontrá-lo, que amanhã, hoje, agora, a polícia vai aparecer aqui na bosta da quitinete?

Enxuga-se com a toalha rala, que prende na cintura; apanha a roupa, avança pelo corredor. Não acende a luz, evita fazer barulho. Os poucos móveis são visíveis na luminosidade difusa que vem de fora. O néon de um *outdoor* brilha a noite toda do outro lado da rua e ilumina o viaduto deserto, silencioso. Por pouco tempo. O funil formado por seu prédio e outro, do lado oposto da rua, concentra e duplica em eco a vibração dos motores dos veículos que logo circularão pelas pistas. Adonias vai no escuro até a cama encostada à parede, sob a janela.

Senta-se devagar, corpo dolorido. Esconde a roupa manchada de sangue embaixo da cama. Joga o corpo e deixa-se ficar deitado. Ao lado da cama há uma cortina de algodão, flores grandes sobre um fundo branco, estendida em quase toda a extensão da sala. Além, ele ouve o ressonar inquieto, acompanhado cá e lá de um gemido, de um ronco. Agora mesmo, ao passar junto da mãe, pensou em parar e ver se precisava de alguma coisa. Desde a doença, parece que... Mas, não se deteve no sofá arrebentado onde ela dorme, próximo da mesa de fórmica na qual se equilibra a televisão, antena esticada para a esquerda, encimada por uma esponja de aço. Adonias estende o braço, apanha a camiseta de dormir e a veste. Senta-se, enfia os pés em chinelos de dedo. Com um suspiro, levanta-se e passa de novo pela cama da mãe, sem olhar para ela. Na cozinha, pega o embrulho esférico e um garfo. Encosta-se na pia. Retira o guardanapo verde e branco, o prato que cobre o outro, ambos de sopa e lascados. Macarrão com almôndegas, ainda morno, pouco molho vermelho, ao canto salada de alface murcha e rodelas de tomate.

Não gosta da comida que ela faz. Engole tudo rápido, em silêncio. Deixa o prato na pia, escova os dentes, volta para a cama. Quer adormecer antes de o ar ser invadido pela cacofonia dos carros no viaduto. O que o incomoda mais são as motos, que ele cobiça e odeia pelo ruído agudo, irritante. Se dormir logo, pode acontecer de ficar indiferente aos roncos, chiados, uivos, fragmentos de músicas — tudo que é som chega até ali —, e dormir o quanto quiser. Nem uma vez olha a mãe. Adivinha-a, deitada de costas sob a grande Bíblia depositada na prateleira acima do sofá, vulto miúdo delineado pela coberta leve puxada até o queixo. Ele deita-se. No travesseiro, percebe um papel.

Senta-se na cama e tateia, até encontrar a superfície rugosa de um envelope, que puxa para si. Acende enfim a luz de um pequeno abajur de plástico preso por um prego na parede, sobre a cabeceira da cama. A mãe não ressona mais, nem ronca ou geme. Ele sabe o que isso significa. Está acordada, esperando que lhe dirija a palavra. Mas isso ele não vai fazer. Porra, já não chega a... Não, nunca chega, as coisas jamais têm fim. Sente dor nas juntas dos dedos, inchadas e esfoladas. Abre o envelope com os gestos canhestros, respeitosos em excesso, de quem não está habituado a lidar com papéis. Há um timbre no envelope, um retorcimento barroco de folhas e galhos ao redor de um escudo. O mesmo desenho é repetido na folha de papel que ele pesca do interior do invólucro. Adonias soletra, mais que lê, algumas palavras que não entende, nomes de secretarias municipais, departamentos, que ele não conhece, não sabe o que são, e vai soletrando até chegar a uma expressão que entende bem: ORDEM DE DESPEJO. É o que está escrito ali, em letras de fôrma, na clareza bruta do preto sobre o branco, pouco antes de seu nome e sobrenome, além do número do apartamento. Ao decifrar aquilo, solta o papel, como se queimasse os dedos. Pragueja baixo.

— Que foi, Adonias?

A voz quebrada vem do outro lado da cortina. Mãe falou primeiro. Adonias venceu o jogo cruel que trava com a velha. Mas não pode saborear a vitória, agora.

— Nada não, mãe. Dorme. Amanhã a gente conversa.

Adonias apaga a luz e deita-se. Tem a impressão de que um peso de toneladas lhe oprime o peito. Que vai fazer? Se ao menos morasse só, sem o trambolho dessa mulher...

— Como não foi nada? — A voz fininha insiste. — Diz pra mãe. – Ela não formula um pedido. Dá uma ordem.

— Quer saber mesmo? — Sente uma irritação crescer no peito. Por que só ele tem de agüentar? Já que ela pergunta... — Tem certeza? — É uma oportunidade que lhe dá de ter ainda um resto de noite de sono. Mas ela dorme? Acho que só fica deitada, olho aberto, feito uma coruja, me espreitando, me ouvindo, me espiando. Uma bruxa, isso que é.

— Diz.
— Despejo, tá escrito aqui. Despejo. Sabe o que é isso, mãe?
— Não sou burra.
— Ordem de despejo, mãe.
— Já ouvi.
— E não diz nada?
— O Senhor vai olhar por nós. Vou logo cedo ao culto pedir proteção. Devia vir comigo em vez de ficar sabe lá onde até essas horas. Isso é vida?

Ele não responde. A mulher cala-se também. Ouvem as mútuas respirações. Atentos, parecem auscultar os mútuos ritmos cardíacos. A montanha de coisas não ditas, recriminações, culpas, ásperas interjeições, cresce mais e aumenta a distância que os separa, intransponível desde o primeiro encontro, na cama do parto, da mãe seca, austera, com o menino, filho indesejado, o mais novo de cinco.

A madrugada avança. Ele não dorme. Tem a cabeça em tumulto. Há muito tempo temia isso. O prédio está caindo aos pedaços. Não é um edifício, é uma favela com dezenas de andares e centenas de apartamentos em corredores rachados, grandes extensões de parede sem reboco, lâmpadas em fios expostos. Sua mãe cuida para que ali dentro tudo esteja sempre imaculado, sem uma mancha, um grão de poeira, o que só faz aumentar a ruína exterior. A louca é maníaca por limpeza. Quando não está no templo, um velho cinema desativado, ali pertinho, leva o dia a espanar, limpar, lavar o apartamento, sempre gemendo de dor. Quando acaba, repete a limpeza na mesma ordem. Se não há sabão, detergente, inventa, improvisa.

Adonias ali não fica. Vai para a rua o mais cedo que pode. Ainda que — e isso vem ocorrendo com mais e mais freqüência — fique dias sem resposta aos seus telefonemas, fora do elenco dos filmes pornôs e dos shows do Clube de Mulheres. Mesmo se nada tem a fazer lá fora, sai. Deixa a mãe entregue ao templo e à faxina. As manhãs passa na academia, malha por longas horas. Ferros, bicicleta, aeróbica. Almoça na rua, prato feito, sanduíche, o que puder pagar. À tarde, freqüenta bares no Centro, onde encontra seus iguais. Pode a qualquer hora aparecer algum bico. Em um dos bares renova, quando tem grana, seu sortimento de pó — tão caro, onde vamos parar? —, que cheira em banheiros, recantos, desvãos, qualquer lugar, menos em casa. Conhece gente que não acaba mais, mas não tem amigos. Volta tarde e engole a janta, que o espera sobre o fogareiro. Preferiria estar em qualquer outro lugar. Mas tem de agüentar. Apesar do espaço pequeno que dividem, ele e a mãe conseguiram manter distância. Aprenderam a morar juntos mantendo-se invisíveis um para o outro. Até agora.

Adonias não sabe o que fazer. A cabeça roda. Lembra-se da Barão, do dormitório a céu aberto, de seus ocupantes imundos, imagina-se lá com a velha e sua Bíblia, ela a reclamar com voz fininha, a xingar, a encher o saco, como encheu a vida toda, sempre fria, insatisfeita. Adonias permanece deitado de costas, boquiaberto, olhos arregalados fitando a escuridão, ouvindo os ruídos que vêm do outro lado da cortina. Não precisa pensar na bicha morta. A dor em suas mãos feridas basta. A velha, ele não saberia dizer quando, voltou a dormir. Ressona, respiração regular, resmunga palavras ininteligíveis. Adonias sente-se mais à vontade, agora. O corpo descontrai-se. Imóvel, olha o vazio, como se fosse encontrar ali a solução das aflições. Tem de achar outra casa. Como e onde, não sabe. Para alugar este lixo, foi um custo. Não tem carteira de trabalho nem registro de autônomo. Não há disso nos lugares que requisitam seus serviços. A idéia de pedir um contrato de trabalho para o produtor de filmes pornôs é tão absurda que parece engraçada. Ele sorri, mas o sorriso congela-se quando imagina o que não vai ser dele com essa mãe, quando perderem o lugar onde moram. E agora, com a história da bicha...

Amanhã vou pensar em alguma coisa, falar com a viúva do 57, ela também deve de estar atrapalhada, quem sabe se. A imagem da mulher de meia-idade, pele franzida ao redor dos lábios, vastas ancas, que lhe lança olhares insinuantes quando cruzam no elevador, no corredor, na portaria deserta, surge vívida em sua memória. A viúva tem um jeito de andar que lhe lembra a mãe do ator loiro no filme, aquela, a que casou com quem não devia. As imagens em preto e branco, que já iam esmaecendo, ressurgem nítidas, brilhantes, como se revisse agora *Hamlet*. Isso não é nome de gente. Os gringos têm cada mania... Pensa na história repleta de mortes, de crimes, de sofrimentos sem conta. E eles, que eram gente poderosa, tudo manda-chuvas, nem assim escaparam da desgraceira. Que importa isso? Coisa mais besta, ficar pensando em gente que não é de verdade, tá tudo morto. Só ficou o filme. O mocinho loiro tá morto, morreu velho, como disse o Silva, e a mocinha afogada também já morreu de verdade. O que importa é que um dia desses não vou ter pra onde ir, quem sabe a viúva não ajuda, não conhece alguém que... Se eu não for pra cadeia. Vou amanhã lá no estúdio. Será que o produtor me arranja algum? Mas e o filme de veado? Sente a raiva crescer no peito. Nunca fiz, não vai ser agora; agora, não mesmo.

Não está bem certo disso, no fundo. O que terá de aturar caso aceite a oferta? Cachê bem maior... É tentador. Mas Adonias não é novato. Sabe bem ao que vai ter de se submeter. Já viu o que aconteceu com outros. Nunca se meteram com ele, os veados que circulam pela área. Nem mesmo o velho Silva. Ah, esse merecia levar uma surra também, corno filho da puta, só enche o saco. Um aumento no cachê... Bem que precisa. Lembra do dinheiro, que deixou no bolso da calça. Precisa tirar de lá. E esconder. Ou, quando acordar, terá sumido. Irá para a sacola que o Operário do Senhor, título do escroto pastor, corre pelos fiéis, depois do culto. Isso aconteceu outras vezes. Ela rouba o dinheiro e dá para o templo. Mesmo se ficar sem comer. Senta-se na cama e alcança a calça. Enfia a mão no bolso, encontra um pedaço de papel e as cédulas, que põe dentro de uma carteira velha.

Esconde de novo a calça e olha o papel à luz da rua. É o fone da escola de teatro, que arrancou do poste, na Paulista. Havia esquecido. Tanta coisa rolou! Mas isso, quem sabe não é um sinal? Prometem a televisão, não é? Guarda o papel junto do dinheiro e põe a carteira debaixo do travesseiro.

Parece-lhe não ter fechado os olhos um instante. Mas adormeceu, pois acorda sobressaltado, coração a toda, coberto de suor. A noite está muito quente, mas não foi o calor que o fez transpirar tanto. Sonhou. Não sabe por quanto tempo dormiu. Deve ter sido um sono curto, pois está escuro ainda, e a mãe ressona e geme. Antes mesmo de tentar entender o que o assustou, ele se lembra da ordem de despejo e do loiro do filme e da bicha morta. Ser ou não ser, a frase baila em sua cabeça. Em um instante pensa que entende tudo, sabe o que tem de fazer. Em outro está perdido, achatado por um mundo dominado por regras muito acima de sua capacidade de compreensão, tão acima que causam tontura, vertigem, falta de ar. Ser ou não ser... O quê? Ser ou não ser o quê?

A madrugada está no fim. Ele não se move. Gostaria que a mãe não acordasse, como sempre acorda, antes das seis, para sair em direção ao templo, onde a espera o primeiro culto, às sete, de onde volta com dois pãezinhos tocados pela graça do Senhor, e que fazem as vezes de café da manhã. Adonias ouve ainda o ressonar fraco, os gemidos leves da velha. Não vai fazer nenhum barulho que a tire do sono de passarinho. Mesmo que ela perca a hora, pouco importa. Se ela perder a hora pra sempre, melhor ainda.

Jaz quieto no escuro, e fragmentos do sonho voltam à memória. É outra vez a mesma coisa. Se tem sonhos agradáveis, não lembra. Mas este sempre retorna. Na mesma ordem as cenas se desenrolam, como em um filme, uma história de mentira, igual à do loiro do ser ou não ser, uma coisa triste. O começo é agradável: ele está na casa da avó, no riacho, mergulhando, feliz, um moleque despreocupado, apesar da mãe ríspida, da ausência permanente do pai, dos irmãos brutos e indiferentes, e sem aviso, naquela horinha mesmo, está atrás do templo, em um barracão que serve de depósito para materiais de limpeza, cadeiras quebradas, papéis empoeirados, ajoelhado em frente ao filho do pastor, e sente prazer no que está fazendo, prazer naquela submissão, no contato com a parte mais secreta do outro, que ele tem na boca, e que está rígida, latejante, e em seguida ali está a mãe, que aos berros e tapas o agarra pelo braço, afogueado, desalinhado como está, e corre com ele para dentro do templo, clamando, anunciando que Satanás se apossou do pestinha, e a mulher interrompe o culto e brada, xinga, aponta para

O que é ser rio, e correr?

o filho, que expõe aos fiéis, e estes horrorizados olham para Adonias, e o menino está no centro da roda formada por aquela gente, do pastor que o sacode como um boneco de pano e exige a saída de Satanás daquele corpo púbere, e o garoto espancado não entende por que não fazem o mesmo com o filho do pastor, que aparece na porta, durante o exorcismo, e olha a cena sorrindo.

Nem foi a primeira vez. Quando foram descobertos, já estavam nisso fazia uns meses. O filho do pastor é que propusera os jogos, como preço da exibição de seus brinquedos, aquelas raridades, coisas que Adonias nunca tinha visto de perto. Depois só ele foi motivo de riso. No templo, na escola, na cidade. Mariquinha, mulherzinha, vem cá que eu vou te dar um picolé pra chupar. Com o filho do pastor, nada aconteceu. Adonias não entendia. E não entende até hoje, quando volta o sonho, e volta e volta. Menos ainda entende o que o levou a tomar conta da mãe, de quem só sente raiva, depois que ela foi abandonada pelos irmãos mais velhos, que saíram da pequena cidade, um por vez, à procura de emprego, e nunca voltaram, nunca deram sinal de vida. Como o pai, que logo depois do nascimento de Adonias mudou sem deixar endereço, telefone. Se fosse possível falar com eles agora, fazer com que cuidassem da mãe, quem sabe... E a avó, a única pessoa que lhe dedicou algum carinho, morreu sem mais. Era uma anciã e caiu um dia, no quintal. Foram ver, estava morta. Adonias foi ao enterro. E teve de se encarregar da mãe, velha já, bem doente. Trouxe-a para viver com ele, em São Paulo. Agora, não sabe nem onde procurar pai e irmãos. Mesmo que os encontrasse, o que poderia dizer? Ser ou não ser. Isso, só isso?

Gostaria de voltar a dormir. Não consegue. Vira-se de um lado para outro, inquieto, desassossegado. Há muito que não lembrava do sonho com tanta nitidez. A evocação da cena ocorria no outro terreno, no lado de lá da consciência. Ele acordava sabendo ter sonhado com a coisa, mais nada. Agora não. Recorda cada detalhe, e o que sonhou não é diferente do que viveu. Ele poderia ser a bicha que matou esta noite, levar os socos e pontapés em vez de receber. Daqui a algumas horas tem de decidir se faz o filme de veado. Vai dar pra encarar? Precisa do dinheiro. Anos passou tentando não pensar em... Só nos sonhos, mas sonho não dá pra controlar, dá? Desde que mudou pra São Paulo, não muito depois daquela história, fugindo da mãe, da escola, do templo, dos irmãos, não se preocupou com nada disso. Depois que largou o bar, foi trabalhar como garçom, e mais tarde como *stripper*, num Clube de Mulheres. O cinema pornô e os programas vieram mais tarde. Nunca voltou a tocar em um homem. Não é a sua. E agora... Por que tudo vem junto, ao mesmo tempo? Por que tinha de ajudar a matar a bicha?

Sua cabeça dá voltas. Ele respira com dificuldade. Podia não ter socorrido a mãe. Pra quê? Por que não fez como os irmãos? Quem nasce pra se ferrar arruma pra própria cabeça. Que nem eu. Nunca fiz nada direito na puta da vida. Só o corpo, mantido em forma à custa de uma batalha diária. Nem nisso deu certo. Tentou duas vezes tornar-se professor de ginástica; brigou com alunos numa academia, com professores noutra, e teve de se arrumar na viração. Não se incomodava. Até a morte da avó. Desde que trouxe a mãe para São Paulo, Adonias tem vivido a miséria, a raiva, a dor, como nunca. E o que o impede de ir embora, o que o mantém atado a essa mulher azeda, difícil? Não sabe. Porém, adivinha que vai ficar junto dela até o fim. Se a força das idéias pudesse matar, como seria bom!

Vira-se e revira-se na cama. Ouve a mãe. Quer dizer, não a ouve. Parou de ressonar e está muito quieta, do lado de lá da cortina florida, que ele odeia. Deve estar quase amanhecendo. Há uma qualidade diferente, mais clara, na luz que entra pela vidraça maltapada. Adonias tem de súbito a sensação de que falou em voz alta. Que estava dizendo? Caralho, que seria bom se a força das idéias pudesse matar. E se ela ouviu? E se? Ele sente-se mal. Como é que pode fazer isso, logo ele, sempre tão cuidadoso, tão atento, pisando em ovos para não criar atritos, não piorar o que sempre foi péssimo, e agora, de uma vez, estraga tudo? Que vai fazer? Ela ouviu ou não? Por que não diz nada, se ouviu? Aquele silêncio, embora quebrado pelo barulho dos carros e motos que já passam pelo elevado, aquele silêncio ali dentro prossegue. Pergunta-se se algum dia ela lhe dirá se ouviu ou não, se sabe que o filho deseja seu fim. Imagina em que ela pensará. Ser ou não ser? É isso? Adonias gostaria de saber as horas, mas perdeu o relógio espalhafatoso, que não tirava nem para dormir. E se a polícia achar e chegar até ele? A mãe não se mexe, não se levanta. Ouviu o que eu disse. Falei em voz alta. Que vou fazer? Fingir que não aconteceu nada? Isso mesmo, fingir que estou dormindo, nem que tenha de ficar deitado aqui o dia todo. A velha vai sair da cama. E aí... O quê? Ser ou não ser? É isso? E o resto é silêncio?

Lembra-se do papel em que está o telefone da escola de teatro. Tem vontade de chorar. De que adianta uma escola de teatro? Se tivesse estudo, se a mãe não tivesse estragado sua vida. Lulu... A bicha... Se nada disso tivesse acontecido, ele... Ele o quê? Que bom se um dia, no Faustão, fizesse aquela gente escrota se espantar ao vê-lo. Mas ocorre a Adonias que talvez os moradores da vila não o vissem. Poderiam estar no culto, ouvindo o sermão do filho da puta do filho do pastor.

Boca seca, Adonias ouve o ritmo do próprio coração. Alguma coisa tem de fazer. O filme de veado? Não, isso não. O barulho do trânsito aumenta. Permanece deitado enquanto a escuridão se dissipa, rápida. Do outro lado da cortina, a mãe está imóvel, como um bloco de gelo, ele pensa. Como meu pai conseguiu fazer cinco filhos nessa mulher? Não sabe. A mãe nunca teve sexo, não é uma mulher, jamais foi. A manhã avança. Ah, se as idéias pudessem matar... Ali dentro ninguém se move. Ainda. Ser ou não ser... Ser ou não... Ser ou...

ORIANNE

Acaba a comédia. Sobre os congelados sorridentes rostos de jovens atores de Hollywood sobem os créditos. A mulher não sentiu qualquer interesse. E tanto as amigas falaram, insistindo em que não podia deixar de ver. Imagine! O rapaz é bonito. Mas nada sexy. E péssimo ator, assim como a bela atriz, os outros atores. O roteiro é uma besteira sem tamanho. Ela apanha o controle remoto, desliga o vídeo e a grande tevê, que Júnior chama de *home theatre*. Larga o controle sobre a pequena mesa, ao lado do sofá.

Tem de sair, mas deixa-se ficar sentada. Olha, atenta, as unhas. Longas, ovaladas, pintadas de vermelho, um tom especial, quase sangüíneo, que se destaca nas mãos brancas, bem-cuidadas, tratadas duas vezes por semana. Desvia os olhos azuis das unhas e inclina a cabeça. Recostada em uma vasta *bergère* estofada, estampa decô, losangos creme, fundo salmão, examina-se. Veste calças pretas que se interrompem, abruptas, à meia-altura da canela. A camiseta de algodão também preta, justa, curta, revela uma faixa de barriga reta, rija, e delineia os seios redondos, firmes, ninguém diria que já pari três vezes, toda aquela dor estúpida, dois partos naturais, uma cesariana, uma coisa tão... tão... física, que horror, difícil lembrar!, e quanta disciplina, ginástica e regime, ninguém acreditaria na força de vontade que é preciso ter, podia escrever livro sobre se tivesse saco, mas não sou, felizmente, a intelectual da família, que essa raça é chata. Tem os joelhos dobrados em um ângulo transversal e lança para trás os pés miúdos, descalços.

Baixa a cabeça, joga os cabelos para a frente, descobre a nuca e massageia pescoço e ombros com dedos firmes. A cabeleira loira, cortada com esmero a cada sete dias, esvoaça, pesada. A mulher move-se — sem perceber? —, com gestos estudados, lentos. A silhueta esbelta e a roupa moderna, ousada, encontram eco na decoração *clean* do jardim de inverno. As amplas janelas dão para o vasto parque externo da grande casa. Árvores, arbustos, moitas de flores, uma pequena ponte sobre um lago de peixes coloridos. Ao longe, o perfil da cidade recorta-se contra o fim de tarde quente e poluída de inverno. Por isso está assim, irritadiça, insatisfeita, decide. Culpa da meteorologia maníaca da metrópole tacanha.

Nasceu em São Paulo mas, por sua vontade, já teria deixado este lugar horrendo há bom tempo. Poderiam morar em outra parte, não Miami, claro, com aqueles brasileiros que, francamente..., mas Paris, Londres, Nova York, San Francisco, Barcelona, um canto civilizado qualquer. Foi feliz em NY quando passou lá um ano com o marido, que fazia estágio com um *stockbroker* de Wall Street, depois do casamento. Mas Júnior, quem diz que concorda? Ninguém o arranca de São Paulo. Família, negócios, são os motivos que alega, quer que as crianças convivam com a mãe dele e meus pais enquanto estão aí, os velhos, eu gostaria de saber por quê. Não lembra nada de útil que tenha aprendido com os avós. Nem com os pais, a bem dizer. A qualquer momento estaria disposta a largar família, amigos, tudo, em troca de um lugar interessante. O Brasil é tão pavorosamente previsível! Até as crianças aproveitariam, estudariam em boas escolas, não teriam de partir para o exterior quando adolescentes para cursar universidades, o que é sempre mais difícil. Mas Júnior, como é obstinado... Suspira. Assim são as coisas.

Levanta-se, enfia os pés em tamancos de couro preto, solas tipo plataforma. É um calçado de que não gosta, difícil andar sobre essas coisas, que a fazem arrastar passos de maneira deselegante. Mas é moda. E ela, se não venera, não despreza o mundo *fashion*. Mais ainda se os estilistas lançam roupas justas, que valorizam o corpo, mantido em forma à custa de tanto sacrifício, e sapatos que acrescentam bons oito centímetros a sua estatura, alçando-a muito acima de seu 1m65.

Equilibrando-se sobre as plataformas, vai até a *nursery*. É assim que Júnior designa o quarto das crianças. Os dois anjinhos loiros de olhos claros, mais lindos que qualquer criança de publicidade, a menina e o menino, correm na direção da mãe com tanta ansiedade! Nem parece que ela os vê todos os dias, brinca com eles sempre que pode, encontra horas, suspende compromissos para ficar com suas crianças. Adora os filhos. Mas como gostam de atormentar. Distribui beijos, carinhos, não quer que desarranjem seu cabelo nem pulem em seu colo, é claro que outra coisa não fazem. Sorri e cede ao assalto num jogo pontilhado de abraços e beijos. Tentando compor os cabelos enquanto as crianças tentam se pendurar nela, troca algumas palavras com a babá. Basta olhar a mulher séria, quarentona, sotaque caipira, para se ter certeza de sua competência, e a amplidão do sorriso com que observa a brincadeira dos pequenos atesta o afeto que lhes dedica. É o que ela diz a Júnior quando o marido a recrimina por não passar mais tempo junto dos filhos. Ele não pode afirmar isso. Primeiro: é falso. Segundo: ela gostaria de saber o que diria ele, diretor-presidente de poderosa financeira, se a mulher abandonasse as atividades que rendem notas nas colunas para fazer a papa das crianças e buscá-las na escola. Bem, é preciso paciência, homens reclamam. Até a sogra implicante reconhece que ela é boa mãe. Levanta-se, caminha pela *nursery* seguida pelas crianças, que gritam, penduram-se nela.

Quando chegam à porta do quarto do bebê, ela se volta para os filhos e pede silêncio com um gesto, estendendo-lhes as mãos. Abre a porta maciça. O quarto está mergulhado na penumbra. Caminha ladeada pelos dois, agora muito quietos, até um grande berço branco, no centro do cômodo. Olham o bebê rosado de dez meses, que dorme sob o cortinado de tule branco. Ela abaixa-se, abraça forte e beija o menino e a menina; depois, com um gesto, devolve-os à babá, que os conduz para fora. Aproxima-se da ama do bebê, uma bela morena jovem, risonha, quadris largos. Sentada junto ao berço canta um acalanto, sotaque nordestino, e cala-se quando a patroa chega. Conversam em voz baixa. A mãe ergue o cortinado, deposita um beijo com a ponta dos dedos na testa do nenê e sai.

Em seu quarto olha as horas, senta-se à frente de uma grande mesa branca de *design* severo sob um espelho sem moldura preso à parede. O móvel faz as vezes de escrivaninha e penteadeira. Levanta o fone, tecla um número, convoca a governanta. Retoca a maquiagem, arranja os cabelos. Deve mudar de roupa? Não é o caso, está bem assim. Vai até o *closet* e de um dos armários apanha um paletó preto de corte masculino. Veste-o, olha-se no espelho, volta para a mesa. Abre a agenda, uma velha Filofax, capa de borracha preta. Por causa do objeto, adquirido em uma adorável papelaria do Boulevard Saint-Germain, suporta troças da irmã e de Júnior. Como é possível que prefira um trambolho desses a um *personal organizer* com *bites* suficientes para abrigar uma lista telefônica? Ela dá de ombros e continua a usar a agenda. Observa os compromissos registrados em letra miúda e regular. Uma longa lista. Provas de roupa, encontros, almoços, jantares. Dá trabalho ser casada com alguém tão ambicioso quanto Júnior. E ele tem coragem de dizer que ela passa pouco tempo com os filhos. Olha para a foto do marido, emoldurada em ágate branco. Alto, cabelos escuros, olhos pretos, atlético. Houve tempo em que sentia por aquele homem uma paixão que parecia não ter fim. Fim mesmo, o sentimento não teve, mas arrefeceu um bocado. De qualquer forma, considera, formam um belo par. Ele é o contrário de sua pequenez branca e loura. O contraste é que os distingue, faz deles alvo preferencial das colunas sociais.

— Chamou, dona Orianne?

— Entra, Ofélia.

Fecha a agenda e olha para a figura alta que se aproxima. Herdou Ofélia da mãe de Júnior, depois que a sogra enviuvou, fechou a casa em São Paulo e instalou-se na fazenda, em Ribeirão. O que Orianne podia fazer? Recusar trabalho em sua casa a alguém que praticamente havia criado Júnior, como Ofélia diz sempre que tem oportunidade? Há tempo a velha está aposentada. Tem mais de sessenta, segundo os cálculos de Júnior. O dobro disso, imagina Orianne. Sempre que dizem a Ofélia que deveria descansar, a mulher chora, pergunta que querem que faça, pois não tem família e dedicou a vida a Júnior. Cabelos cinza atados em coque, nariz proeminente, pele do rosto muito branca salpicada de marcas de varíola, Ofélia arregala os olhos de um verde aguado. Assim, continua trabalhando para eles, sempre muito cônscia de seu papel na ordem das coisas.

— Precisa de alguma coisa, dona Orianne?

— Vou sair.

— Compromisso com dona Odette. Aquele costureiro. Estou a par.

— Como sabe?

— A senhora me disse outro dia, não esqueci.

— Ah. — Orianne olha para a agenda sobre a mesa, e depois para a matrona. Prefere acreditar que não é verdade o que supõe. Mas o que é isso nas faces carcomidas da empregada? Rubor? Não, nada. Ofélia está perfeita, composta, vestido cinza, gola branca, braços cruzados. — Prepare meu banho. Volto em duas horas. Júnior vai estar aqui pelas oito e meia. O jantar é às nove e meia.

— Claro, dona Orianne.

Ofélia tem um modo de pronunciar o nome — abre muito o "a" e ainda acentua o "ne" — que irrita Orianne. É um nome esquisito, sabe disso. Quer dizer, aqui, no Brasil. Porque em Paris, quando passava lá as férias com a família, na infância, na adolescência, ninguém havia que não se encantasse com a lembrança do pai. Bisneto de barões do café, educado na França, proustômano ardoroso, dera às filhas os nomes de Orianne e Odette, e ao filho, o de Marcel. Orianne jamais leu Proust e nunca se pronunciou sobre a escolha do pai. Tivesse lido o livro, talvez fosse diferente seu juízo. Mas nada disso lhe passa pela cabeça. Observa-se ao espelho e diz:

— Veja então para a copeira pôr a mesa como eu pedi. Os pratos são do jogo de Limoges, separei as toalhas, as flores eles entregam pelas sete.

— Pode ir sossegada, dona Orianne.

— Até logo, Ofélia.

— Até. E vou cuidar para que as crianças jantem direito. Porque a babá, a senhora sabe, às vezes mima muito e...

— Não. — O tom é seco. Orianne não tem como ignorar a expressão magoada da outra. Emenda: — Você já tem muita coisa pra cuidar.

— Não ia custar nada olhar as crianças, mas se prefere assim...

— Prefiro.

— Claro, claro. A senhora manda.

No carro, rumo à casa de Odette, a quatro quarteirões da sua, afundada no couro preto do banco traseiro da grande Mercedes, Orianne olha sem ver as ruas arborizadas do Morumbi. Está furiosa. Que vai fazer? Não consegue pensar. A idéia de Ofélia bisbilhotando em sua agenda deixa-a trêmula de raiva. E não pode ser outra coisa. Ela lembra bem do que diz e do que deixa de dizer aos empregados. Jamais comentaria com Ofélia um compromisso, mesmo algo tão corriqueiro quanto o desfile de um estilista. A governanta traiu-se. Orianne tem certeza de que ela fuça em suas coisas, o que é inadmissível. Como ousou? Desde quando? Não é hábito de Orianne fazer da agenda um diário íntimo. Mas anota observações que não são para olhos alheios, muito menos para os de uma empregada. Há lembretes do que deve dizer a Júnior sobre este ou aquele assunto, resumos de conversas com amigas, a mãe, a irmã, idéias de que não quer se esquecer. A governanta não poderia ter sabido do desfile desta noite de nenhuma outra forma. É uma bisbilhoteira, e se lê a agenda, pode bem fuçar nos documentos. Intolerável.

— Oi, Ori! Nossa, que cara! Brigou com Júnior?

Odette, muito ruiva, grandes pulseiras e brincos de ouro, elegante em um vestido marrom e preto, fala muito. Orianne, perdida em pensamentos, nem se deu conta de quando o carro parou em frente à casa da irmã.

— O Júnior, que tem o Júnior, Dé? — indaga com um suspiro.

— Não sei. Mas quando te vi assim, pensei que tinham brigado.

— Imagine. Você mede todo mundo por você. Eu e Júnior estamos muito bem. Só porque briga sem parar com o chato do teu marido...

— Calma, paz, tudo bem, não perguntei nada, você não disse nada... Porque eu e Luigi, se tem uma coisa que não fazemos, é brigar. Vamos começar tudo de novo. Oi, Ori, boa-noite, tudo bem? Nossa, como você está elegante; esse paletó é um arraso, chiquérrimo.

— Claro, ganhei de uma pessoa de muito bom gosto que, por acaso, é minha irmã — ri Orianne, afagando o braço de Odette.

Trocam beijinhos, a tensão amaina, falam de coisa e tal e o carro avança. Não precisam deixar o bairro. O desfile é em um clube próximo, de construção baixa, grossas paredes de concreto, janelas estreitas verticais e horizontais que fendem o bloco cinza, expulsando para a noite quente e espessa feixes de luz amarela. Há grilos no jardim e pencas de siriris a venerar os raios luminosos que jorram dos vidros. Fingindo não serem importunadas pelos insetos nojentos, as irmãs descem do carro em um pátio abarrotado de caminhões-geradores de redes de tevê e automóveis importados.

Um homem corpulento, terno preto, cara vermelha, abre para Orianne e Odette a porta de madeira escura entalhada. São recebidas por uma assessora de imprensa muito jovem, bonita, que as faz atravessar o grande salão suntuoso e discreto e lhes indica os lugares que ocuparão, na primeira fila da arquibancada ao redor da piscina. No caminho, Odette trava animadas trocas de cumprimentos com amigos e conhecidos.

Garçons circulam oferecendo drinques e canapés. Os convidados conversam, riem e, superiores, observam os recém-chegados, que ainda não saboreiam as invenções de um falado *chef*, o *must* da temporada, e as bebidas caras. Finos que são todos, simulam não ver os cachos de siriris ao redor dos holofotes, em toda parte, no ar, largando as asas alongadas na comida, nos cabelos, pele e mãos dos elegantes, que afastam os insetos sem perder a pose.

Quando se acomodam em suas poltronas de plástico vermelhas, uma multidão de fotógrafos cerca as irmãs disparando flashes até que são atraídos por outro rosto conhecido. No meio da turba de repórteres e colunistas, que trata com polida indiferença, Orianne vislumbra um homem jovem de longos cabelos castanhos, olhos claros, terno preto de tecido leve, opaco, camisa branca sem gravata. Alto, elegante, move-se com desenvoltura em meio à massa malajambrada. Orianne acompanha-o com o olhar, nota que segura um microfone e é seguido por um câmera.

— Belo homem, hein? — Odette acompanhou o olhar da irmã e fala-lhe baixo, apertando seu ombro em um movimento nervoso, urgente. Por breve instante as duas fitam juntas o rapaz. Ele volta-se na direção delas. Seu olhar evita o de Odette e detém-se em Orianne, para quem abre um sorriso cativante de dentes alvos. — É com você a coisa, Ori, é com você! – A voz de Odette, excitada, é um miado urgente.

— Dé, fale mais baixo!

As luzes apagam-se e mergulham em breu famosos, glamourosos, artistas, jovens belos, velhos ricos, estilistas, jornalistas, arrivistas. E a massa de fotógrafos, que se espreme em uma das alças da piscina. A escuridão e a noite que avança dissipam as hordas de siriris, para mudo alívio geral. Nuvens grossas de fumaça branca são espalhadas sobre a piscina, que se ilumina por baixo, coberta por uma placa acrílica. Começa o desfile: música orquestral, motivos espanhóis. Orianne não gosta das roupas. De mau gosto o excesso de babados, a insistência no vermelho. Os modelos são belos, mulheres e homens, mas estão vestidos para um baile vagabundo à fantasia. Pensou que veria algo interessante. O estilista é um jovem brasileiro que vem trabalhando com sucesso em uma grife francesa. É seu primeiro desfile em São Paulo, após dois anos de Paris. Orianne acha tudo folclórico, até risível. Os pensamentos vagueiam para o jantar de logo mais, os convidados, Júnior, com quem conversa tão pouco agora, o que há entre nós?, eu não sei, aparentemente nada mudou, mas...

Sem transição, a música melosa é substituída por uma melodia agressiva sensual envolvente. Logo corta os ares uma voz feminina poderosa, que transfixa Orianne. Ela esforça-se apenas por entender o que ouve. Alguns instantes depois, raia a luz. Uma ária. Não faz idéia de que ópera seja, não sabe quem canta. Música clássica, que os pais adoram, não é sua praia. Ao contrário do irmão, jamais acompanhou-os a concertos. Ópera, então, nem pensar. Cinema, artes plásticas, disso gosta. Lê a respeito, compra, conhece, coleciona. Mas artes ao vivo, artistas em cena, teatro, ópera, balé, lembram-lhe circo, exibicionismo, deixam-na entre constrangida e irada. Apesar disso, rende-se à ária. Há magia na voz que escuta, fascinada. Parece-lhe já ter ouvido, há algo familiar na melodia.

A música é coleante, avança e recua, a voz da cantora firma-se, sobe, atira-se para o alto, diminui, some quase, volta a crescer depois, a alçar-se como flecha. Sempre o mesmo tema, duas, três vezes. Em que língua canta, o que diz?, italiano não pode ser, sempre achei que óperas são em italiano, espera, que é isso?, claro, *amour*, será?, lógico, olhaí de novo, *amour*, é francês, só pode ser.

Não dura muito a ária. No mesmo ar em que pairou, desaparece. Orianne deseja retê-la, impedir que se dissipe. Impossível. A ária termina, a voz se esvai, e ela sente uma angústia que lhe fecha a garganta, vontade de chorar. Por quê? Não sabe. Levanta o rosto e abre os olhos. Ouve de novo a música espanhola, adocicada, lambida por cordas e metais. Extasiada pela fúria sonora, sente-se órfã. Tem de escutar outra vez o timbre selvagem. Dissipa-se o encanto que por breve momento atirou-a para outra dimensão. Gostaria de saber o que tanto a emocionou, o que havia lá que a perturbou assim.

Os belos jovens modelos inexpressivos com roupas ridículas continuam a ir e vir pela passarela. Felizmente, o desfile está no fim. Ao som de violões gitanos, o jovem estilista alto, magro, pálido, todo de preto, entra na passarela seguido pelos modelos que sorriem, aplaudem. A tropa de fotógrafos dispersa-se antes da massa de convidados, que abandonam as arquibancadas e derramam-se sobre o piso da piscina. Orianne tem seu movimento de saída bloqueado por Odette, que a retém enquanto fala com um e outro. Orianne impacienta-se:

— Tenho de ir. O jantar.

Odette olha as horas:

— Ainda tem tempo.

— Cinco minutos — diz Orianne, contrariada. A multidão parece-lhe um pesadelo. Garçons circulam bandejas de bebidas e salgadinhos. Aquilo lembra-lhe um quadro, uma imagem grotesca, algum trecho de filme que guardou na memória. Deseja fugir dali.

— Pode me dar um instante de sua atenção?

Voz masculina, grave, próxima. Ela volta-se; o repórter de olhos claros fita-a, sorridente, dentes brancos. Atrás dele um rapaz atarracado carrega uma câmera de tevê e um garoto levanta no ar lâmpadas bojudas presas numa cruzeta de madeira.

— Falou comigo? — pergunta Orianne.

— Sim. É a esposa de Júnior, o corretor, não?

— Eu...

— Conheço seu marido. Já o entrevistei algumas vezes.

— Ah.

— Poderia dar uma declaração sobre o desfile pro meu telejornal?

— Não.

— Como?

— Não.

— Bom...

Ele sorri, afável. Orianne, que nunca se incomoda com o modo pelo qual trata esses jornalistas intrometidos, sente-se canhestra. Acrescenta:

— Já estou de saída, tenho um compromisso.

— Não vou insistir. — A voz grave do repórter mexe com Orianne, que parece estar suscetível ao sortilégio das vozes. Algo no tom do homem a faz voltar-se para ele, que continua a sorrir, amistoso.

— Você sabe qual... — a frase sai antes que Orianne tenha de fato se decidido a dizê-la — ...a música que uma mulher cantou no meio do desfile? — Observa-o ansiosa, intensa. — Ópera, uma ária, acho.

— Não sou ligado em ópera, mas conheço essa. *Habanera*, com a Callas. — Ante a expressão perplexa de Orianne, ele acrescenta: — Da *Carmem*.

— Carmem? — ela ecoa, intrigada. Só lhe ocorre Carmem Miranda. E também uma cantora de jazz que certa vez ouviu com Júnior, em Nova York. Mas não

pode ser esta, voz grave, rouca, em tudo o contrário do tenso som transparente que acaba de escutar. Quem é Callas? Não tem mínima idéia.
— *Carmen*, de Bizet — diz ele, sério, olhos transparentes fitos nela.
— E Callas, acho que...
— Maria Callas, a soprano. Uma das grandes.
— Ah. — Sente-se idiota. O nome não é estranho. Precisa perguntar ao pai. Não sabe o que mais dizer. — Bem, tenho de ir.
— Boa-noite.
— Boa-noite. Obrigada. — Orianne, pouco à vontade, quer afastar-se.
— Por nada.
— Não apresenta? — Odette aproxima-se. Ao ver o interlocutor da irmã, abre imenso sorriso. — Não sabia que conhecia o moço.
— É um repórter — Orianne fulminaria Odette neste momento, se pudesse. — Já entrevistou Júnior.
— Várias vezes — diz o rapaz, de quem Odette não tira os olhos. — Meu nome é Fernando. — Ignora Odette e fala para Orianne, voz suave, como se desejasse dissipar o embaraço dela. — Fernando Bello, da Tevê Oito.
— Belo mesmo — ri Odette, estendendo a mão, que ele aperta em um gesto breve, formal. — Sou Odette, irmã dessa mal-humorada, que é...
— Ele sabe quem sou. Pois não disse que entrevistou Júnior? — Orianne interrompe a irmã, irritada. — Agora temos de ir. — Para o repórter, sorri, breve: — Boa-noite. — Abre caminho pela multidão, que se apinha ainda ao redor da piscina, e vai para a saída. Não verifica se Odette a acompanha. Avança depressa, dirigindo um breve cumprimento aqui, outro ali.
— Você está me saindo um bicho do mato — reclama Odette, que alcança Orianne quando esta, no pátio de entrada, espera o carro, que se aproxima, um a mais em meio duma babel de automóveis.
— Quer passar na sua casa antes do jantar, ou vamos direto? — pergunta Orianne, ignorando a observação da irmã.
— Luigi ligou — é a resposta. — Disse que vai do escritório pra tua casa, aproveita a carona do Júnior. As crianças foram da escola pra uma festa de aniversário. A babá vai buscar depois. Preciso mudar de roupa? O jantar vai ser mais formal que isso? — Odette faz um gesto largo, de baixo para cima, indicando-se.
— Está perfeita, minha irmã.
Embarcam. No curto trajeto de retorno, Orianne deixa a conversa por conta de Odette, que adorou as criações com motivos espanhóis do estilista. Desperdiça palavras a rodo, quem estava no desfile, quem não, o que disse a irmã do fulano, e a filha do beltrano, então, que está saindo, veja se pode, com o primo daquela lá, o tal que... nunca imaginaria. Orianne quase não escuta, mas incentiva Odette intercalando gesto ou interjeição entre as frases. Há muito acostumou-se à exuberância incontida, aos discursos intermináveis, a que presta displicente atenção.

Sabe, pela expressão, pela intensidade, quando deve reagir. E deixa-se levar pelas próprias emoções, que agora a conduzem de volta à lembrança da ária, à autoritária voz cortante, imperiosa, inefável.

— Bom-dia, mamãe.
— Bom-dia, Ori. Viu o jornal? Seu jantar foi um sucesso.
— Nada de mais.
— Como assim? Já viu a coluna do Silveirinha?
— Claro. Quer fingir que é íntimo. A senhora sabe.
— Júnior ficou satisfeito?
— Sim. Não disse nada, mas pelo jeito, fechou o negócio.
— Seu marido é uma jóia.
— Você e papai deveriam ter vindo.
— Seu pai, cada dia que passa está mais arredio. Diz que odeia festas, que não tem mais tempo. Prefere ficar aqui, lendo! Eu fico com ele.
— A senhora sempre tem uma boa desculpa, mãe.
— Por mim, iria com todo prazer.
— A noiva do Marcel trouxe um amigo, um professor francês que veio dar um curso, lançar um livro. Especialista em Proust. Papai teria adorado.
— Fica para outra vez.
— Vocês estão bem?
— Conforme Deus é servido. Melhor não perguntar. Ah, Ori, a velhice é chata... E os pequenos, como vão?
— Ótimos. O bebê está no jardim, no sol. As crianças, na escola.
— Não me conformo. Com dois, três anos, na escola. No meu tempo...
— Era diferente. Mas hoje é assim. — Orianne, após breve pausa, indaga: — Mãe, sabe se papai tem alguma gravação da *Carmem*?
— Quatro, acho, em LPs e CDs. Por quê?
— Gostaria de ouvir.
— Desde quando se interessa por ópera?
— Alguma gravação é com uma tal de Callas, acho que Maria Callas?
— Não sei. Pode ser. Ele adora a Callas. Por que isso, Ori?
— Curiosidade. O pai está em casa?
— Foi dar uma volta, fazer exercício, depois que eu infernizei muito. Fica enfurnado o dia todo naquela biblioteca, isso não é certo. O médico...
— Claro, mãe. Tem razão. — Pausa. — Pede a ele pra me ligar?
— Você quer saber da *Carmem*?
— Entre outras coisas.
— Ori...
— Sim?
— Está tudo bem, filha?
— Lógico. — Orianne ri. — Interesse por ópera é sinal de doença?

— Não, Orianne, que idéia!
— Vocês vêm almoçar aqui em casa domingo?
— Sem dúvida.
— Então vou mandar a cozinheira preparar...
— Não precisa nada especial. Tchau, querida. Digo ao papai pra ligar.

Examina a capa do CD, antes de abrir a pequena caixa. A foto é diminuta, desfocada. Não consegue, a partir dela, formar uma idéia clara da mulher. O que mais impressiona são os olhos, que parecem fazer o possível para permanecer à direita enquanto o rosto está em franca rotação para a esquerda. A cantora enverga uma espécie de túnica romana presa à cintura por uma faixa preta, bordada com pedrarias. Penteado alto, tiara. Braços ocultos por uma capa bordada. Na cintura traz um punhal, cabo ornado de arabescos. Orianne, incrédula, observa a figura, que seria frágil não fossem o nariz avantajado e os olhos fora de prumo. Impossível essa mulher feiosa e magra fazer com a voz os prodígios que ouviu durante o desfile e que se apronta para ouvir mais uma vez. Não é a *Carmem* completa, pois o pai não tinha a gravação com "a Callas", ele a chama assim: "a" Callas. É um CD com diversas árias interpretadas pela cantora, duas pertencentes à *Carmem*, uma delas a *Habanera*.

Orianne não conseguiu afastar-se da lembrança da música durante todo o jantar, cujas fotos vê agora impressas em meia-página do jornal aberto a sua frente. É a coluna mais lida da cidade, a do Silveirinha. Bem, se Júnior, o jovem mago das finanças, tem cacife para reunir num jantar em sua casa 15% do PIB brasileiro e aproveita a ocasião para fechar com o presidente de um grupo multinacional um investimento de milhões, embora a informação ainda seja secreta, é natural que o encontro esteja estampado com destaque nos jornais. E lá está ela, chique, vestido preto Saint-Laurent, uma volta de pérolas, sapatos de verniz, saltos em plataforma, sobre os quais graciosa se equilibra, maquiagem sóbria quebrada pelo batom vermelho desenhando a boca, insistência de Odette, que acompanhou a toalete da irmã, remexeu os armários do *closet*, extasiou-se ante algumas peças, fez cara feia a outras, fumou cigarros sem nicotina que empestaram o ar.

Orianne vê sua foto no centro da página. Está perto da mesa de canapés, ao lado de Júnior, que lhe dá o braço e sorri, feliz. Também, pudera, prestes a fechar um negócio daqueles! E eis Ofélia, além da mesa, das travessas de entradas e terrinas geladas de caviar, touca branca engomada, empertigada, lançando para o casal um olhar de soslaio. Ao ver a foto, antes, Orianne não percebeu, mas, agora, algo chama sua atenção: há no olhar de Ofélia qualquer coisa peculiar. Não sabe dizer o quê.

Está em dias de não saber, pois também não faz idéia do que a atraiu na voz da Callas (como o pai, ela já pensa na cantora como "a" Callas). Tira o CD do estojo e caminha para o aparelho de som. Pés descalços pisam o soalho de tábuas corridas. Veste linho, saia bege e blusa de alças. A casa está quieta. Orianne tarda junto do aparelho. Sente medo, vontade de recuar, desistir de ouvir a música e reencontrar a voz. Por quê? Quem sabe por temer descobrir que não há nada ali, que tudo não passou de uma tolice.

As mãos decidem por ela. Dedos tocam botões, a pequena bandeja quadrada é ejetada, ela põe o CD na depressão e o vê ser engolido. Maneja o controle remoto. Não sabe se quer ouvir a ária, desconfia que seria melhor não ouvi-la, hesita ainda, e já é tarde, aperta quatro vezes o botão *skip*, é a quinta faixa, a música entra e cresce, breve introdução, instrumentos de corda, poucos deles, invadem a sala de estar, a seguir, a voz.

Orianne interroga as vibrações do ar que levam até ela a dolente melodia e o som da Callas. A voz. A densa, poderosa, triste, sensual voz. Sabe um pouco mais sobre a *Carmem*, e sobre a Callas também.

Em hora avançada terminou o jantar. Quase três da manhã quando Odette, a última a sair, entrou em seu carro dando braço a Luigi. Ao subirem, Júnior fora para o quarto da mulher e pusera-se a contar-lhe sobre como havia fechado o negócio e como era astuto e... Seu monólogo fora concluído como sempre, nessas ocasiões. Avançara sobre Orianne e tomara-a com fúria, era bem essa a palavra, tomar, pois invadira o corpo mignon escultural como se fosse um objeto seu. Nos primeiros anos do casamento, ela não se importava com a bruteza a que os bons negócios faziam Júnior regredir. Concluída uma operação especial, comemorava com rituais sexuais agressivos. A participação entusiasmada de Orianne em tais jogos dera lugar, com o tempo, a uma entrega desapaixonada, que o marido nunca havia questionado. Exceto nessas noites "festivas", ele não passava de um amante rotineiro e medíocre.

Já amanhecia quando adormecera. Saíra cedo da cama. Depois de ver como passava o bebê e de supervisionar o café das crianças, sentara-se ao computador. Não fora necessária longa navegação na Internet para descobrir até mais do que desejava sobre a trágica Maria Callas. E soube que *Carmem*, drama de amor e morte em Sevilha — uma bela cigana destroça coração e carreira de um jovem soldado —, era obra de dois românticos, um escritor e um compositor, ambos franceses.

As lembranças do jantar, da noite em branco, do malquisto ardor de Júnior, da manhã diante do computador, embaralham-se em imagens de caleidoscópio que giram rápidas em sua cabeça enquanto observa, concentrada, o aparelho de som.

Está tão atenta a seus sentimentos e lembranças que, quando dá por si, a ária está perto do fim. Aperta uma tecla do controle remoto, a ária recomeça.

Desta vez, deixa-se levar pela música. Não é a revelação atordoante da véspera, pois sabe o que a espera. Ainda assim, é inundada pela montanha-russa dos sons. Algumas palavras entende. Para alguma coisa valeram as viagens à França e os anos de Aliança, pois consegue arranhar a língua, "o amor é uma ave rebelde", isso é fácil, está na capa do CD, parece ser o nome da música, que ela imaginava ser *Habanera*, como disse o repórter, mas o encarte magro e avaro deveria trazer a letra, o canto distorce as palavras, as sílabas, estica e decompõe as frases, impossível perceber, o que é isso, "o amor é filho da boemia", ou será da Boêmia?, e olha essa parte, o refrão, "se te amo", o que é isso que ela diz, hein?, ah, "cuidado contigo". As cordas acompanham discretas, em segundo plano, a cantora. De quando em quando insinuam-se outros instrumentos, em certo ponto irrompe um trovão de metais e percussão. É um grito de desafio: "cuidado contigo", que se repete com ênfases diferentes, mas sempre ameaçando, intimidando, impondo-se.

A voz da Callas, que desconhecia até o dia anterior, conjura Carmem na imaginação de Orianne: pés plantados no chão, mãos nos quadris, olhos desafiadores, muito abertos, pretos, de que outra cor poderiam ser?, e pretos cabelos pesados, cacheados, que descem pelos ombros, grandes brincos dourados, saia de pano macio que se cola ao ventre, às coxas, e permite adivinhar o contorno do sexo. Uma fêmea sedutora, voluntariosa. Figura caricata, estereótipo, coisa de telenovela. O que tem a ver essa voz fremente, inflamada, com a contida Orianne? Por que fica emocionada assim, se *Carmem* promete o lugar comum, a banalidade, o constrangimento da arte ao vivo? Neste momento, nada importa. A música seduz. E a voz... Repete a *Habanera* quatro, sete vezes, e ouve atenta, na beira da poltrona, costas muito retas, desejando ser impalpável como a melodia, evolar-se, desfazer-se no ar com as espirais de perfeição que ecoam e morrem mas, ainda assim, permanecem obsessivas na memória, perfeita expressão da alma de uma mulher rebelde, sentimento impalpável transformado em sons intangíveis.

— Dona Orianne?

Ouve a voz de Ofélia, às suas costas. Estremece. Com gesto rápido tenso desliga o som. Volta-se e indaga, seca:

— Sim?

— Quer alguma coisa, um chá, suco?

— Não, que idéia!

— Pensei...

— Pensou errado.

— Então, desculpe.

— Pode ir. Obrigada.

— Se precisar de alguma coisa, é só chamar.

— Sim, Ofélia.

Orianne procura o fio das impressões provocadas em sua sensibilidade pela música, mas o encanto está quebrado. Põe para tocar outra vez a *Habanera*, mas tira o CD do aparelho de som. Bobagem insistir; o momento fugiu. Não deveria talvez ter sido tão ríspida com Ofélia. Sentada ali por tanto tempo, vezes e vezes ouvindo um trecho de uma ópera que nem conhece, deve parecer louca. Mas o que pode fazer? Está irritada com a governanta. Aparecer ali, assim, sorrateira, para surpreendê-la. Não há nada de errado em ouvir uma música. Em sua casa, pode escutar o que quiser, quantas vezes achar necessário. Mas basta. Não encontrou na ária — e pressente que pode não encontrar — as explicações que desejava. A emoção experimentada ontem, no desfile, e agora, outra vez, de modo diverso, não menos intenso, conserva-se intacta, enigmática, desafiadora. Orianne suspira, levanta-se, apanha a bolsa, a agenda. Ergue o interfone:

— Ofélia, peça ao motorista pra tirar o carro. Vou sair.
— Claro — diz Ofélia. — Seu compromisso no círculo de senhoras.
Orianne baixa os olhos para a agenda. Diz, breve:
— Sim.

Vai cedo para a cama nessa noite. Telefona a uma amiga, alega dor de cabeça, desculpa-se por não poder comparecer a certo jantar. Manda um e-mail para uma galerista a quem jurou que iria a certo *vernissage*. Conta histórias para as crianças e as coloca para dormir, o que sempre lhe dá grande satisfação. Vê o bebê, que comeu a papinha e ressona, sossegado. Janta com Júnior, silêncio na sala propiciando nitidez ao trompete macio e à voz quebrada de Chet Baker. Diz boa-noite ao marido com um beijo. Quando a vê subir tão cedo, ele pergunta, apreensivo, se precisa de alguma coisa.

— Só de uma boa noite de sono, querido — ela responde.

Não são onze horas ainda e já está na cama, em seu quarto branco e preto, deitada entre os lençóis. Sem muita atenção vê pedaços de um filme francês no vídeo. Desliga o aparelho com o controle remoto. Folheia algumas revistas, nada que interesse. Apaga a luz. A casa está quieta. Não sabe qual foi a última vez em que se deitou tão cedo. Está exausta, mas não consegue conciliar o sono. Vira-se para um lado e outro, ouve o coração a bater. Uma avalanche de imagens sincopadas e idéias truncadas corre por sua cabeça. O sono não vem. Pensa em ligar a televisão, terminar de ver o filme. Desiste. Poderia fazer uma visita-surpresa ao quarto de Júnior. Seria bom ter uma conversa séria com ele... Não. O sátiro poderia crer que ela deseja uma repetição do quase estupro! Deve dormir.

Impossível. Não tem sono. Deita-se de costas, estende os braços ao longo do corpo. Sente os pés se distenderem, depois as pernas. Aprendeu técnicas de relaxamento na yôga, é uma questão de respiração, de controle do fluxo de ar, nada mais é necessário, apenas concentrar-se no ar que sai e entra e... De supetão senta-se na cama, acende o abajur do criado-mudo, não sabe bem o que quer, mas levanta-se e passa a andar pelo quarto.

Precisa se lembrar de alguma coisa. Mas do quê? Encolhe os ombros em um gesto de impaciência. Se soubesse, não precisaria lembrar. Continua a andar para cá, para lá, observando os móveis, os objetos, se conseguisse não pensar, não querer, apenas acompanhar a sensação, a memória de algo que tem de recuperar, por um instante parece-lhe que vai conseguir a suspensão da vontade, da consciência de que deseja algo. Em vão. A tênue lembrança dissolve-se e... Sem entender por que, vai até a mesa e apanha o caderno de cultura do jornal, que folheia até chegar à coluna de Silveirinha. Mas não é o que quer, passou os olhos em tudo

O que é ser rio, e correr?

pela manhã, nada que interesse. O que há ali que tem de saber? Corre os olhos pela página. Detém-se em um anúncio no canto inferior. *Carmem*, com Maria... Seu coração sobressalta-se. Mas é outra Maria. Mariani, esta. E como poderia ser aquela, se está morta há séculos, mais de vinte anos, pois é isso, amanhã, última récita, nem sabia que havia uma *Carmem* em cartaz na cidade, no Teatro Municipal. Dobra sobre a mesa o jornal aberto na página, como se precisasse de um lembrete. Volta para a cama, apaga a luz. É muita coincidência, o pensamento ganha corpo em sua imaginação, dá voltas e voltas, aumenta de tamanho, diminui, muita coincidência... Dorme, enfim.

— Ir com você na ópera, Ori? O que é isso?
— Convidei papai, mas ele não quis. Não pisa mais no Centro, disse. Pensei em chamar Júnior, mas sabe como é meu marido. Não iria nem arrastado. Marcel iria, mas não vou com a cara da noiva dele, você sabe. Então acho melhor irmos só nós duas.
— Mas tinha combinado...
— Combina para mais tarde. Ou descombina. É vida ou morte?
— Não, não é. Só que... Ori, o que te deu?
— Será que uma vez na vida cê pode me fazer um favor sem ficar perguntando quinhentas coisas que não têm resposta? Quero ir à ópera. Nunca fui. Que há de mais nisso, Odette?
— Nada, só que...
— O quê?
— Nunca te vi assim.
— Assim, como?
— Esquisita.
— Bem, vai comigo ou não?
— Vou ver. Íamos sair com amigos de Luigi. Se der pra adiar...
— Se você pedir, ele não vai se incomodar.
— Tá bom, tá bom. Quando você quer alguma coisa! Falo com ele. Fica me devendo essa. Ópera, francamente! Não entendo o que te deu.

Descem do carro em frente à escadaria do Municipal. Odette está no meio de uma longa história que envolve uma ajudante de cozinha e o neto do jardineiro que as crianças adoram. Distraída, Orianne ouve a irmã e observa a praça Ramos, a fachada do Mappin, a perspectiva da Barão de Itapetininga, à direita, os prédios altos, encimados por *outdoors* de néon, a barraca de cachorro-quente ao lado de um punhado de evangélicos que entoam loas ao Senhor, uma multidão apressada, indo e vindo, crianças maltrapilhas, imundas.

Aproximam-se dois meninos. O menor tem no pescoço um barbante encardido, no qual pende uma chupeta azul, na mão magra e suja, um saquinho plástico, que de tempo em tempo abre e aspira forte. O maior está descalço, camiseta enorme, deformada, bermudas largas, rotas, gorro de lã incolor enfiado até as orelhas. Diz num silvo:

— Uns trocado, tia.

A mão de unhas enegrecidas estende-se insistente, exigente, chegaria a agarrar a lapela do casaco preto de Orianne, se esta não desse um passo para trás. Está chocada. Essas crianças são de carne e osso, não figuras pálidas que observa nos jornais, na televisão. Crianças que deveriam existir apenas em livros de fotografias que Júnior coleciona, os desse fotógrafo brasileiro, Sebastião alguma coisa, que é maravilhoso, mas mostra só tragédia, fome, gente deformada. Orianne não sente prazer em ver isso. E menos ainda aprecia a mão do garoto de carne e osso, que continua a segui-la no trajeto para dentro do teatro. Tem a sensação de que daquela mão, daquele braço, vem o fedor que a criança exala, podre e azedo. Sente pânico, não sabe que fazer. Atrás, o menino da chupeta e do saquinho plástico, que deve ter a idade de sua filha, de sua bonequinha ruiva e dengosa, fita-a, feroz. Imagina que, se ele pudesse, a mataria. Orianne nunca sentiu a desolação que experimenta agora. Odette, que segue à frente, contando ainda a tal história, volta-se para a irmã enfatizando seu ponto de vista e vê a cena.

— Ei, que é isso? — grasna, ameaçadora. — Vai saindo, vagabundo.

A voz estridente é seguida por um gesto brusco. Odette enfia a mão em um bolso do vestido cinza-chumbo e, movimento rápido, estica o braço e abre os dedos. Produz-se um tilintar metálico que imanta os pequenos miseráveis. Eles se agacham e se põem à cata nos degraus de pedra. Outros miseráveis aproximam-se. Odette puxa a irmã escada acima:

— O que deu em você? Ia deixar o pivete te assaltar?

— Claro que não. Eu...

Num instante estão dentro do teatro, seguras atrás das grandes portas envidraçadas, no saguão revestido de mármore. Sobem, rápidas, a escadaria atapetada. Atrasaram-se. Os espectadores já entraram. Enquanto são levadas até o camarote que Júnior conseguiu, cortesia de um vereador amigo, Orianne indaga a Odette:

— O que foi que você jogou lá fora, pra eles?
— Moedas. O que achou que era?
— Nada, só queria saber.
— Nunca te vi assim, minha irmã. Tá no mundo da lua?

Entram no camarote quando baixam as luzes da sala. Os espectadores, que não ocupam mais de metade das cadeiras, aplaudem o maestro quando este ergue a batuta. Começa a função. A música da abertura é borbulhante, brilhante, mas mal-tocada. Os instrumentistas desafinam, até um leigo percebe.

Sobe a cortina e revela a praça de uma cidade espanhola, pano e papelão pintados em cores berrantes. Enquanto numeroso grupo — homens de preto, mulheres com vestidos decotados, estampados, saias justas, muitos babados, rostos pesadamente maquiados e expressão vazia, andam de cá para lá, — Orianne sente-se constrangida, que bobagem, por que quis tanto isso, insistiu com Odette?, agora não posso fazer nada, o que deu em mim?, fico até o final? melhor, ou Odette vai achar que enlouqueci. Não tarda muito, e a cantora que faz Carmen ataca a *Habanera*. Tão ruim é seu desempenho, que Orianne não reconhece a ária pela qual está obcecada. Tem vontade de chorar. Distrai-se examinando o teatro, os afrescos do teto, os gradis dourados, os ornamentos da boca de cena. Devaneia, segue pensamentos erráticos. Assim, distraída, é tomada de surpresa pelo fim da atroz primeira parte.

— Ora, ora, vejam só... — Uma voz masculina soa no bar. As irmãs, que bebem água, voltam-se ao mesmo tempo. O belo repórter do desfile está junto delas, ao lado do mesmo câmera. — Não imaginei que as encontraria aqui. Boa noite.

— Boa-noite — o sorriso de Odette é largo. — Também não pensei que íamos encontrar você. Se soubesse, não teria resistido tanto ao convite.

— Odette! — exclama Orianne.

— Só não me lembro de seu nome — continua Odette, sem intimidar-se com os olhares furiosos de Orianne.

— Fernando — diz o rapaz, sorriso coruscante —, Fernando Bello, com o "l" dobrado.

— Claro, como foi que esqueci? Até brinquei que...

Toca o sinal para reinício do espetáculo.

— Estão gostando? — indaga Fernando, sempre sorridente, como se não percebesse a tensão entre as duas.

— Acho tudo muito chato. Vim só pra fazer companhia — ri Odette.

— Ora! — exclama Orianne. — Não ligue pra ela — diz a Fernando. — Não costuma ser assim. Acho que a ópera fez mal a ela. Indigesta. — Os três riem. O clima se descontrai. Toca o segundo sinal. Orianne empurra Odette em direção à escada. Antes de descer, olha Fernando nos olhos pela primeira vez, desde que se encontraram. — Boa-noite — diz. Depois apressa-se para alcançar Odette, que já entra no camarote.

Tem estado nervosa, irritadiça. Foi rude com Odette. A irmã sugeriu, à saída do teatro, que jantassem fora, as duas, como quando adolescentes. Orianne recusou, brusca. Ao perceber-se assim ríspida, tentou consertar. Alegou preocupação com o bebê, um tanto febril quando saíra. Mentia, mas não tinha qualquer vontade de passar mais tempo com Odette nessa noite. O flerte escancarado da irmã com o repórter deixara-a exasperada.

Quando chega em casa, Júnior, que foi a um jantar de negócios, ainda não está de volta. Orianne dispensa a governanta, entra no quarto das crianças que dormem tranqüilas. Vai ao quarto do bebê. A ama ressona perto do berço. O nenê é uma entrega plena sorridente ao sono, tão sereno, que a comove. Depois de um banho rápido e de um copo de leite com biscoitos, Orianne deita-se e não tarda a dormir.

Não sabe o que a desperta. Três e meia, marcam os números fosforescentes, fantasmagóricos do pequeno relógio digital sobre o criado-mudo. Senta-se na cama, desorientada. Um sonho, quem sabe? Ouve um som, um gemido abafado. Vem do quarto do bebê. Seu instinto entra em alerta. Atira o lençol para o lado, calça chinelas. Outro gemido baixo, ouve com nitidez. Gira a maçaneta, abre a porta, dá alguns passos. O quarto está a meia-luz, exceto pelo jorro claro que o atravessa, vindo da porta entreaberta do banheiro, sempre iluminado à noite. Nada de errado. O bebê, sono profundo, solta um suspiro leve, vira para o lado a pequena cabeça coberta por finos fios dourados. Orianne vai sair quando percebe que a ama não está mais ali e ao mesmo tempo ouve outro gemido, menos abafado. O som vem do banheiro. De repente, tem certeza. Não precisa ir até lá para confirmar. Mas vai. Estaca junto do batente. São murmúrios, arquejos, frases entrecortadas, sussurradas, que faço que não abro essa porta e pego o filho da puta em flagrante, não acredito, é um pesadelo. O silêncio habitado por aqueles grunhidos indecentes — a criança, graças a Deus, dorme — é quebrado por vozes abafadas:

— Assim, seu Júnior, põe tudo.
— Cala a boca.
— Tá gostoso.
— Fica quieta, porra.
— Hum, isso, mete tu...

Orianne sabe que Júnior tapou com a mão a boca da morena de ancas largas, como tapa a sua quando reage às brutalidades nas noites de festa. Ela não sabe o que fazer. Precisa sair dali. Resolve entrar no banheiro, interromper aquilo. As pernas desobedecem. Nunca imaginou, nem em delírios, que o filho da puta, em sua própria casa, fosse... Jamais teve dúvidas sobre a fidelidade de Júnior. Queria ser mãe, ele deu-lhe três filhos que são sua paixão. Pouco importa se ele a trai. Mas no quarto do bebê, com a ama!

Se Orianne aproximar-se um pouco, poderá ver a cena pela fresta da porta. Prefere poupar-se. A intensidade dos gemidos aumenta. Ela enfim afasta-se, movimentos silenciosos; o coração, um tambor atordoante. Antes de sair, olha outra vez o bebê entregue ao sono. Fecha a porta de seu quarto e apóia-se nela. Não demora, ouve ruídos cautelosos. Júnior fecha a porta, atravessa o corredor, vai para seu quarto. Orianne fica ali, em pé, imóvel. Vai deitar-se, então. Anda devagar, uma velha precoce e assustada.

— Quero você fora daqui. Arruma tua mala e vai embora.
— Dona Orianne, o que foi que eu...

A ama interrompe a frase. Orianne tem uma expressão de tal modo determinada, que a moça não argumenta. Baixa o rosto escarlate. Um soluço entrecortado empina os belos seios cobertos pelo tecido macio.

— Não vá se pôr a chorar. Odeio drama. Olha aqui o que lhe devo. — Destaca

O que é ser rio, e correr?

um cheque do talão e estende-o para a menina, olhos de lágrimas mansas. — Estou dando a mais. Assina aqui — mostra um recibo.

— Desculpa, dona Orianne, eu não queria...
— Isso não importa. Aconteceu.
— Eu não queria...
— Já disse isso. Não muda nada. — Orianne recolhe o recibo. — Agora vai. Diz pra Ofélia assinar uma carta de referência. Não vou prejudicar você.
— Ai, dona Orianne.

A morena recua, sem voltar-se, em direção da porta. Tem no olhar uma dor que a mulher loira, sentada junto à mesa, saia e camiseta decotada de algodão preto, recusa-se a considerar. Onde fica sua própria dor? Não vai se deixar levar por esse olhar de corça. Mas o sangue percorre suas veias a uma velocidade atordoante e repercute nos ouvidos. Quando fica só, ouve a *Habanera* da Callas e puxa de uma prateleira a lista telefônica, que deposita no colo. Abre-a na letra B e dá início a sua procura.

— Ofélia, vou sair.
— Dona Orianne, gostaria de conversar um minutinho.
— Agora, não. Quando eu voltar.
— Como quiser. — A expressão nos olhos claros de Ofélia é quase abertamente hostil. A boca fecha-se num traço fino.
— Eu demiti a ama.
— Já sei. Ela...
— Diga ao motorista para tirar meu carro. Vou sozinha.
— Mas a senhora...
— Quero que ele vá buscar as crianças na escola e brinque com elas até eu voltar. As crianças o adoram, vão achar ótimo. A babá vai cuidar do nenê até amanhã, quando chega a nova ama.
— Se a senhora prefere assim...
— É assim que vai ser.
— Muito bem.

— Ficou espantado com meu telefonema?
— Esperava tudo, menos...
— Não me convida pra sentar?
— Claro.

Acomodam-se em poltronas modernas, de tecido escuro. O apartamento é pequeno, na cobertura do prédio. Descortina-se da janela uma bela vista dos Jardins. Poucos móveis. Plantas na varanda. Ele acompanha o olhar de Orianne.

— É uma paisagem bonita.
— Em uma cidade horrenda. Olhe, eu vim porque...
— Não precisa dizer nada.

— Você vai pensar...
— Eu não penso.

Orianne ri. Ele também. É a primeira vez que ela vê Fernando Bello sem terno e gravata. Usa camiseta regata branca e bermudas, tem os pés descalços, a pele bronzeada, músculos de esportista. Odette está certa. O sobrenome ajusta-se como luva ao portador. Ele olha-a sorridente, e ela percebe nos seus olhos a expressão do desejo aberto, desinibido. Sente-se perturbada, mas tem de admitir seu próprio desejo.

— Queria ouvir música — diz. — Você se incomoda?
— Óbvio que não. Alguma coisa em especial?
— Isto. — Tira da bolsa um CD e entrega-o a Fernando, que olha a capa e sorri. Depois, vira a caixa e procura alguma coisa.
— A quinta faixa?
— Isso. — Não há tremor ou hesitação na voz de Orianne, embora perceba o coração batendo muito depressa.
— Que bom que eu estava em casa quando você ligou. — Ele coloca o CD no aparelho. — É meu dia de folga. Ia sair para o clube.
— Não sabia se você morava sozinho, nem se...
— Moro só, e hão há nenhum se...

Ele pressiona a tecla, gira um botão. A voz da Callas sobe, límpida e terrível, na canção de advertência da cigana. Fernando aproxima-se de Orianne, que se levanta da poltrona e estende as mãos para as alças da camiseta. Puxa-as em sua direção enquanto procura com a sua a boca entreaberta do homem. Orianne ouve a música, a voz que se eleva, e sente-se de novo invadida pela emoção perturbadora. A força do som intensifica sua entrega que é, na verdade, uma posse. Ela toma a iniciativa, faz o que quer, como quer, é a dona do jogo, exige do belo Fernando submissão a sua fantasia, e ele, complacente, aquiesce. Terminada a *Habanera*, o CD segue. Callas, sempre trágica, canta mais árias, que até agora Orianne desconhecia, pois tem ouvido apenas a *Habanera*, e de repente ela tem a sensação de que não faz amor com o repórter atlético bronzeado, mas com a voz da mulher morta. O corpo de Fernando é como uma materialização da potência da voz que a assombra e a comove, amplificando de modo estranho o prazer que sente neste momento, assim, isso, agora. Mais, eu quero mais... Outra vez.

Já passa das seis quando volta para casa. O calor é intenso, uma capa cinza de sujeira paira sobre a cidade. Ofélia abre-lhe a porta e fica em pé, no amplo saguão branco. Vestido preto de gola alva, grisalha, coque severo, olhos aquosos e boca apertada, lembra uma figura de filme, daqueles antigos, em preto e branco, que Orianne descobre às vezes na programação da tevê a cabo. Quando passa diante de um grande espelho, a dona da casa olha-se. Ao subir a escadaria, pensa que nada mudou, que coisa estranha, não é?, porque tudo mudou, mas não na aparência, só dentro, e é tão esquisito isso, não consigo entender, e nesses últimos

dias vivi mais coisas que não consigo entender do que durante toda a vida. Aonde isso a conduzirá? Nunca se preocupou. Era natural o seu caminho: casamento e filhos. Mas, agora, vai ter de refletir, tomar decisões.
— Dona Orianne.

O som da voz de Ofélia, que se aproximou em grave silêncio, sobressalta Orianne, que pára no meio da escada. A governanta segue-a com o olhar. Há uma insinuação velada em sua expressão? Talvez desconfie de algo. Pode-se esperar tudo de alguém que fuça em agendas alheias.

—Depois, Ofélia. Vou ver as crianças.

O menino e a menina brincam sorridentes, entretidos pelo motorista bonachão de bastos bigodes grisalhos. As crianças não protestam quando a mãe interrompe o jogo para saber da escola. Pulam em seu pescoço, contam novidades. Orianne ouve, pergunta, responde, muito atenta. Vai depois ao encontro do bebê. Acordado no berço, bochechas rosadas, primeiro ele tenta alcançar os móbiles coloridos sobre a cabeça, depois examina atentamente o minúsculo pé. Quando Orianne entra em seu quarto, larga a bolsa sobre a mesa, senta-se. Tira a roupa, põe um quimono de seda, vai ao banheiro, abre as torneiras da banheira. Pelo interfone, chama Ofélia, que não tarda.

— Imagine, dona Orianne. Preparando o banho... Se tivesse avisado...

— Sou capaz de encher uma banheira, fique sossegada. — Uma breve pausa é logo quebrada. — Queria falar comigo?

— Dona Orianne, a senhora demitiu a ama.

— Sim. Eu disse isso a você antes de sair. Algum problema?

— Nem falou comigo.

— Não dependo de sua autorização para minhas decisões.

— Claro. Mas eu...

— Sim?

— Se visse a cara dos empregados quando a menina chegou chorando na cozinha... Perceberam que eu não sabia de nada. Eu, a governanta...

— Ofélia...

— Senhora?

— Você está muito cansada. Precisa descansar.

— Eu, não.

— Você, sim. Tem de sair daqui. Desde quando não tira férias?

— Não preciso de férias.

— Todo mundo precisa. Arrume suas coisas. Você vai pra fazenda. O motorista tem de levar umas coisas pra minha sogra. Pode ir junto.

— Tá me mandando embora, dona Orianne?

— Não, Ofélia, de jeito nenhum. Quando eu for à fazenda, no aniversário do Júnior, a gente conversa.

— Prefiro ficar aqui. O seu Júnior...

— Está crescidinho, Ofélia, e vai saber se arrumar sem você.

— Nunca imaginei que...
— Pois imagine agora, Ofélia. Sempre é bom começar a imaginar.
— Dona Orianne.
— Sim?

Olham-se. Em silêncio, olhos interrogam-se, mútuos, buscam respostas impalpáveis a perguntas improváveis. Um vago sorriso desenha-se na face de Orianne. Os lábios de Ofélia, ao contrário, não passam de um traço invisível à luz do crepúsculo veloz.

— Nada — diz Ofélia. — Com licença. — Deixa o quarto com a mão sobre a boca.

Orianne disca um número. Júnior atende. Um "alô" apressado, para intimidar o interlocutor. Sobre ela, não exerce, hoje, efeito algum.

— Olá, estava pensando em fazer alguma coisa especial?
— Claro, Ori, o jantar dos Parma.
— Estou falando de alguma coisa especial de verdade. Que tal um jantar a dois, naquele restaurante que você adora?
— Aconteceu alguma coisa?
— Precisamos conversar.
— Sobre o quê?

Há uma inconsciência adolescente na voz dele. Ela sorri:

— Um monte de coisas.
— Se você prefere...
— Prefiro.
— Tudo bem. Avisa os Parma? A velha vai ficar brava, contava com você.
— Não faz mal. Nossa conversa é mais importante.
— Devo estar em casa lá pelas nove.
— Vou fazer reserva para as dez e meia.

Desliga. Tira da bolsa o CD, que põe no aparelho de som. Callas canta enquanto Orianne caminha até a banheira cheia. A voz é emoção em estado bruto. Orianne pensa nisso enquanto despe o robe e derrama na água sais de banho de um frasco azul-escuro. E é sofrimento puro, também. A vida parece feita dessa matéria-prima. Sofrimento e emoção. Ah, tem tanto em que pensar! Mergulha na água espumante. A música ascende, vibra, voa.

J.H.

Fechou com preciso gesto o volume encadernado em vermelho, ainda bem que não foi tempo perdido, três semanas, horas de pesquisa diárias. Apoiou, suspiro de alívio, costas e ombros tesos no espaldar forrado de couro da poltrona austera. Tirou os óculos, armação de ouro e tartaruga. Movendo em círculos polegar e indicador, massageou as pálpebras que protegiam seus olhos castanhos. Apesar da idade, não carecia de óculos, exceto para leitura e algum filme, dos raros que ia ver, depois de muito hesitar. Séculos antes fora ávido consumidor de literatura, cinema e música erudita. O tempo inoculara nele o vírus do tédio. Restava hoje a literatura, desatrelada do gosto pelas descobertas. Só fazia reler "seus" clássicos, os da juventude, que o seguiam pela vida.

Dramaturgos, sequer os gregos, bastava Shakespeare. Alguns romancistas, menos poetas. A cada ano era maior a parcimônia com que transpunha a fronteira de seu território literário — de um lado, Balzac, Machado, Pessoa, Conrad, Proust, Faulkner, Mann, Rosa e Eliot; de outro, todos os demais, excetuadas ocasionais visitas à galáxia russa, de Turguenev a Bábel. Esses eram autores de fato, construtores de textos nos quais se podia morar. Na juventude, decidira ler tudo o que valia ser lido. Abdicara da ambição quando muitos faltavam ainda em sua lista. As epopéias indianas e Dante e Goethe e as sagas islandesas é a poesia mística espanhola e... Sonhara viver de literatura, dar aulas, talvez escrever. Mas o pai esperava que o sucedesse na banca, e a advocacia levara a melhor. Fora indolor a decisão. Impossível ter tudo. Sorriu, examinou os óculos, massageou outra vez as pálpebras.

O pai... Sem que a houvesse conjurado, vinda de algum canto da memória, delineou-se em sua mente a gênese do movimento, cópia de um gesto desse pai morto fazia tanto tempo, quanto?, vinte anos... Havia muito não lembrava assim do velho, por nenhuma razão, fora das datas usuais, aniversários de nascimento e morte, dia de Finados. O velho... Surpreendeu-se no ato do delito e sorriu, incrédulo. Para os filhos, noras, netos, hoje era ele o "velho". Não gostava disso, mas o que fazer?

Evocou o "seu" velho na mesma biblioteca, diante da mesma mesa — maciço móvel de nogueira lavrada com largas gavetas, usado como escrivaninha há gerações, única concessão ao gosto do passado em meio à mobília sóbria. O pai costumava recostar-se em uma poltrona semelhante a esta, revestida de couro.

O que é ser rio, e correr?

Jaquetão de bom corte sobre alva camisa de colarinho mole, gravata de seda sob o pomo-de-adão saliente, cabeleira basta desgrenhada. Os óculos de lentes grossas e armação escura, pesada, vincavam fundo a pele, provocando sulcos vermelhos nas abas do nariz, a toda hora acariciadas pelos dedos longos. Dele herdara ofício, casa, fortuna. E o gesto massageante, que refez, desta vez atento ao trajeto dos dedos e a seu toque na pele. Olhou no volume a sua frente as iniciais do velho gravadas em dourado gasto na borda inferior da capa. Sentiu-se nostálgico. E não gostava disso.

Impaciente, repôs os óculos. Sobre a mesa apanhou um bloco, folhas cheias, alto a baixo, letra miúda clara firme. Concentrou-se nas notas. Cuidava de uma questão aborrecida até para quem, como ele, estava acostumado a um trabalho pouco empolgante. Concluiu a leitura, suspirou. Era físico o alívio que experimentava. Equacionara a questão, tinha uma estratégia legal a apresentar ao cliente.

Podiam rir os filhos, que troçavam dele por sua má vontade para com a informática, sim, admitia, mais até, proclamava, não queria saber como se liga um micro. Queriam prova? Aí estava. Tocou com a ponta dos dedos o livro. Nenhum programa de computador contava com o conhecimento e a intuição que o levaram até aquele volume esquecido de autor morto, publicado havia décadas por editora extinta, título invisível nas bibliografias que, depois de demorada pesquisa na Internet, lhe haviam apresentado no escritório. A solução achava-se aquém do fetiche informático. Sua teimosia é que deslindara o problema. Soou o telefone.

— Olá. — Joaquim, o primogênito. — Como é, achou o fio da meada?

— Encontrei jurisprudência. Sentenças que vão a nosso favor.

Por breve tempo, falaram da questão legal. Depois, Joaquim, em tom suave, cauteloso, observou:

— Não esqueça do jantar, hoje, pai.

— O quê? Ah, sim, é dia de sua mãe. — Ele havia esquecido.

— Mês passado — cuidado na voz do filho — o senhor atrasou. E...

— E por isso, desta vez anotei na agenda. — Mentiu sem hesitar...

— Como vai o senhor?

— Melhor agora que descobri como encaminhar esse maldito caso.

— Sorte que a legislação aqui leva tanto a mudar. Se o código novo já estivesse em vigor, o material que o senhor encontrou não ia resolver nada.

— Pois é. — Pausa. — Joaquim...

— Sim? — O filho esperou longos segundos.

— Esse... — Interrompeu-se. Não sabia que dizer. Com a mão esquerda, inquieto, amassou uma folha de papel até transformá-la em minúscula bola — ... esse... homem que vocês arrumaram...

Joaquim sabia a quem se referia o pai, mas indagou:

— Homem?

— O... Geraldo. — Foi dito a custo, o nome.
— Seu segurança?
— É.
— O que tem?
— Muito intrometido, quer saber tudo.
— Ele precisa, pai. É do serviço.
— O Silveira não podia ter se aposentado. Esse Geraldo é...
— Pai, já cansamos de falar. Seqüestros aí a dois por três. Nossa família teve sorte até hoje, mas não se pode facilitar. Veja os seus conhecidos que... A cidade anda numa violência... O senhor e mamãe não...
— Não gosto desse sujeito.
— Uma pessoa na sua posição não pode andar sem segurança. Se quiser, demita o Geraldo. Foi bem recomendado, mas não tem problema. A gente contrata outro. O motorista também incomoda?
— Não cheira nem fede. Mas o Geraldo... ele pergunta demais. — Silêncio. — É desagradável. — Novo silêncio. Resolveu encerrar a conversa. — Bom, tenho de sair.
— Podemos falar mais sobre esse... problema. — Tenho a tarde cheia. Almoço de negócios, depois uma reunião. Mas vamos nos ver à noite...
— Claro.
— Vem para o escritório?
— Depois. Tenho de ir a um lugar, antes. Até logo.
— Até. Bênção.
— Deus te abençoe, Joaquim.

Consultou o relógio, eram horas. Dobrou as folhas e guardou-as em uma pasta de marroquim. Pelo intercomunicador, ordenou:
— Mande o chofer se aprontar. Desço em dez minutos.
— Sim, senhor – responderam do outro lado.

Deixou a biblioteca e atravessou o quarto de dormir, invadido pelo sol. Vestiu um paletó de casimira café. Observou-se no espelho embutido na porta do armário e saiu. Com quatro passos cruzou um pequeno corredor interno até uma porta pintada de branco. Bateu, ouviu um abafado "Entre". No grande quarto da mulher, vastas janelas em ângulos retos, transitou da luz para um crepúsculo barroco. Venezianas semicerradas, para que os raios solares não profanassem os santos de Célia. Impossível escolher nome melhor a quem dedicava tanta energia à representação das coisas do céu. Será que haviam desejado isso os pais dela, mineiros de fé fervorosa?

Boa parte do quarto era tomada por bancadas em que se enfileirava uma centena de santos barrocos. Ele correu os olhos pelos ícones magníficos, de muito tipo e tamanho. O que não havia sido comprado por Célia fora amealhado durante séculos pelos antepassados, enriquecidos com gado e escravos nas Minas, onde estava ainda fincada a fazenda ancestral. Especialista no barroco brasileiro, Célia dava aulas, escrevia livros, artigos para revistas internacionais.

No centro do quarto havia uma pequena mesa de altar entalhada em jacarandá. Tanto da cama de dossel quanto da escrivaninha Célia podia contemplar, sobre a mesa, uma escultura anônima: Nossa Senhora, angelical, mostrava o Menino a uma doce Santa Ana; as mulheres sorriam, mas uma sugestão de melancolia nos semblantes indicava a premonição da dor reservada ao bebê que ria entre covinhas e lançava ao alto braços gorduchos. Uma obra-prima banhada pela luz suave de refletores especiais que não agrediam madeira e tinta. A coleção não se resumia a esses santos. Eram apenas os que Célia mais prezava. As demais imagens estavam em armários de vidro em dois salões climatizados, no térreo, um acervo que atraia especialistas de toda parte.

O advogado observou a concentração da mulher ao escrever. Até hoje chocava-o o desinteresse dela pela direção da casa, inverso ao seu envolvimento na administração da coleção. Limitara suas funções familiares à maternidade. Fora boa mãe, severa, atenta, amorosa. Todo o resto, desde o começo, deixara com o marido. "É a casa dos seus pais", dizia. Quando ele não estava, passava as decisões aos empregados. Se sua mãe não tivesse feito questão de ensiná-lo a tocar a casa, o casamento teria naufragado. Magoava-o o fato de Célia agir ali como convidada havia quarenta anos.

Ocorria-lhe às vezes que havia sido um erro trazê-la para o lar dos pais. Mas adorava o lugar, parecera-lhe ridículo deixar a sólida mansão de dois andares, no centro de um parque cercado por alto muro coberto de hera. Mistura de neoclássico francês e renascentista italiano, o prédio pintado de branco erguia-se entre canteiros e alamedas arborizadas, no meio de um terreno gramado que tomava quase um quarteirão em ruas ainda tranqüilas.

— Já vai, Zé Honório? — Célia interrompeu a digitação. Ao contrário do marido, deixara-se seduzir pelos computadores e pela Internet, que lhe dava acesso a milhares de museus, arquivos, escolas e instituições. A esposa ergueu o rosto, que o marido beijou, breve. Na tela do micro luziam imagens e gráficos. Antes de voltar a digitar, disse: — Não se esqueça de que hoje os meninos jantam aqui.

— Claro — Meio sorriso, ele assentiu. Silenciaram. — Até logo.

Estava a caminho da porta quando Célia perguntou:

— Queria alguma coisa?

Ele resmungou uma negativa vaga e saiu, fechando a porta. Pensara em falar à mulher da lembrança comovida do pai, vinda do nada. Haviam deixado de conversar, ele e Célia. Não de súbito, mas aos poucos. A distância aumentara depois dos casamentos dos filhos, e as filhas de Joaquim eram já adolescentes, como passava rápido... Costumavam falar-se, ele e a mulher, por longas horas, quando pequenas as crianças. Faziam planos, discutiam escolas, métodos de educação. Gostavam de viajar juntos, ir ao cinema, receber amigos. Tudo isso desfizera-se aos poucos, ela envolvida pela coleção, ele pelo escritório. Os impulsos dele para retomar a antiga cumplicidade eram sempre frustrados pela distância de Célia.

Andou pelo corredor sentindo-se um imbecil. Tinha de voltar lá e conversar, era seu casamento que... Desanimou ao pensar na penumbra do quarto-santuário, na multidão hierática de santos, em Célia absorta no mundo além da pálida tela do monitor. Encolheu os ombros, avançou para a escadaria circular.

Na porta lateral, o chofer esperava-o, motor ligado. Por um instante foi tomado pela esperança de que seu desejo se tivesse realizado e o segurança — como detestava a palavra! — houvesse sumido no ar. Mas não. Eis que Geraldo veio dos fundos da casa, correndo, bufando, rígido dentro da roupa justa que seus músculos inflavam, não poderia ser mais caricatural a figura, o terno escuro, o andar pesado, os beiços úmidos, olhos grandes de novilho, nasceu para ser guarda-costas de filmes B, figurante de James Cagney, *Scarface*, não se faz mais nada assim, e de repente lá estava o subgângster abrindo a porta para o patrão, que se instalou no banco de trás.

Tirou do bolso os óculos de sol e encarapitou-os sobre o nariz. Abriu um jornal enquanto Geraldo acomodava-se no banco do passageiro. O motorista lançou um olhar indagador para o corpulento homem de cabelos pretos cortados curto, em busca de instruções. Não era mais o patrão quem determinava o que o chofer fazia, mas o segurança. Este, como se reagisse ao pensamento de J.H., voltou o rosto para trás e indagou:

— Para o escritório, doutor?

— Para o Centro.

— Centro Empresarial?

— Não. — Era difícil conter a impaciência. — Centro da cidade. Vamos para... — deu o nome de uma rua próxima do viaduto de Santa Ifigênia e do largo de São Bento.

— Doutor, que vai fazer lá? — Antes que fosse disparada do banco traseiro uma frase ríspida, Geraldo completou: — Me desculpe, preciso saber.

— Vou ao camiseiro — resmungou J.H., feroz, baixando o jornal. Tirou os óculos de sol e massageou as pálpebras. Notou que as veias do pescoço grosso de Geraldo latejavam quando ele falava, e observou outra veia palpitante na testa, deve tomar anabolizantes, pode morrer do coração, só falta, além de ser intrometido, ficar doente e dar trabalho.

— O senhor não costuma — Geraldo interrompeu o devaneio do patrão — chamar o camiseiro no escritório, doutor?

— Hoje quero ir à loja. Algum problema?

— Não. — Silencio breve. — Só estratégia.

— Não vai acontecer nada que exija estratégia — bufou J.H.

Recolocando os óculos, afivelou uma carranca, ajeitou o nó da gravata. Não ia dar satisfações a um empregado. A ameaça da violência, de um seqüestro, que Deus livrasse, indignava menos que a convivência forçada com o sujeito corpulento e tosco. Será que teria até de contar a ele sobre a saudade súbita do pai? J.H. escondeu-se atrás do jornal.

— Pode repetir o nome da rua, doutor Honório?

Detestava ser chamado assim. Sempre pensava em si como J.H. Os raros amigos íntimos tratavam-no pelo apelido adotado por ele, apesar de ter surgido como referência trocista de colegas de faculdade à quantidade de iniciais que exibia nos monogramas das camisas. Soletrou o nome da rua. Geraldo apanhou no porta-luvas um guia da cidade e tirou do bolso um celular. Teclou, pôs-se a falar. J.H. deduziu que o rapaz comunicava ao escritório a alteração de rota. Colocou um CD no aparelho de som embutido no console. A delicada primavera do terceiro *Concerto de Brandenburgo* inundou o carro. Recostou-se no banco, tentou concentrar-se na música. O veículo pôs-se em movimento. Geraldo disse:

— Doutor Honório, sei que não gosta... Mas é do meu dever.

— Está bem.

— Vou escoltar o senhor do carro pra loja. A área não é segura.

J.H. desejou não ter ouvidos senão para os movimentos espirais, ascendentes, do concerto, mas a música foi incapaz de transportá-lo a qualquer parte. Em lugar de experimentar a serenidade que Bach transmitia, estava irrequieto. De que jeito serenar se era forçado a confiar-se a Geraldos trogloditas? Prestar contas a tal tipo, que mundo este, este país, a cidade que escolhera para viver! Da promessa palpitante de uma metrópole civilizada, de elegância européia, emergira uma terra de ninguém, desigual, mordida por toda miséria e corrupção e fedor e ferocidade. Aumentou o volume.

Ao som de Bach, o carro avançou pela Nove de Julho. J.H. observou a paisagem e perguntou-se se ir ao Centro era uma boa idéia. Lembrava-se da avenida dos seus dias do curso de Direito, arborizada, cortada pelo túnel de jeito francês, arrematado por tanques em que cabeças de pedra esguichavam água. Agora era isso: trânsito paralisado, carros inumeráveis, fileiras siamesas de ônibus, muretas de concreto e grades metálicas. Haviam sumido as árvores e os postes de metal canelado, na base o brasão da cidade, ao alto opalinas arrematadas por pinhas de bronze. Fazia tempo que não passava por ali. Os vândalos acabaram com a avenida.

Resolveu mandar o motorista dar meia-volta e tocar para o escritório, mas olhou para Geraldo e nada disse. Em breve enfrentavam as ruas de acesso ao Centro velho. O trânsito parou. J.H. não reconheceu as calçadas pelas quais caminhara havia décadas. Fachadas de lojas, bancos, bares e quiosques, além de tabuletas, tapumes e letreiros que luziam néon em pleno dia ocultavam o que restava das antigas edificações. No chão, ambulantes semeavam hortas de gravatas, cintos, CDs, relógios, rádios, tênis. O automóvel avançou, vagaroso. Pouco depois, o motorista freou e Geraldo disse:

— Chegamos, doutor Honório.

— Não é aqui.

J.H.

— O endereço que o senhor deu.
— Não.
— Doutor Honório, tá escrito ali.

J.H. observou o edifício. Mas como? Esperava encontrar um prédio *art nouveau* de três andares nesse mesmo lugar, na volta da esquina, perto do viaduto, mas o que via era horrendo: fachada de metal cromado e vidros cinza-escuros. As lojas e prédios próximos, modestos, desleixados, decaídos, destoavam daquele arrojo clamoroso. A um lado da porta de vidro e metal, em letras brancas, grandes, inclinadas para a direita, lia-se: "*Antenor, camisas*". Antes que o passageiro do grande automóvel preto reluzente pudesse dizer palavra, Geraldo já estava na rua olhando para tudo, desconfiado, abrindo a porta para J.H., oferecendo-lhe a mão ao mesmo tempo que fazia sinal para o motorista seguir, escoltando então o advogado, forçando caminho na calçada abarrotada. Aturdido pelo ruído, pelo calor calcinante, J.H. vislumbrou a multidão, os mendigos, as crianças, a sujeira acumulada, as bancas de frutas, os abacaxis descascados, as tiras finíssimas das cascas de laranja. A operação durou não mais que alguns segundos. Antes que se desse conta do que via, estava já dentro da camisaria, no frio ar condicionado, ouvindo os cumprimentos obsequiosos de Antenor.

— Doutor José Honório! — exclamou o ancião. – Quanta honra.
— Antenor, vocês mudaram tudo — exclamou J.H. — E ainda puseram ar-condicionado.
— São os tempos, doutor — disse o camiseiro. — Não gostou?

J.H. acompanhou com os olhos o gesto da mão trêmula indicando as modernidades da loja. A camisaria fora instalada naquele prédio fazia mais de cem anos, pelo pai de Antenor. A clientela de elite pagava preços exorbitantes. Única casa de seu calibre a resistir à debandada do bom comércio do Centro para os shoppings, a camisaria atravessara o século no mesmo lugar. J.H. observou Antenor, impressionante como está fraco, sem cor, enrugado, seu pai estaria assim também? Tinham nascido no mesmo ano, lembrava disso, mas aquele ali era um Matusalém criminoso que trucidara a fachada do prédio junto com os balcões e armários de madeira, substituíra tudo por vidros e metais reles, e ainda mandara instalar o ar-condicionado. Amargurava-o não se ter mantido distante da loja. Fora prestar tributo à nostalgia, acabara em ruas irreconhecíveis e num estabelecimento de péssimo gosto.

— Estão prontas as camisas, Antenor? — indagou, brusco.
— Claro, doutor. Ia mandar entregar, como sempre...

O velho artesão calou-se. J.H. nada disse. Teve medo de ser ainda mais agressivo. Soou uma voz rouca, macia, às suas costas:

— Pode me acompanhar, doutor? Suas camisas estão na cabine 1.

J.H. voltou-se e viu um jovem de seus vinte e poucos anos, alto, esguio, longos cabelos loiros bem tratados, jeans desbotados, camiseta justa de gola V e tênis. J.H. fitou-o, irritado; depois voltou a correr os olhos pela loja. Em outros tempos, Antenor não admitiria um atendente em tais trajes, os empregados usavam gravata e paletó. Hoje, exceto Antenor, dois outros clientes, J.H. e o troglodita, ninguém ali usava gravata. O camiseiro apresentou-lhe o rapaz:

— Rogério, meu neto mais novo. Meu herdeiro.

— Vamos. Não tenho muito tempo — resmungou J.H.

Que poderia fazer, ir-se embora e desfeitear o amigo do pai? Não. Guardava ainda a recordação da primeira visita à loja. Adolescente, sentira-se alvoroçado com a idéia de camisas sob medida feitas por quem servia a sua família. Hoje usava sapatos e gravatas italianos, encomendava ternos em Londres, mas continuava a fazer camisas no Antenor. Suspirou, seguiu o garoto até uma cabine de provas espaçosa. Geraldo, rígido, onipresente, postou-se fora, à porta. Sobre um balcão de aço, ao lado de uma *bergère* multicor, achava-se meia dúzia de camisas dobradas. J.H. apanhou a primeira da pilha, linho azul, monograma em azul escuro. Tecido macio, acabamento impecável. Antenor era famoso por isso.

— Gostaria de experimentar, doutor? — J.H. assentiu. Rogério desdobrou e desabotoou uma das camisas com destra e silenciosa rapidez. Rapidamente, deixou a cabine. — Estou aqui fora, se precisar de... — A porta que se fechou engoliu a sobra da frase.

J.H. ficou só. Apesar da aversão às mudanças na camisaria, teve de admitir que a cabine era mais confortável que os antigos "provadores", abafados cubículos de pano verde preso a tubos metálicos dourados. Tirou o paletó e a camisa, e pendurou-os em um cabide cromado. Nu da cintura para cima, J.H. olhou-se no espelho, que ocupava toda uma parede. Desviou os olhos. Alto, seco de carnes, esportista desde cedo, nadava todas as manhãs, chuva ou sol. Mas os músculos fatigados, o vigor cessante do corpo, a pele opaca, ah, como odiava tudo isso! Vestiu a camisa recém-confeccionada e voltou a fitar-se. Perfeita. Nem um vinco, nem uma casa mal-acabada. Irretocáveis os pontos do monograma, que formavam as letras J.H.F.P.F. Em seu atual humor, gostaria de ter encontrado defeito na roupa.

— Doutor Honório, tudo bem, a camisa ficou boa?

A voz rouca, macia, do neto de Antenor soou da porta da cabine. J.H. notou uma diferença no tom. Estava cálido? Não. No entanto, havia algo ali. Sensualidade, talvez. Começava a ouvir coisas, qual um louco. De mais a mais, de que lhe importava o tom de voz do fedelho? Ergueu os olhos para o espelho. Viu o reflexo do rosto de Rogério, que, cabeça enfiada na fresta da porta, aguardava sua reação. Os olhares encontraram-se antes que J.H. desviasse o seu. A mudança que pressentira na voz, notava-a no olhar, que brilhava e de algum modo ressaltava o rubor que tomara a tez clara do rapaz. J.H. não entendia por que estava sensível a possíveis mudanças no moço. Maldita idéia, ir ao camiseiro.

— Ficou boa, doutor? — repetiu Rogério.

Soava calma, a voz. Percebia-se nela, porém, a sombra de um descabido, provocativo langor — seria essa a palavra?, não ocorreu outra a J.H. para identificar

o que ouvia. O advogado desejou mandar Rogério sumir. No entanto, respondeu, baixo:
— Perfeita.
— Gostaria de experimentar as outras?
— Não é necessário.
— Claro, as camisas de vovô — riu o jovem.

Os olhares cruzaram-se outra vez no espelho. E o advogado voltou a desviar o olhar do par de olhos intensos. Rogério desapareceu. A face sem corpo vista ao espelho, como o gato de Alice, restou na retina de J.H. depois que porta da cabine se fechou. Espírito opresso, elevestiu-se com gestos mecânicos. Dava nó na gravata quando bateram. Rogério entrou sem esperar resposta, pôs a pilha de camisas em uma sacola de papel cinza-escuro. Abriu a porta para o cliente e escoltou-o até o avô. O ancião miúdo estava em uma cadeira estreita de espaldar alto. Levantou-se com dificuldade. Caminhava apoiado numa bengala. Despediram-se. Minha secretária deposita o pagamento. Claro. Até. As camisas... entregue, Rogério, ao homem. Geraldo adiantou-se. J.H. viu acariciarem-se de leve os dedos de Geraldo e Rogério que se olhavam, enquanto a sacola mudava de mãos.

Ficou boquiaberto. Não percebera antes por falta do segundo termo da equação. Era tão flagrante a verdade, que olhou ao redor, certo de que todos haviam testemunhado o que vira. Mas não. Tudo seguia igual na loja. Olhou para Geraldo e Rogério. Compenetrados, ouviam o velho Antenor, que falava com voz quebradiça, desejava ao cliente ilustre felicidades e pedia-lhe breve regresso, pois estavam à disposição.

Com uma frase curta, à qual desejou ter imprimido tom afetuoso, J.H. agradeceu e caminhou para a saída, antecedido por Geraldo e seguido por Rogério, que sustentava num abraço o avô. O advogado perguntava-se se teria sonhado a troca de olhares, o toque de mãos. Disse adeus ao velho e ao neto, parados, obsequiosos, à porta, e foi escoltado até o carro. O veículo avançou lento, rumo ao viaduto congestionado. J.H., outra vez envolto pela música de Bach, observou a feia paisagem humana, o povo enfezado, crianças miseráveis que se aproximavam do carro estendendo mãos miúdas imundas. J.H. jurou a si mesmo que jamais voltaria ao Centro. Ouviu Geraldo:
— Para onde agora, doutor?
— O escritório.

Uma menina magra, com um bebê inerte no colo, fitou-o, atenta, como se pudesse ver através dos vidros escuros. Ele leu naquele olhar desespero, súplica e raiva. Fez que não viu, massageou as pálpebras, pôs os óculos escuros. O carro aos poucos avançou para além do viaduto, das estreitas ruas fedidas, lotadas. Desceram para a 23 de Maio, a caminho da parte da cidade que J.H. reconhecia como sua.

Ele não olhou a paisagem. Oculto atrás das lentes escuras, acompanhou cada

O que é ser rio, e correr?

gesto do segurança. Como se a atitude de Geraldo pudesse dar-lhe a chave para o que acreditava ter visto. A razão do alvoroço em seus sentidos, não sabia dizer. Experimentava uma raiva excitada, ausente havia muito. Brotou medo. Por quais rumos tortuosos sua imaginação andava? Abriu o jornal, fechou-o. Tirou papéis da pasta, guardou-os. Não desgrudou os olhos de Geraldo.

— Então, meu pai, quer falar daquele assunto?
— Assunto?
Interrogativo, J.H. olhou para Joaquim. Intrigado, o primogênito, tão semelhante a José Honório quanto um rebento pode ser, observou o pai. Terminara o jantar. J.H. e Joaquim permaneciam à mesa, diante dos pratos de sobremesa, copos e talheres sujos. As criadas, junto à porta da cozinha, aguardavam. Célia, os outros filhos e as noras haviam-se agrupado na sala de estar, onde eram servidos café e licores. As crianças corriam por todo lado, sob os olhares vigilantes de babás uniformizadas; as adolescentes confabulavam ancoradas ao redor do aparelho de som.

— O segurança Geraldo. — disse Joaquim.
— Ah, é. — J.H. calou-se. — Bem, filho. Na verdade... — Deteve-se. Ali estava a oportunidade de afastar de si o indesejado. Abriu a boca. Calou-se, massageou as pálpebras. Joaquim aguardou. Enfim, J.H. ouviu saírem de seus lábios as palavras que temia: — Vou esperar mais antes de decidir. Não gosto dele, mas fui ao Centro e... Não imaginava que... Você está certo. Se não for ele, será outro. Melhor um mal conhecido...

— ... que um bem desconhecido, como dizia vovô — riu Joaquim. — Bom o senhor ter mudado de idéia. Porque Geraldo veio muito bem recomendado.
— Vamos ver. Ainda não me rendi. — J.H. meneou a cabeça.
— O que o senhor resolver, para mim está bem. Mandei minha secretária ligar para a casa da filha do Silveira e perguntar pelo homem. Está com problema sério no coração. Voltar a trabalhar em São Paulo, nunca mais.
— Coração? É mais novo que eu.
— Mas é gordo, fumava, não se cuidou, como o senhor — respondeu Joaquim. — Vai ver, estamos jogando dinheiro fora com Geraldo. — Riram. Apertando o braço de J.H. num gesto afetuoso, Joaquim disse, reflexivo: — Engraçado o senhor lembrar do avô. Pensei nele ontem, quer dizer, hoje. Sonhei. Estava na biblioteca, escrevendo.
— E?
— Foi só isso, acho.
— Quando o pai morreu, você estava com...
— Vinte anos. Conheci bem o avô. Estranho é que, nesse tempo todo, nunca tinha sonhado com ele. Senti...
— Saudade?
— Alguma coisa assim.
J.H. considerou o filho com doçura. Quando ia contar-lhe que também ele

68

J.H.

lembrara do pai naquela manhã, calou. Temeu ser levado a falar do episódio na camisaria. Exasperava-o não ter provas além da troca fugaz de olhares. Carecia da capacidade de explicar de forma clara a si mesmo, que dirá aos outros, o motivo pelo qual essa história o incomodava. E incomodado estava. Não pensara em outra coisa durante a reunião com o importante cliente nem mais tarde, ao jantar. Célia apareceu:

— As meninas vão cantar. Zé Honório, Quim, não querem ouvir?

J.H. não dormiu. Virou-se de um lado para o outro na cama, assaltado por aflitas imagens vagas, ansiosas, que, a sua revelia, traduziam-se em idéias batendo de encontro umas às outras. Silêncio pesado, como a escuridão. O calor em nada ajudava. J.H. mantinha ligado o ventilador de teto, mas a engenhoca não vencia a noite africana. Em algum momento dormitou. Acordou imerso em suor. Acendeu um abajur, que tingiu de âmbar as paredes brancas. No banheiro, despiu o pijama molhado, secou-se com uma toalha macia, vestiu um robe branco leve. Saiu para a varanda.

Era morno o ar da madrugada. Nenhuma aragem movia as folhas das árvores e arbustos plantados em grandes vasos junto do beiral do terraço que circundava todo o primeiro andar, debaixo de toldos verdes. Andando moroso entre vasos de barro e móveis de vime, J.H. deu volta à casa. Observou, sem ver, à esquerda, a piscina, e à direita, a horta e o pomar, de que ele cuidava pessoalmente. Ao fundo, atrás de uma mureta, ficavam as garagens, áreas de serviço e cômodos dos criados.

J.H. voltou ao quarto, mas não à cama. Foi até a biblioteca, serviu-se de uma dose de bourbon. Saiu para a varanda, que percorreu outra vez, ensimesmado, passos pequenos. A bebida exerceu seu efeito nos nervos tensos. Deteve-se junto à balaustrada e fitou o jardim. Há muito não havia mais horizonte ao redor da casa. Para lá dos muros erguia-se o negro recorte dos prédios da Faria Lima. A J.H. ocorreu que um dia, talvez breve, a redondeza estaria coalhada de gente feia, suja, pobre. Desejou estar morto quando esse câncer atingisse seu território. Seguiu andando, imerso em idéias soturnas. Súbito, ouviu o clangor do portão da entrada de carros, um rodar de pneus no cascalho, o ruído abafado das portas automáticas da garagem.

Soube quem chegava antes mesmo de ver. Passos pesados nas pedras do pavimento, Geraldo, jeans e camiseta preta, veio da garagem e subiu a escada da área de serviço. Sumiu de vista, reapareceu, atravessou um corredor avarandado e abriu a porta de seu quarto. Apesar da distância, J.H teve a certeza de ver largo sorriso no rosto do segurança.

O advogado entrou, cerrou venezianas, aumentou a velocidade do ventilador. Terminou de um gole o bourbon. Estava convencido de que sabia com quem Geraldo estivera. Marcel Proust havia escrito sobre gente dessa laia. Na biblioteca apanhou um manuseado volume, *Sodome et Gomorrhe*. Voltou ao quarto, recostou-se na cama.

Logo deu com a passagem que buscava. O trecho abria o volume, como se o autor tivesse pressa de entrar no assunto. *"Dès le début de cette scène, une révolution..."*,* leu. O narrador espionava o encontro do costureiro Jupien com o barão De Charlus, no pátio e depois na alfaiataria, no térreo do edifício elegante em que residia a família de Marcel. Apoiado contra o balcão da loja, o magro Jupien, fazedor de coletes — que, numa das futuras voltas do livro, será proprietário de um bordel masculino em Paris —, deixa-se possuir pelo corpulento Charlus, que se deteve ali a caminho da casa de sua prima, a duquesa de Guermantes. Encorpava o trecho uma digressão do Narrador, sua declaração de horror aos "homens-mulheres" de Sodoma, a "raça maldita".

J.H. acomodou-se na cama e avançou na leitura. Fora, a manhã crescia. Ali dentro reinava a noite artificial. A certa altura, J.H., livro aberto, luz acesa, mergulhou em um agitado sono breve. Imagens saídas dos batalhões de palavras, guirlandas de orações, cachos de interpolações e buquês de descrições acompanharam-no em sonhos confusos. Acordou em sobressalto. Estava atrasado. Sob a ducha, um pensamento o paralisou, tão súbito que cortou feito raio sua respiração. Tamanho foi o impacto, que não deu tempo de pensar. Saiu do chuveiro, enxugou-se, vestiu-se, bateu à porta do quarto de Célia, que despachava com a chefe de sua equipe, simpática senhora de meia-idade, restauradora doutorada na Itália, contratada a peso de ouro.

— Preciso conversar com você — disse J.H. à esposa, depois de um rápido beijo e cumprimentos. Célia seguiu-o até o corredor.

— Agora?

— Não. Com calma.

Nada acrescentou. Ela decidiu:

— Ao jantar, então?

— Só nós?

— Sim.

— Muito bem. Até a noite. — Deu-lhe um rápido beijo e foi-se.

Ela seguiu-o com os olhos, curiosa. E voltou ao trabalho.

Durante o jantar, falaram de trivialidades, do encontro familiar da véspera, dos filhos, noras e netos, das gracinhas das crianças, dos estudos das meninas de Joaquim, que já pensavam em universidades fora do país, mania, tudo hoje é Estados Unidos. Depois J.H. foi com Célia à sala de visitas. Dispensou a criada e serviu o chá.

— Você deve se perguntar por que tanta cerimônia — disse.

— Acertou.

— Este canto lembra alguma coisa? — Indicou com gesto circular o nicho em que estavam, junto da porta de vidro que se abria para a piscina. Célia estudou-o e indagou:

— Isso é um teste?

— Não.
— Foi aqui que você me pediu em casamento.
— Algumas vezes me perguntei se ainda lembrava daquela noite.
— Acha que eu poderia esquecer?
— Tanta coisa mudou, que...
— Queria conversar comigo para saber se minha memória anda boa?
— Não.
— Então...
— Achei que este era o melhor lugar para dizer o que preciso.
— Por quê?
— Pode ser um impulso idiota, mas quanto mais penso...
— Quer pedir minha mão de novo? — disse Célia, sorrindo.
— O contrário.
— Não entendi.
— Não?
— Não quero entender o que entendi.
— Acho que é o melhor para nós.
— Absurdo!
— Não.
— Claro que é.
— Vivemos só os dois nesta casa enorme, cada dia mais distantes.
— Isso não quer dizer nada.
— Quer dizer tudo. Acabou.
— Não penso assim. Além do mais, a Igreja...
— Pouco importa a Igreja. Se fizer questão, nem precisamos oficializar. Mas vamos parar com a mentira, Célia.
— Você arrumou outra mulher?
— Não. O problema é outro.
— Não temos nenhum problema.
— Não?
— Claro que não.
— Pense um pouco. Seria bom para os dois.
— As crianças.
— São todos adultos.
— Nunca imaginei. Não sei que dizer.
— Não diga nada. Vamos acabar a conversa em outra hora.
— Sabe o que me choca? Sua insensibilidade, Zé Honório. Nunca teve muito tato. Mas... vir com isso a quinze dias do Natal!
— Seria diferente em janeiro, Célia?
— Claro que sim. Não entende?
— Não. E o problema não é insensibilidade, apesar de tudo o que você disser. Mas está bem. Vamos voltar a conversar em janeiro.

— Depois das férias, Zé Honório. Dê tempo ao tempo. Não faz idéia da enormidade que me pede.
— Não é preciso ser dramática.
— Dramática? O senhor me aparece assim, na época mais sagrada do ano, falando em separação, depois de uma vida inteira juntos, e eu sou dramática? No lugar em que me pediu em casamento fala de separação! Sádico. E sua calma! Parece que veio me avisar que vai dar uma volta pelo jardim. E eu sou dramática, Zé Honório? Você está ficando louco.

Durante as semanas seguintes, deprimido e mal-humorado na maior parte do tempo, J.H. teve a impressão de viver em um mundo regido por regras que o sufocavam. Célia fugia, como se ele tivesse peste. Proibira-o de comentar com os filhos a "história" da separação.
J.H. seguia a rotina, honrava compromissos. Mas não atentava ao que fazia. Perdia-se por horas em desvãos de uma agonia abrupta, da qual era difícil se livrar. Dormia mal. Durante a madrugada acordava de sonhos inquietos, de que recordava frangalhos amedrontadores. Saía para a varanda em passos silenciosos, bebericando bourbon.
Os regressos tardios de Geraldo eram a culminância desses vagares noturnos. J.H. passou a anotar em uma folha de bloco, que usava como marcador de *Sodome et Gomorrhe*, as horas em que ele retornava, nunca antes da alta madrugada. Bem cedo, na manhã seguinte, incrível, estava a postos no serviço, alerta. J.H., exaurido pela fieira de noites mal dormidas, não percebia no empregado um bater de pálpebras, um bocejo. Geraldo estava sempre atento, pronto para qualquer tarefa. A exaustão crescente levou J.H. a saudar com genuíno prazer a suspensão da rotina do escritório, fechado para as festas.
Atravessou como sonâmbulo os festejos familiares de Natal e ano-novo. Era notório seu pouco entusiasmo por tais comemorações, e sua retração pareceu a todos natural. Mais tarde, ele não lembraria daquele período, exceto pelo obsessivo registro das idas e vindas noturnas de Geraldo. J.H. sentia-se oprimido. Tomou dez vezes e dez vezes adiou a decisão de ir ao médico. Talvez devesse procurar um terapeuta. Meditava horas a fio sobre a tensão estúpida a que se submetia voluntariamente.
Relia Proust. Em busca de quê? Com o andar dos dias, para seu desalento, o romance, favorito dos favoritos, tornava-se progressivamente ilegível. Afastava-o dele tudo o que sempre o seduzira na intrincada e hipnótica prosa do sibarita penitente. A saga proustiana, que lera e relera, maravilhando-se com aspectos essenciais da história, desapercebidos na leitura anterior, deixava-o desta feita inquieto, devastado por uma estranha sensação de perda. A cumplicidade que estabelecia antes com as páginas era agora trocada por uma hostilidade surda, persistente. Certa madrugada, depois que viu Geraldo recolher-se, voltou para a cama e tentou ler. Foi incapaz de se fixar numa frase que fosse. Fechou o volume.

J.H.

Reabriu-o, experimentou outra vez. Pior. Exasperou-se. Largou o livro e foi para a biblioteca, onde caminhou indeciso diante das estantes. Por fim, trocando a angústia inominável pela nomeável, apanhou Pessoa. A folha com os dias e horas de Geraldo passou de *Sodome* para a *Obra poética*. J.H. abriu na parte do "Guardador de rebanhos" e refugiou-se em Caeiro.

Passadas as festas, pela primeira vez desde que se havia casado, decidiu não acompanhar a família à praia. Tinha ótimo pretexto, uma nova causa intrincada e urgente. Não tivera como recusá-la, cliente antigo amigo da casa. A mansão de São Paulo não seria fechada. Parte da criadagem — cozinheiro, arrumadeiras, o motorista e o segurança —, permaneceria na cidade. Joaquim e Célia convocaram J.H. para uma conversa. Determinaram que deveria ir ao litoral nos fins-de-semana. Estava pálido e descuidava da saúde, logo ele. J.H. comprometeu-se a retomar sua natação. Na manhã da viagem, solene, acompanhou Célia até a porta e despediu-se com um cerimonioso aperto de mão. Inesperadamente afetuosa, ela beijou-o e reteve-o junto a si por algum tempo. Depois, afastou-se e disse, baixo:
— Não pense que esqueci daquele... assunto. — A pausa antes de "assunto" foi bem marcada. — Vamos decidir tudo quando eu voltar a São Paulo, está bem? — Um abraço, e ela se foi entre sorrisos amistosos e acenos de lenço da janela do carro.

A amorosa atitude de Célia deixou perplexo o marido, à porta da grande casa branca. Por pouco não tirou também do bolso o lenço e retribuiu aos acenos. Conteve-se. O que se passava? E vinha de onde essa a impressão de estar perdido num nevoeiro?

Subiu a ampla escadaria imerso no falso crepúsculo criado pela clarabóia de opaco cristal, que conferia à luz uma qualidade outonal, langorosa. Atentou ao ruído dos próprios passos abafados pelos tapetes, mal rompendo a quietude. Nada além daquelas passadas amortecidas ouvia-se ali. Haviam sido suprimidos o soar discreto dos telefones e do *fax*, o rumor das idas e vindas dos funcionários de Célia, três peritos, uma secretária e a restauradora. A casa silenciara.

A ausência de sons remeteu J.H. à meninice. Dentre as memórias preservadas das longas tardes na casa paterna, a mais viva era a da quietude que manava de todos os umbrais, paredes, móveis, até mesmo do tiquetaquear abafado do pêndulo no saguão. Depois do nascimento de seus filhos, os vastos cômodos foram preenchidos pelos ruídos de infância e adolescência multiplicados por três. J.H. tivera de esquecer o silêncio. Ao contrário dele, Joaquim e irmãos eram gregários. Gostavam de receber, dar festas, ouvir música. Depois de casados os filhos, vieram os sons burocráticos do pessoal de Célia. Agora, de súbito, a quietude voltava. O não rumor o oprimiu. Entrou na biblioteca e instalou-se à mesa. Não estava mais tão certo de que ficar só fosse boa idéia.

Olhou para a pilha de volumes que trouxera do escritório, robustas obras jurídicas encadernadas em couro, encimadas pelas pastas com os documentos referentes ao processo e os códigos que precisava consultar. Ao contrário do que havia planejado, não pôs mãos à obra. Fitou as altas copas das árvores do jardim modelado por sua mãe. *"Un jardin français a Sao Polô"*, definia ela, filha de judeus franceses de Estrasburgo, casada com o herdeiro de eminente advogado lisboeta que cuidava em São Paulo dos problemas legais de seus patrícios.

No início dos anos 30, quando as coisas começaram a se complicar para os judeus na Europa, a garota francesa fora mandada pelos pais ao Brasil, em visita a tios maternos. Em um baile conhecera o pai de J.H. Apaixonaram-se. Esquecera a vida passada entre Estrasburgo e Paris, rompera com a inconformada família ortodoxa e casara-se com o homem que amava. Não se convertera ao catolicismo e evitara que o filho fosse batizado. Mas, encantadora, fora aceita de imediato pela amorável família do marido.

J.H. sorriu ao pensar na mãe. Não evocava a mulher magra e precocemente envelhecida, que se deixara morrer depois do falecimento do marido canceroso, mas a jovem em vestidos vaporosos, segundo a moda dos anos 30, que sorria, acenava em fotos encasuladas em velhos porta-retratos, imagens capturadas nos primeiros dias de Brasil, durante a lua-de-mel em Portugal, na mansão do Jardim Europa, quando o bairro começava a se formar.

Melancólico, J.H. buscou entre os CDs a sinfonia *Linz*, de Mozart. Deixou-se penetrar pelas simetrias clássicas e resolveu que podia se dar uma tarde de folga, antes de mergulhar na causa.

Deixou a poltrona. Sob uma das estantes encaixava-se um sofá acolhedor, no qual se acomodou. Tirou sapatos, ajeitou sob a cabeça uma almofada, olhou o vazio, vagamente cônscio do espaço ao redor, das prateleiras de livros, das amplas janelas rasgadas para os verdes do terraço e do jardim. Como estavam atrapalhados os sentimentos! Havia na cabeça um tumulto que tornava difícil decidir o começo e o fim das coisas. Pior era a sensação de não saber mais o que fazia. Temores vagos transformavam-se em imagens tumultuadas, turbilhonavam em rodas que o oprimiam. Apanhou a *Obra poética*. Sem saber o que procurava, folheou ao acaso, até que seus olhos bateram nuns versos do *Cancioneiro* de que não tinha lembrança:

"O que é ser-rio, e correr?
O que é está-lo eu a ver?"

Não entendeu. Foi para o início do poema. Demorou-se no texto, que percorreu mais uma e outra vez e outras ainda. Deixou depois, já sem ler, a vista fixada nas letras, como se lutasse para arrancar com os olhos o preto do branco e desvendar o mistério perturbador que jazia sob as linhas. Mas nada havia lá, exceto uma estrofe tonta. Então, por que a turbação? Trêmulo, forçou-se a desviar o olhar das letras. A custo pousou o livro aberto no colo. Falta de ar, coração disparado, boca do estômago contraída. Sentiu arrepios de frio. Ergueu-se em um movimento de fuga contínuo, arquejante. Viu o livro que voava, impelido de seu colo, e nada fez para impedir-lhe a queda. Ao contrário, numa agônica recusa afastou-se da *Obra poética*, como se o volume fosse uma ameaça.

Estava zonzo, quase caiu. Sentou-se na beira do sofá e enfiou o rosto entre as mãos. Assim quedou-se, coração lanceado. Permaneceu imóvel. Por quanto tempo, não saberia dizer. A dor que tomara seu peito aquietou-se por fim, restabelecida a passagem do ar para os pulmões. Recostou-se, esticou-se no sofá. Forçou-se a prestar atenção na música, que havia deixado de ouvir. O pânico cedeu, enfim. Apanhou no chão a *Obra poética*, que jazia emborcada num canto, mas não reabriu o livro. Trocou Mozart por aberturas de Rossini e voltou ao Proust abandonado. Mais senhor de si, serviu-se de um bourbon e acomodou-se em sua poltrona. Com *Sodome* e a música ocupou-se enquanto aguardava a madrugada, que tardava. A leitura permanecia penosa, mas era um bálsamo depois daquilo. E não entendia por que ficara tão perturbado com os versos de Pessoa.

Naquela noite Geraldo não pôs o nariz fora de seu quarto. Isso não impediu J.H., insone, de passar largas fatias da madrugada no terraço. No outro dia, durante horas devaneou — livros jurídicos abertos em vão —, indagando-se o que teria levado o guarda-costas a quebrar a seqüência de escapadas. Após o jantar, Geraldo outra vez deixou a casa e não regressou antes das cinco da manhã.

Quebrando a jura que fizera de não voltar lá — nem mesmo se lembrou dela —, J.H. decidiu que precisava de camisas pólo e shorts para a praia. Resolveu ir à camisaria. Escoltado por Geraldo, tornou a enfrentar a viagem desagradável, ruas inóspitas, camelôs, mendigos, crianças imundas.

Antenor não estava. Rogério fez as honras da casa. Passara dos longos cabelos soltos para um estilo escovinha semelhante ao de Geraldo. Ostentando fundas olheiras, o rapaz informou que o camiseiro havia sido internado dias antes, pneumonia, sabe como é, vovô está com noventa, e veja só, uma fortaleza, surpreendeu a todos, melhorou, passou para a terapia semi-intensiva.

As mercadorias que J.H. desejava ver foram expostas. Escolheu, rápido, alguns artigos. Durante a prova e a compra, embora os observasse com toda atenção, não vislumbrou qualquer troca de olhares entre Geraldo e Rogério. Ignoravam-se. Mas as olheiras de Rogério davam o que pensar. Podiam indicar que o neto de Antenor não resistia ao que J.H. supunha fosse uma maratona de encontros tardios com Geraldo. Por outro lado, talvez fossem apenas resultado das vigílias do garoto junto ao avô enfermo.

Saiu da camisaria decepcionado. Estariam ambos prevenidos contra surpresas? Em lugar de regressar à casa, J.H. empreendeu uma longa peregrinação por livrarias na Paulista e em Pinheiros. Almoçou no clube, conversou com velhos conhecidos, jogou partidas de bridge. Chegou à casa ao cair da tarde. Desceu do carro. Geraldo indagou:

— O senhor vai amanhã pra praia? — J.H. olhou para o guarda-costas como se ouvisse uma pergunta em língua desconhecida. Geraldo explicou-se: — Quinta-

feira, doutor, é mais fácil pra viajar. Porque nos fins-de-semana... com as férias... a estrada...
— Vou descer na sexta...
— Vamos pegar congestionamento, doutor. Seria melhor amanhã.
J.H. subiu um degrau, virou-se e indagou:
— Por que a pressa, Geraldo? Quer antecipar o seu fim-de-semana? — Calou-se um instante. E depois: — Algum rabo-de-saia?
— Imagine! — O segurança estava atônito. O patrão não abria nunca espaço para intimidades e, de repente... Balbuciou: — Que isso! Nada disso. Só tenho compromisso no sábado... Batizado do sobrinho... Domingo busco o senhor. Podemos ir na sexta, mas amanhã ia ser melhor.
— Vou pensar.
— Perfeitamente, doutor.
J.H. desceu para o jardim. Bateu em seu rosto a brisa do entardecer. Andou em meio a árvores e canteiros de flores. Precisava demitir Geraldo. Foi até a piscina, resolveu dar um mergulho. No vestiário despiu-se, vestiu o short, e logo estava atirando-se na água. Nadou com prazer, músculos obedientes ao seu comando. Entrava na casa quando ouviu trovoadas distantes. O ar estava pesado, opressivo.
Tomou um longo banho. Não quis comer na sala de jantar. Pediu uma salada e um suco de frutas, que lhe levaram à biblioteca, onde ouviu Bach, os *Concertos de Brandenburgo*. Depois da refeição, foi até o quarto, vestiu calça e camisa confortáveis, escuras, e calçou tênis. Apanhou a carteira e conferiu os documentos, dinheiro, tudo certo. O calor não cedia. Alguns raios cortaram o céu. Olhou as horas: nem nove, ainda. Muito cedo, havia de ter paciência. Não sentia vontade de ler, ouvir música. Acomodou-se à mesa, olhou em volta, incerto, procurando que fazer.
Mecanicamente abriu um dos volumes jurídicos. Concentrou-se, trabalhou intensamente por cerca de uma hora. Então decidiu que era tempo. Apanhou o intercomunicador. O motorista atendeu. J.H. disse, autoritário:
— Prepare o meu carro, vou sair.
— Agora, doutor?
— Sim.
— Eu, é que...
— Não tem quê. Vou sair em três minutos, quero o carro.
— Estou de pijama, doutor. Preciso se vestir.
— Vou sozinho. — J.H. tinha úmidas as palmas. Se o motorista decidisse consultar Geraldo, seu projeto iria por água abaixo. Precisava impedir que passasse pela cabeça do sujeito a idéia de advertir o guarda-costas. E não podia esperar para intimidá-lo quando estivessem frente a frente. Nada lhe ocorreu senão rugir:
— Vá tirar o carro, entendeu?
Dois minutos mais tarde o chofer, tartamudeando desculpas, calças de uniforme,

melancólico paletó de pijama de listras violeta, chinelos de plástico azul, esperava-o com o motor em marcha, porta aberta. J.H. entrou no carro sem nada dizer. O empregado olhava-o como se visse um prodígio. Prestes a sair, J.H. pôs a cabeça para fora, com o indicador chamou o chofer, e quando este aproximou sua cara bovina, disse:

— Se contar para alguém que saí, vou comer sua alma, entendeu? E amanhã cedo você vai para o olho da rua.

A possibilidade de antropofagia espiritual não comoveu o chofer, mas o risco que corriam a carteira assinada, o seguro médico e o décimo-terceiro surtiram efeito imediato. Pela sua expressão e por seus lábios descorados, J.H. percebeu que, se dependesse daquele sujeito, seu plano estava salvo. Deu partida e rumou pela alameda arborizada para o portão. O vigia de turno na guarita não teve dúvidas quando viu J.H. ao volante. Acionou o comando e abriu os grandes portões, inclinando a cabeça em uma saudação marcial. O patrão respondeu com um aceno distraído, como se estivesse acostumado a sair assim, sozinho, todas as noites. No peito, o coração batia, louco. J.H. deu volta no quarteirão, até uma pequena praça diante da porta traseira da casa. Estacionou atrás de um renque de árvores e esperou, mãos trêmulas. Era demência isso, temeridade, irreflexão! Trovões soavam próximos, relâmpagos riscavam o céu, o calor era malsão. Para sorte dos nervos tensos, sobressaltados, foi breve a espera.

O portão de serviço abriu-se e uma pequena van preta, um dos carros usados pelo pessoal de Célia, deixou a casa. J.H. viu Geraldo ao volante. A chuva começou, pesada. J.H. seguiu a van sob uma cortina d'água que se intensificava a cada segundo. Temeu perder de vista o outro. Fazia tanto tempo que não dirigia, ainda mais à noite, sob aquela chuva... Geraldo rodou para o Centro. Subiu a Rebouças, desceu a Consolação. A chuva ora parava, ora caía de dar medo. J.H. estava arrependido. Nem via direito onde estava. Queria ir para casa, ler seu Proust. Mas não saiu do rastro da van, que enveredou pela Rego Freitas e tomou a Major Sertório na direção da São Luís. Finalmente J.H. teve certeza de onde se encontrava, apesar da chuva torrencial. Em certo momento, perdeu-se de Geraldo, mas deu com ele logo adiante, num semáforo. J.H. quase enfiou o carro na traseira da van. A chuva, que seguia desapiedada, dava-lhe certeza de que era impossível a Geraldo reconhecê-lo. Irritado, decidiu pôr fim à perseguição absurda na esquina seguinte. Contudo, o guarda-costas estacionou. Entre as pancadas de chuva, J.H. observou que Geraldo parara diante de um prédio na São Luís. Da marquise correu para a van um homem de capa e guarda-chuva vermelhos. Ao menos, J.H. supôs que fosse homem, pela altura e por seu modo de correr. Embarcado o passageiro, o carro preto subiu a Consolação. Em frente à igreja, dobrou à direita, tomou a Duque de Caxias, seguiu para a Avenida Rudge e avançou para a Ponte da Casa Verde, em meio ao aguaceiro. J.H. não sabia por que ruas se embrenhava o guarda-costas, que dobrou

O que é ser rio, e correr?

à direita, depois à esquerda e foi rodando colinas acima sem hesitar. Vou voltar, pensava J.H., seguindo Geraldo com obstinação.

Passavam por uma área de casas pequenas, todas iguais, quando a chuva começou a estiar. Depois de atravessar um arborizado largo, a van entrou na primeira transversal à direita e parou junto de uma casa próxima da esquina, na frente de um portão pintado de azul num muro baixo revestido de pastilhas rosas. A chuva havia parado. J.H. não entrou na rua com o carro. De longe, viu Geraldo descer primeiro, e logo a seguir Rogério. O sangue de J.H. escoiceou em suas veias. O acompanhante do guarda-costas desvencilhara-se da capa, e era o neto de Antenor.

Os dois homens entraram pelo portão azul, que Geraldo abriu. Enlaçavam-se. O segurança, mais alto e largo, passava o braço pelos ombros de Rogério, e este o cingia pela cintura. Subiram assim. J.H. aproximou-se, cauteloso, da íngreme escadaria que levava à moradia, construção de três andares erigida no topo de um terreno íngreme. Geraldo e Rogério subiram até o primeiro patamar. Abriram uma porta, acenderam a luz no interior do cômodo. Antes de entrarem, beijaram-se. Beijo longo, demasiado longo.

J.H. sentia náuseas quando voltou ao carro, que deixara no pequeno largo. Apoiado no veículo, sentiu vertigens. Tinha o estômago embrulhado. Ilogicamente, só conseguia pensar nos versos, "O que é ser-rio, e correr? / O que é está-lo eu a ver?" Houve uma revolução em suas entranhas. Mal teve tempo de sentar-se na sarjeta. Vomitou, pernas abertas, torso inclinado para a frente. A chuva voltou. Ainda com mais força que antes. J.H. ficou ensopado. Não procurou abrigo. Sentiu o tambor furioso da tempestade em suas costas, ergueu a cabeça para o céu. Como um selvagem, abriu a boca e permitiu que a água das nuvens lhe lavasse o rosto e o gosto azedo nas papilas. Só então cambaleou para o carro.

Não saberia dizer de que modo chegou em casa. Mas chegou. O instinto que o conduziu ao caminho certo, a ele seria impossível determinar. E tivera ainda, em sua desabalada fuga da Casa Verde, de desviar da primeira ponte em que desembocara. Estava inundada. Recusara-se a esperar, buscar ajuda. Saíra feito maníaco, retornara na contramão, entrara em ruas que não sabia de onde partiam nem aonde levavam, atravessara becos e avenidas sob a chuva até que, de hora para a outra, sem entender como ou por quê, viu-se na saída da ponte do Limão, que deu vau, como o viaduto subseqüente. Logo J.H. entrou na Sumaré e tomou seu caminho.

Tremia de frio. Largou o veículo na entrada social, subiu às pressas para o quarto, tirou o motorista do sétimo sono e ordenou-lhe que guardasse o veículo na garagem, e já, entendeu? Foi para o banheiro, arrancou a roupa molhada e encheu de água quase fervente a banheira, enfiando-se ali. Muito tempo depois, secou-se, tomou uma dose de bourbon e dormiu assim que deitou, um sono pesado. Ao acordar estava bem disposto, não tinha sequer dor de garganta. O sol brilhava, impossível dizer que há pouco a cidade sofrera um dilúvio.

Ficou deitado, saboreando o dia. Depois ligou para Geraldo, que atendeu, nariz entupido.

— Vamos para a praia hoje — disse.

— Tá certo, doutor Honório. — Espirro. — A que horas?

— Antes do almoço.

— Nesse calor, doutor? — Novos espirros. — Não será melhor esperar o fim da tarde? Mais agradável, não é mesmo?

— Vou antes do almoço. Você está doente?

— Estou ótimo, doutor... — A frase foi truncada por um acesso de tosse. – Só que ontem fui na minha irmã, o pneu furou e tomei chuva, o senhor não sabe como choveu!

— Ah... – disse. E acrescentou, seco: — Se não pode viajar...

— Vou a hora que o senhor quiser.

Enquanto desciam para a praia, varreu da memória tudo o que acontecera nos últimos dias. Pela primeira vez, em anos, teve vagar para longas conversas com Joaquim e os outros filhos, bom humor para brincar com os netos menores e prosear com as adolescentes, paciência para aturar as conversas das noras, intelectuais informadas e transbordantes de conceitos. Célia acompanhou-o em passeios vespertinos pela praia oval de areia clara, rochedos puídos pelas ondas e palmeiras tortas, onde ele sentiu os pés molhados pela espuma marinha. Não falaram "daquilo". Restringiram-se a temas seguros e tratavam-se como amigos que se sentem bem juntos. Ele contou da releitura de Proust e mencionou o mal-estar causado por Pessoa. Ela falou das dúvidas sobre a legitimidade de uma peça atribuída ao Aleijadinho, que estava empenhada em adquirir. Entre excursões de barco, demoradas sestas, leituras na rede e jantares no terraço passaram-se os dias. Breve já era o fim da tarde de domingo. Geraldo e o chofer apareceram para buscá-lo.

Pouca duração teve o bem-estar que J.H. trouxera da praia. Foi pisar na cidade, no domingo à noite, e instalar-se na casa silente, para os fantasmas tomarem de assalto sua cabeça. Estava insone, ansioso, "o que é ser-rio, e correr?", a frase ia e vinha em seus pensamentos como um pêndulo, tinha de parar com isso, era uma besteira, não podia ficar assim, assim, como? Teve o impulso de mandar o motorista trazer-lhe o carro. Mudou de idéia. O tempo estava firme, ele poderia ser descoberto, caso seguisse Geraldo. Ficou em casa e, alta madrugada, estava indo e vindo pelo terraço, à espera. O segurança apareceu ao amanhecer. De longe, ao vê-lo subir as escadas para seu quarto, J.H. imaginou-o escalando a escadaria íngreme na Casa Verde, enlaçando os ombros do neto do camiseiro. Lembrou de como os dois se haviam beijado antes de entrar na casa, e a imagem persistiu enquanto revirava-se na cama. Dormiu mal.

No dia seguinte, passou horas áridas diante dos volumes jurídicos. Pediu suco e salada, comeu na biblioteca. Depois, deitou-se sob o toldo do terraço, em uma espreguiçadeira, e contemplou o jardim. Perdeu-se em meditações até que, sem hesitar, embora a contragosto, largou o que tinha por concluir e ligou para o motorista:

— Apronte o carro. Já, entendeu?

Nem lhe ocorreu que o tonto poderia aparecer com o segurança a tiracolo. Mas o fulano indagou, ressabiado:

— Vai sozinho ou acompanhado, doutor?

— Sozinho.

— Pra já, doutor.

Dez minutos depois, mal crendo em si, J.H. estava na rua. Parou em uma banca de jornais e comprou um guia da cidade. Não poderia ser tão complicado assim. Bastava algum método, tinha de procurar com calma. Pouco depois rodava pela cidade, mapa aberto no colo. Tinha a respiração entrecortada, não de apreensão. Sabia o que queria fazer. A novidade da sensação era esmagadora, e a euforia que dela se desprendeu seguiu-o pelo trajeto, apesar dos mendigos e ambulantes e crianças esfarrapadas com ranho escorrendo do nariz, que ele via, incomodado, sempre que parava nos sinais fechados.

Chegou à ponte e entrou pela grande avenida, dobrando para a direita e para a esquerda, seguindo adiante. Consultava o mapa de tempos em tempos. Já estava além da Casa Verde e rodava agora por uma área montanhosa, placas indicando nomes de ruas e vilas e jardins de que J.H. jamais ouvira falar, embora tivesse nascido e vivido mais de seis décadas a poucos quilômetros dali. Não era assim que ele imaginava a periferia de São Paulo. Onde os bolsões de doença e desgraça? E se aquilo não era periferia, era o quê? Além estava o fim da cidade: morros cobertos de vegetação. Mas aqui havia quarteirões sem fim de casinhas e ruas de pequeno comércio tocado por gente pachorrenta. Quando se imaginou perdido de vez, a recordação vaga do nome de uma rua mostrou-lhe a direção. Antes do que esperava, J.H. deu com o largo arborizado, a meia-altura de um morro. Não precisou sair do carro para notar, na rua ao lado, o muro de pastilhas rosas e o portão pintado de azul. Para não ter dúvidas, deu meia-volta, desceu até a ponte e retornou, quase sem hesitar, até o pequeno largo. Chegou à casa quase noite. Excitado, sabia o que fazer. Deixou o carro à mão.

Ocupou o serão com a questão jurídica. De quando em quanto percorria o terraço. Geraldo não deixava a casa. Saía com freqüência do pequeno quarto para fumar, apoiado na balaustrada em frente à porta, fitando o nada. A ansiedade que J.H. leu na sua movimentação, contaminou-o. Por uma boa hora nada fez, além de observar o segurança, sentindo-se mais e mais inquieto e abatido, até que, com raiva surda e doída de si mesmo, voltou para dentro. Entrou em seu quarto, mas não se deitou. Serviu-se na biblioteca de uma dose de bourbon e acomodou-se no sofá. Abriu *Sodome*. As letras embaralharam-se diante de seus olhos. Largou o livro emborcado e afastou-se, copo na mão. Vagou ao redor da cama, saiu para a varanda, tornou a entrar. Foi até o quarto de Célia, em que não voltara a pôr os pés desde "a" conversa. Acendeu as luzes e postou-se frente à mesa de altar, olhando a escultura de madeira, bela pela simplicidade com que antecipava a tortura e morte do adulto em que se tornaria aquela criança.

    J.H. não se sentiu feliz com o rumo que tomavam seus pensamentos. Massageou as pálpebras. O que queria no quarto da mulher? Ser contaminado pela fé que movia Célia? O sentimento não estava nas esculturas, mas na base do ser de Célia, em uma falta de dúvidas que não fora transmitida a ele por sua mãe, racionalista e prática, ou por seu pai, fascinado pela dúvida destilada pela grande literatura. A falta de resposta que os ícones ofereciam para sua perturbação cresceu, enquanto se quedava imóvel. Rosto inerte, as feições não traíam o desespero que ia na alma. Mas por quê? Algo a ver com o fato de Geraldo não ter deixado o quarto naquela noite? A revolta diante dessa hipótese arrepiou o âmago de J.H. Não, foi o que lhe pareceu ter dito, não, não, não, imaginava-se repetindo, enquanto de algum canto remoto de si mesmo observava seu corpo. A perna direita deu, por própria vontade, um passo para a frente. E a mão direita, que segurava o copo de bourbon, avançou em uma curva e lançou a bebida na direção da escultura. J.H. observou o líquido âmbar que se espatifava em gotas e regatos sobre as faces sorridentes e tristonhas das mulheres, escorrendo pelos entalhes das vestes. Tarde demais precipitou-se para a frente, provocando uma derrubada de ícones nos dois ou três passos que chegou a dar, antes de estacar, congelado, enquanto ao seu redor imagens desequilibravam-se e tombavam. J.H. recuou. Sentou-se à beira da cama de Célia, observando o campo de batalha em que se transformara a sacrossanta câmara.

    Massageou as pálpebras e continuou a fitar os santos caídos. Sorriu, deu depois uma risadinha breve, outra e mais outra e outra ainda, até cair na cama gargalhando. Riu até doerem-lhe as mandíbulas. Sem ar, pressionou a barriga, como se quisesse conter ali o surto de hilaridade. Quando percebeu que numa das mãos segurava o copo vazio, as gargalhadas dobraram até, de modo lento, ceder lugar a risos lassos que desaguaram em uma exaustão absoluta. Esteve imóvel por longos instantes. Levantou-se com dificuldade. O estrago não fora grande. Só estavam tombados os santos maiores. J.H. foi até a biblioteca, serviu-se de bourbon, voltou e colocou os ícones no lugar. Depois, com cuidado amoroso, usou a seda do roupão branco para secar a escultura. Enxugou as inumeráveis pregas dos trajes de Ana e Maria, o pedestal ornado de rostos de anjos e frutos. Deixou para o fim o menino e, em último lugar, a cabeça cacheada. Notou que o rosto da criança fora poupado do líquido, exceto por uma gota pousada nos lábios carnudos cheios, de madeira pintada de um vermelho vivo quase real.

    "Ele vestiu presidentes" era a manchete do jornal que J.H. pálido, abatido, com olheiras, abriu ao café. Embora exausto, não havia dormido um instante. Ao pegar o jornal, deu de imediato com a nota de primeira página que remetia à matéria. Antenor merecera destaque. J.H. viu estampadas duas grandes fotos da

O que é ser rio, e correr?

loja de sua juventude, ao lado de uma pequena imagem do edifício reformado, grotesco. Em outra foto, Antenor aparecia em uma cadeira de vime, ao centro de numeroso grupo, família e funcionários na comemoração dos noventa anos. Em um canto estava Rogério, sorridente, abraçado a um casal de meia-idade. Brusco, fechou o jornal e acomodou-se na poltrona. Então Antenor estava morto. J.H. tinha sono. Pensou em deitar-se, tentar dormir. Em vez disso, vestiu o short e desceu para a piscina. Gostou de sentir a vibração do ar quando impeliu o corpo para dentro d'água e deixou-se envolver pelas sensações de frescor que percorreram a pele. Logo estava agitando braços e pernas, cortando a resistência macia do líquido que reverberava em verdes e azuis ao sol da manhã. Por longo tempo nadou. Revigorado, banhou-se, vestiu-se, e trabalhou todo o dia em sua complexa causa.

    Depois de uma segunda noite frustrada, a terceira pagou dividendos da expectativa. Tão obcecado estava J.H. pela espera, que mal se deu conta de que o problema de seu cliente estava resolvido. Concluiu o serviço sem qualquer regozijo. Foi para o terraço, *Sodome* debaixo do braço, e leu até o entardecer. Se lhe pedissem para explicar o que lia, não seria capaz. Os olhos acompanhavam as letras com atenção mecânica. Jantou e seguiu na leitura.

    Por volta das onze, pediu o carro ao motorista. Calor opressivo, não havia sombra de vento. J.H. vestia calça e camisa azul-escuras. Logo o suor grudou-lhe a roupa no corpo. Sem hesitar, tomou o rumo do largo arborizado. Ruas vazias abriam-se a sua passagem. Não demorou a chegar. A van não estava diante da casa de muro de pastilhas. Estremeceu. E se... Estacionou o carro atrás de umas árvores. De lá via o largo e a rua. Apagou faróis. Geraldo e Rogério apareceriam? Apostava que sim. E não se enganou. Ouviu o motor da van antes que ela surgisse para contornar o largo. Sem mover-se, J.H. observou o carro estacionar em frente à casa e os dois homens escalarem, abraçados, o lance até o primeiro patamar. Esperou algum tempo antes de, cauteloso, sair do veículo. Cobriu os cabelos brancos com um boné escuro. No curto trajeto foi assaltado por um pânico paralisante, o que estava fazendo, poderia ser pego por um vigia, pela polícia, e se houvesse um cão de guarda? O medo não o deteve. Pulou o muro baixo, subiu a escada íngreme, o coração disparado. Achou-se em um pequeno terraço atulhado de tralhas, vasos de plantas. Na parede de blocos de concreto à mostra abriam-se uma porta estreita e uma janela de venezianas meio tortas nos gonzos. J.H., que não desejava senão sair dali, agachou-se junto da janela.

    O quarto era pequeno, pintado de branco, limpo. Nele havia apenas uma grande cama de casal, uma televisão com um aparelho de vídeo no topo, um aparelho de som compacto ao lado da cama, uma pequena pilha de CDs. Os dois estavam ali e foi o volume das vozes que forçou J.H. a levantar por fim os olhos e ver o que havia para ver. Ao lado de Geraldo, Rogério parecia frágil. Abraçaram-se. O garoto loiro acariciou o pescoço musculoso do segurança. O abandono, a intimidade, indignaram J.H. Jamais conhecera isso. O sexo não representara papel crucial em sua vida. Célia nunca fora parceira entusiasmada. Fazia questão de deixar claro que o aceitava como parte das obrigações conjugais. J.H. tivera sua cota de amantes. Era regra para todos os homens de seu círculo. Isso também cessara. Não sentia falta. E agora, como nunca antes, estava pasmo. E inerme. A indignação que vinha das entranhas como uma onda amarga espocava no peito, na garganta, e dissolvia-se nos silenciosos arquejos da paralisia.

— Vem cá — disse Rogério aconchegando-se a Geraldo. — Dá um beijo, cara. — Rogério voltou para si a cabeça de Geraldo.

J.H. tinha a sensação de estar imerso em um bloco de concreto. Transpirava profusamente e sentia nojo do peso da carne, da matéria do corpo. Estava boquiaberto. O avô mal descansava no túmulo, e o neto... J.H. tinha de sair do torpor. Era inconcebível.

— Quase me acabei de saudade — disse o segurança.

— Te amo, cara. Dois dias é demais... — Rogério não perdia tempo. Era todo mãos e boca, deslizava seu desejo pelo corpo troncudo e musculoso de Geraldo, que correspondia às carícias. Exploraram-se. Pescoços, peitos, mamilos, abdomes. Sussurraram frases incoerentes. J.H. ouvia o arfar, os sussurros. Não podia mais, tinha de interromper aquilo e... Quebrou-se o sortilégio: seus braços e pernas responderam aos comandos. Podia ir embora. Mas havia mais agitação em seu corpo do que desejava. Tinha o pau duro a ponto de doer. Se não tivesse levado a mão à boca, gritaria de raiva, indignação, revolta. O que estava lhe acontecendo?

Geraldo e Rogério esquadrinhavam-se, ávidos, arrancavam roupas, chocavam-se nus num abraço de quem pretende fundir-se numa peça. Uma dança de bocas e de mãos do esguio louro e do maciço moreno. Resfolgavam, separavam-se em busca de ar, como se se afogassem.

Deitaram-se atentos um ao outro, como se jamais antes alguém houvesse experimentado tal prazer. Aqueles homens profanavam olhos e mente de J.H. Este não saía do lugar, e apertava a mão contra aquele seu pau intumescido. Rogério e Geraldo estavam atracados. E J.H. deu-se conta de que nos seus devaneios sobre aquela história, que nunca se permitira alimentar, mas que ainda assim haviam sido tecidos em algum canto de sua mente, jamais supusera ver o que estava vendo. Percebeu o que iria acontecer, mas não acreditou. O esguio louro postou-se atrás do segurança e tomou posse do corpo musculoso, que se entregou com cooperação entusiasmada, chocante. Foi uma longa invasão. Mudaram de ângulo, de posição. Geraldo deixava-se possuir por Rogério com gozo intenso. Repulsivo. Mas J.H. não tirava os olhos da cena. Ao fim do que pareceram horas, veio o orgasmo. Geraldo emitiu um gemido longo e grave, que se transformou em um grito arquejante, secundado por uma fieira de palavrões proferida por Rogério no clímax. Foi simultâneo, mas abafado, o grito de prazer de J.H., que sentiu na palma da mão o calor do sêmen espalhando-se, impregnando a calça.

Saiu correndo, boca seca, olhos muito abertos. Entrou no carro, deu partida e contornou o largo. Ao se afastar, olhou para trás e viu um carro da polícia que subia a rua. Trêmulo, como se pudesse ser incriminado pelo que acabava de testemunhar, seguiu adiante. De vez em quando passava a mão na calça para sentir a umidade da mancha, que secava rápido.

Passou o resto da noite rodando pela cidade, olhos cheios de luzes e rostos e formas para os quais nunca havia atentado: prostitutas, cafetões, travestis, garotos de programa. Ouviu palavras que não conhecia: boquetes, cunetes, rapidinhas, e recusou com brevidade atônita os convites que lhe lançavam. Entrou em casa manhã alta. Pediu café. E chamou Geraldo:
— Vamos descer para a praia depois do almoço.
— Sim, doutor.
Tomou banho, deitou-se entre lençóis brancos e limpos. Preciso demitir esse sujeitinho pensou, antes de ser tomado por um sono profundo, relaxante. Ao acordar, sentou-se na beira da cama e apanhou o telefone:
— Célia?
— Olá, Zé Honório?
— Vou descer logo mais.
— Estou esperando você.
— Por quê?
— É quinta-feira.
— Ah. — Não fazia idéia do dia. Vinha vivendo fora do tempo.
— As crianças vão ficar felizes. Adoraram você de bom humor.
— O bom humor continua. – Não era mentira. Acrescentou, então, como se tivesse refletido muito: — Sabe aquele outro "assunto"?
— Claro, Zé Honório.
— Que tal se esquecêssemos tudo?
— Tem certeza?
— Sim.
— Vamos conversar.
— Caminhando pela praia.
— Muito bem.
Entrou chuveiro, comeu uma refeição leve e declarou-se pronto para partir. Chamou Geraldo de lado:
— Depois de me levar, pode tirar folga. Volto com o motorista de Célia no domingo. Segunda cedo, eu o quero aqui. Entendido?
Geraldo assentiu e abriu a porta do carro. Durante o trajeto J.H. notou que o segurança o observava pelo rabo dos olhos. E sorria. Um sorrisinho insinuante. Por quê? Saberia que... Não, impossível, não havia meio de ele saber! Mas, então, por que sorria? Lembranças da noite anterior povoaram sua mente. Como aquele sujeito corpulento e tosco pudera fazer aquelas coisas? J.H. estava perplexo.

J.H.

Estudou o sorriso de Geraldo. "O que é ser-rio, e correr?", pensou. Permitiu que seus olhos se embebessem do verde da mata que orlava a serra. "Ser-rio, e correr..." O carro avançou. De quando em quando J.H. olhava cauteloso na direção do segurança, que o observava, sorrindo. "Ser-rio, e correr..." Aquelas coisas que tinham feito, ele e Rogério, tanta indecência. Não podia esperar. Seria em breve. Mandaria embora o pervertido. Nunca mais o veria. Súbito, desconcertado, quis encolher, sumir. Assim, do nada, assim? Pau duro. Dá pra notar? Calça clara, pano leve... Será que Geraldo... Por isso sorri?

JOÃO GABRIEL

Silêncio carregado de expectativa envolve os interlocutores quando cessa o discurso inflamado. E o ruído do tráfego intenso na alameda dos Jardins, que ascende nítido até o 10.º, arrefece. Na abrupta quietude, as derradeiras palavras do orador reverberam no ar que singraram durante cinco minutos, velas pandas de argumentos e emoção. Ao ouvinte ocorre uma frase de Bernardo Soares: "O silêncio aterra como se houvera morte". O orador não permite o alongar-se da cisma do outro e lança a pergunta a que este preferiria não responder:

— Que é que o senhor acha? Topa?

— O senhor está, se está, no céu. Eu, nem de mim sou senhor...

Lugar-comum esfarrapado, craca do baú de idéias feitas. Mal acaba de falar, o homem magro, grisalho, morde o lábio inferior: não é o que deveria ter dito. Percebe no olhar do jovem uma redondez arregalada de espanto. Decerto ele nunca imaginou que senhores críticos fossem capazes de dizer asneiras dessas. O homem sente-se constrangido. Mas o rapaz, se ficou desconcertado, disfarça:

— Tá legal — diz, encolhendo os ombros, displicente. — O que é que *você* acha? — Acentua a palavra, e o sotaque carioca faz rir o homem mais velho. O jovem sorri, vai falar ainda, mas cala, pois o outro, risada dissolvida, abanando em negativa o rosto comprido, diz:

— Nunca trabalhei como dramaturgista. E O'Neill não é minha praia.

— Aposto em você, João Gabriel. É o melhor. Pode crer, vai dar jogo.

— Isso de melhor... Acho que diz como elogio, Guilherme, e que devo agradecer. Mas que significa, e como se mede? Com o mesmo "aparelho" que usamos pra medir melhor autor, ator? E de onde sua certeza de que vamos dar jogo?

Resposta antipática. De novo não é o que gostaria de ter dito. Sua inabilidade usual no trato com o próximo está hoje ativada ao máximo. A elegância e equilíbrio expressos por sua escrita são desmentidos pelos modos canhestros de urso. Nem com os filhos, que ama, João Gabriel consegue conviver por muito tempo. Foi incapaz disso quando eram crianças e não sabe fazê-lo agora que são adultos. Desconcertado, olha as mãos pousadas no jeans desbotado, mãos totalmente quietas, como podem ficar inertes assim?, está a divagar, tem de se manter alerta, ergue os olhos para o moço, pouco mais que um adolescente, acomodado em uma cadeira de lona perto da mesa. Na tela do monitor, linhas coloridas dançam geometrias mutantes contra um fundo negro. Oculto pelo balé surreal está o texto interrompido. João Gabriel pensa nisso enquanto examina o jovem de cabelos crespos, crista ruiva que se projeta para o alto e atrás se reduz a nada, nuca à mostra. O vermelho do topete realça a pele muito alva, e esta sublinha o negror da roupa toda, calças de couro, camiseta justa e tênis de solas grossas de borracha. Os olhos de Guilherme perscrutam o homem, que enfia dedos finos por cabelos longos, lisos, deslocando bastas mechas.

João Gabriel está atrasado. Se algo há que não pode fazer no momento, é discutir tal projeto. Por que as coisas têm de acontecer assim, sem dar tempo de pensar, como se fossem todos maus atores de um espetáculo péssimo, dirigido por um demente, cada personagem dizendo a outro falas de peças díspares em cenários estapafúrdios? Basta, tem de concluir o artigo.

Foi um erro marcar o encontro para um dia tomado por *deadlines* e reuniões. Mas o garoto insistiu. Tinha urgência ele também, precisava inscrever o projeto em uma lei de patrocínio, era o último dia... Gabriel supunha que Guilherme queria permissão para usar no *book* de um novo espetáculo a crítica elogiosa à primeira montagem que havia dirigido em São Paulo, um ano antes, versão ousada e intimista de uma peça histórica de Strindberg. A presente visita, porém, tem outro objetivo. O diretor veio convidar, não pedir.

O crítico não conta ao moço que a proposta é a concretização de um sonho: nada há que deseje tanto. Mas trabalhar com alguém quase trinta anos mais novo em uma obra de tal intensidade... Gabriel acredita que em três semanas estará aos socos com o garoto.

— A idéia é ruim — exclama o rapaz —, ou acha que não sou capaz?

— O projeto é pretensioso como o demo. — Gabriel sorri e obtém do outro uma cômica careta. — Quer o quê? Escolhe a peça mais difícil! Mas é ótima a idéia. E quem monta Strindberg como você, não vai se atrapalhar com O'Neill. O problema sou eu. Quer dizer, é o tempo. Não tenho. E o acompanhamento que você quer... Precisa de um especialista.

— Por que não você, João Gabriel?

— Sei tudo por alto, sou um jornalista do teatro, não um teórico.

— Isso não é verdade. Além do mais, não estou atrás de um semiótico que vai encher meu saco. Quero sua experiência, João Gabriel. Quantas décadas você tem de janela? Viu a peça com Cacilda?

— Que idade acha que eu...? — Breve pausa. Em seguida, para sua própria surpresa, Gabriel dispara: — Quando ela fez *Longa jornada*, eu era um guri de oito, nove anos. Mas vi Cacilda. Só algumas vezes. Porém o suficiente. Nunca esqueci a primeira, *Quem tem medo de Virginia Woolf?*. Fazia o primeiro científico... Naquele tempo chamava assim. — Ele ouve-se, como se escutasse outro. Não é hora para memórias, tem de concluir seu texto. Pensa em interromper-se, mas não. — Fui com a escola, era dessas que achavam moderninho enfiar pencas de alunos no teatro. Eu odiava. — Gabriel não tem prazer em falar de si. Mas a intensidade da atenção que lhe presta o moço diretor o faz tirar as memórias da gaveta. — Pirei quando vi *Virginia Woolf*, vesperal de quinta, teatro tinha matinê naquele tempo. Minha turma, a gente sempre bagunçava nas peças. Naquele dia, logo que começou, eu assobiei assim — leva dois dedos dobrados aos lábios. — Cacilda me olhou. Não olhou mais ou menos na minha direção, mas direto pra mim. Não podia me ver. Mas na sala escura, ela, contra a luz, olhou pra mim. Não disse nada, não deu esporro, não pediu silêncio, como outros faziam. Olhou. E de um jeito tão... Como se, lá do palco, pudesse me ler. Depois continuou a representar. E eu não tirei mais os olhos de cima dela. Quase bati em um cara da minha turma que quis zoar. Não entendi a história. Mas fiquei tão excitado que cheguei em casa com febre. Pedi pro pai me contar o que sabia de Cacilda. Ele tinha visto peças no TBC, gostava. Ficou espantado. Nunca imaginou que eu... O pai adorava contar histórias, tinha paciência. Por dias fiz ele falar de Cacilda, dos papéis que ela tinha representado. Minha mãe fazia gozação. Meu irmão mais novo dizia que eu tava apaixonado. Fiquei puto, meti a mão. Mas tinha razão, ele. Comecei a ver teatro. E tudo o que Cacilda fazia. Até, *Godot*, que também vi numa vesperal de quinta, uma semana antes do aneurisma. Acompanhei a agonia pelo jornal. Fui ao hospital duas, três vezes, parado no portão, feito besta, sem coragem de entrar. Nunca tinha rezado. Rezei, pedi milagre. Quando ela morreu, fiquei de um jeito... Tudo isso pra dizer que a *Jornada* de Cacilda, não vi. Assisti a essa peça só uma vez.

— Com quem?

— Acho que, caramba!, já são uns vinte anos. Nos Estados Unidos. Uma montagem de alunos de teatro. O texto merecia mais. Mas fiquei apaixonado, passei meses lendo tudo o que encontrava de O'Neill. Depois esqueci. É tão pouco levado no Brasil!

— Mas então não é verdade que não sabe nada sobre ele.

— Nunca estudei. Li sem método, só isso. Ficou uma lembrança vaga.

— Informação que você pode recuperar com rapidez e qualidade.

— Não sou a pessoa certa.

— É, sim. Mas não quer admitir. Que mau. Tinha certeza de que você ia se ligar no meu convite. — Guilherme levanta-se — Bem, cê tá aí, todo ocupado. Vou chegando. Muito obrigado por ter me recebido. E também pela história. Foi um lindo modo de descobrir sua vocação. Até.

Inesperado pânico envolve João Gabriel: não pode deixar passar a chance, não permitirá que o rapaz saia com a chave da porta que quer transpor.

— Eu gostaria de...

— Não precisa explicar nada — corta Guilherme. Movimentos rápidos, ágeis, apanha uma mochila de náilon preta no chão e dirige-se para a porta.

— Posso falar? — O crítico salta da cadeira giratória.

— Sim. — Guilherme pára.

— Preciso de tempo.

— Hein?

— Disse: preciso de tempo.
— Quer que eu volte quando? — A voz do rapaz reveste-se de impaciência.
— Amanhã? Pra semana?
— Uma hora?
— Quê?
— Preciso terminar este texto. — Rendido, Gabriel retorna à mesa e ao computador, seguido pelo jovem. — E estou muito atrasado. Se você tem jeito de esperar, podemos almoçar juntos e...
— Vim pra isso, João Gabriel.
— Quero saber mais sobre o projeto. Preciso de uma hora.
— Tem papelaria perto?
— No Conjunto Nacional, duas quadras pra cima.
— Em uma hora eu volto. — O jovem sai. Magro, altura mediana, ombros largos, move-se como quem tem pressa. Chegando à porta do *hall*, volta-se e diz:
— Não imagina como quero você nesse trabalho, João Gabriel.
— Não prometo nada.
— Pedi pra prometer?
— Outra coisa. Meu nome: Gabriel só. João Gabriel é pedante.
— É como você assina.
— Mas não gosto. Parece personagem de telenovela.
— Você, personagem de novela? Só se for na tevê universitária. — Riem. No elevador, Guilherme diz: — Então, até já, Gabriel só.

O crítico sorri ao voltar para dentro de seu apartamento/biblioteca, paredes tomadas por estantes repletas de livros de toda cor e tamanho. Vai de cá para lá para cá, à procura. Não é hora para isso. Mas não sossega. Por fim encontra, triunfante, sob uma pilha, um gordo volume de bolso, *Plays by Eugene O'Neill*. Lê a lista de textos incluídos na antologia: "Emperor Jones", "The hairy ape", "Ah, Wilderness!", "The iceman cometh", "Strange interlude" e enfim aí está, "Long day's journey into night". Em algum lugar — são tantos livros; há anos jura que contratará alguém para arrumar, catalogar —, em algum lugar está a edição da peça em português. Mas onde?

Eis que volta enfim ao computador e à reportagem inacabada, tornada agora um problema. Gabriel quer mergulhar no mundo sombrio criado por O'Neill em *Longa jornada*. Mas não pode se deixar levar. Tem de prestar atenção nas notas tomadas durante a entrevista com a atriz da Globo que vem a São Paulo estrelando uma comédia americana em que divide a cena com dois ocos galãs bonitões da novela das oito. Se a atriz pareceu-lhe descerebrada durante a entrevista, ao redigir suas respostas não sabe mais qualificá-la. Corta, costura frases, emenda, relê. Pra quem é, bacalhau basta. O espetáculo caça-níqueis não requer um verbo a mais. Remete por *e-mail*. Telefona para a redação, avisa que o texto está na Rede. Soa o interfone. Guilherme na portaria.

— Você está fazendo o quê?

Ela está sempre aos brados, mas em conversas telefônicas eleva o tom, como se falasse com surdos. Anos de prática treinaram Gabriel. Acomodado em uma larga poltrona na sala, junto da mesinha do telefone, observando prédios e telhados, além das amplas portas abertas da varanda da sala, ele inspira e expira com regularidade. Mantém o fone longe do ouvido sem lograr reduzir a potência voz.

— Trabalhando como dramaturgista, mãe.

— Minha nossa, o que é isso, Gabi? Parece palavra feia.

Palavra feia é o apelido de infância, que odeia. A mãe com certeza sabe disso. Não por outra razão o emprega. Ele mantém na resposta uma serenidade que não sente. Com que facilidade ela o irrita! Deveria desligar, mas não, embora saiba que se arrependerá.

— O diretor de uma peça me convidou pra...

— Você não presta pra artista. Vai ser um fiasco.

— Mas quem disse? Não vou ser artista. — Fala mais alto sem notar.

— Levantando a voz pra mãe, Gabi?

— Não levantei a voz, dona Gertrudes.

— Pra você, nunca se pode perguntar nada. Quase cinqüenta anos, e é uma criança. Não me chama de Dona Gertrudes! Que exemplo dá pros seus filhos!

— Meus filhos já são homens. E chamei pelo seu nome.

— Me chama de mamãe, de senhora. Mas que se pode esperar de você? — Ela salta para outro assunto com velocidade desconcertante. — Um sujeito nessa idade, desquitado de novo! Casamento pra você é nada, não é, Gabi? Três vezes desquite...

— Estou separado da Tânia há dois anos! Ainda não cansou disso?

— Devia pensar nos meninos!

— Não são filhos dela, e nem se incomodaram com a separação. Eu me entendo com eles melhor do que com a senhora.

Dona Gertrudes não ouve Gabriel:

— Nunca eu entendi por que você não podia escolher uma profissão normal, como todo mundo. Foi se meter com teatro, virou *crítico*. — Em sua boca a palavra soa como nome de doença contagiosa. — Se fosse ainda um jornalista sério. Mas não. Crítico, e de *teatro!* Uma bênção seu pai morrer cedo. Ele nunca ia... — Ela cala-se, espera pela resposta. Que não vem. João Gabriel está quieto. Sabe que o silêncio incomoda a mãe, aguarda que ela volte a falar. Ouve a respiração arquejante do outro lado. De súbito a tempestade emocional cede lugar a um tom de voz prático, objetivo: — Pelo menos ganha algum sendo dramatosquista?

— Dramaturgista, mãe.

— Perguntei se ganha pra fazer isso?

— Sim.

— E o que é essa coisa?

— É difícil explicar.

O que é ser rio, e correr?

— Gabi, se é difícil explicar, não presta. Seu avô sempre dizia.
— Um rapaz está dirigindo uma peça. — Gabriel tem de se acalmar, a mãe outra coisa não quer além de irritá-lo. — E ele me convidou pra acompanhar os ensaios, fazer a preparação teórica, falar sobre as obras do autor, o que a peça quer dizer, coisas assim.
— O rapaz que te chamou não sabe essas coisas?
— Quer saber mais.
— E te escolheu pra ser professor deles?
— Mais ou menos isso.
— Mas você tem preparo, Gabi? Vê se não vai fazer feio, hein?
— Mãe! Telefona pro meu irmão e enche o saco dele, pra variar.
— Eu encho o seu saco, Gabi? Tem coragem de falar assim?

Ela desliga. Vagaroso, volta ao computador. Tem raiva de Gertrudes e de si mesmo. Por que permite que ela o atinja assim? Não sabe se defender. Como pode dizer que foi sorte o pai ter morrido antes de vê-lo crítico? O pai, que o amava, que o incentivou a estudar teatro, levado pelo câncer sem ver o filho dileto doutorar-se na USP. O contrário da mãe, a quem nada diz o fato de Gabriel, titulado, renomado, escrever no jornal de maior prestígio.

Caminha de um lado para outro, enfurecido. Pára, fecha os olhos, não quer pensar, ou acabará por maldizer Gertrudes. Apanha dinheiro, documentos, chaves, não do carro, essas não, e sai, quase foge, do apartamento.

Deixa ligado o computador. No escondido do monitor, sob o balé das linhas, jazem anotações: "A primeira família — o arquétipo, Eva, Adão, Caim, Abel —, é retomada em *Longa jornada* por Mary, a mãe drogada, e James, o pai, ator de gênio devorado pela mesquinhez e avareza, por Jamie e Edmund, os filhos, aquele, ator alcoólatra, este, ex-marinheiro, poeta tuberculoso. A mãe é uma doce megera viciada em morfina. Não conheço a atriz a quem Guilherme deu o papel. Acho que namoram. Susana é o nome, vieram juntos do Rio. Na peça de Strindberg, ela fazia figuração. Mas Guilherme 'aposta tudo' na garota. Ele gosta de apostar. Espero que Susana tenha tutano pra encarar essa mulher de meia-idade, à beira do abismo".

Gabriel atravessa o saguão do prédio e sai para a rua sem noção do que fazer. Precisa esquecer Gertrudes. E os malditos Tyrone, que o puxam para dentro de sua tragédia inexorável. Família difícil, como todas, como a sua. Por que tinha de brigar com ela por uma idiotice? Põe os óculos escuros e sobe a alameda na direção da Paulista. Quer ver gente, tomar café, ir ao cinema, à livraria, qualquer coisa, o que está em cartaz no Cinearte?

Um polígono irregular traçado a tinta branca no piso de cimento de um tosco galpão frio e ventoso marca os limites do cenário que um dia haverá de emoldurar esta *Longa jornada*, se tal for a vontade de Dionysos. Pois a produção depende de uma secretaria da Cultura para ter um teatro onde estrear. E não dispõe de centavo.

Embora inscrito em todas as leis de incentivos, Guilherme não recebe sinal verde de patrocinador algum, sabe como é, a crise, o dólar, a recessão, uma peça tão difícil, sem ator de novela...

Para a compra da matéria-prima do cenário e a remuneração do pessoal a esperança é uma raspa de cofre que alimenta um edital da outra secretaria da Cultura, migalha que partilharão várias produções à míngua. O trabalho avança à base de permutas, e de cheques pré-datados, que Guilherme solta quando não tem outro jeito, contando com o dinheiro que em algum momento haverá de sair. Mas os donos da madeira e dos tecidos não querem nomes no programa nem cheques pré: ou dinheiro ou nada. O cenário permanece na maquete, os figurinos no croqui. O cenógrafo gordo, aflito, nariz batatudo, aparece dia sim, dia não e assiste aos ensaios com ar desolado. Hoje é dia sim. Ele está encostado à parede e conversa com a produtora, moça magra que parece sempre estar com frio. Guilherme pede silêncio. Cenógrafo e produtora passam a sussurrar.

— Dá pra calar a boquinha? — late o diretor. — Ou vai falar lá fora.

O cenógrafo dá de ombros, resmunga exasperado alguma coisa sobre o tempo que se esgota — será a paciência? — e sai. A produtora, ressabiada, torce mãos nervosas e acerca-se do diretor. Pernas abertas, pés plantados no chão rachado de cimento escuro, acomodado numa precária cadeira dobrável de metal, Guilherme está junto de uma mesa de madeira. O móvel, atulhado de papéis, livros, um abajur, está em frente ao imaginário proscênio, delimitado pelas linhas em branco. Na outra extremidade da mesa, em idêntica cadeira, Gabriel inclina o corpo magro para a frente. Observa um ponto ao fundo da longa sala tomada por sombras.

Durante alguns segundos nada acontece. Então, com absurdo vagar, uma pesada porta de metal corre sobre trilhos. Abre-se uma fresta e aparece Susana em meio a um estreito jato de luz vindo de fora. A atriz avança incerta, cabeça baixa. Tem dobrado no braço um lençol estampado com flores. A um canto do "palco", os outros atores olham, estáticos. A fresta da porta ao fundo segue aberta e a faixa de luz que ela deixa passar rompe, cortante, a obscuridade mortiça do galpão, uma construção feia e fria no Butantã.

É o fecho da longa noite da família Tyrone — na qual O'Neill reinventou-se. Pai e filhos, que se agrediram quanto podiam, nada mais têm a dizer. Entra Mary, perdida na droga, que a remete a dias longínquos, anteriores à paixão por James Tyrone, jovem belo ator de futuro, não o canastrão bêbado, capaz de arruinar a saúde da mulher e a vida dos filhos por sovinice. Olhar tomado pela nostalgia, Susana/Mary tem o andar vacilante. Automáticos, seus dedos tocam, leves, o tecido enquanto fala:

— "Conversei com Madre Elizabeth. É tão boa!... Uma santa. Gosto muito dela. Talvez seja pecado, mas quero mais a ela que a minha mãe..."

Gabriel a cada dia está mais impressionado com a garota, pois ela não passa disso, acaba de completar vinte e dois, não muito mais velha que seus filhos. É bela, esbelta, finos macios cabelos louro-escuros, traços delicados, olhos grandes, uma beleza estranha que se impõe a contragosto da timidez da dona. Poderia estar nas novelas, no cinema, deveria estar vivendo Violas e Desdemonas, Celestes e Engraçadinhas, mas escolheu isto: emprestar seu corpo, sua carne firme, sua gloriosa tez rósea, à dor de uma velha amarga, intoxicada, miserável, que neste momento fala como uma virgem idiota:

— "Porque sempre me compreende antes que eu diga uma só palavra. Seus bondosos olhos azuis penetram fundo no meu coração. Dela não posso ocultar coisa alguma. Nem a posso enganar... mesmo que desejasse..."

Em Gabriel não há mais lugar para dúvida sobre o talento da jovem. Do total previsto de quatro meses de ensaios estão fechando seis semanas, a maior parte delas gasta em intermináveis discussões e alentadas improvisações. É pouco tempo para a elaboração de personagem tão complexa. Mas Susana revela em cada gesto tal percepção de Mary que assusta Gabriel. Poderia estrear amanhã. É a primeira vez que passam a cena final, e ele não imaginaria nada além do que a atriz lhe apresenta ali: o espanto exausto e a submissão ao assédio das memórias. Na expressão dela há um intenso e sufocante mal-estar:

— "Contudo, acho que desta vez não foi compreensiva! Eu lhe disse que queria ser freira. Expliquei-lhe como estava segura de minha vocação e que tinha rezado à Santíssima Virgem, pedindo-lhe que me desse certeza..."

Automático, Gabriel retira um maço de cigarros do bolso da camisa de brim azul. Sem desgrudar os olhos de Susana, busca o isqueiro. Está tão atento que deixa cair maço e isqueiro ao ouvir um grito de Guilherme:

— Su! Que é isso? — O diretor pára de berrar. O tom da voz torna-se gelado, hostil: — O que pensa que tá fazendo? Quer dizer, você pensa?

— Se eu penso? — ecoa Susana, assombrada. — Que foi agora, Gui?

Guilherme gira o torso para um lado, para outro, num movimento feroz empurra o ruivo topete para trás. Passa a atirar frases para Susana, como o que foi?, quem pensa que é?, não é preciso dizer, está muito claro, como entra assim?, acha que alguém vai prestar atenção em você, falando baixo, pra dentro, que merda!, dá pra usar a cabeça? O diretor olha para Gabriel com ar de "veja o que tenho de agüentar", mas o ele não atende ao pedido implícito de cumplicidade. Apanha no chão cigarro e isqueiro, pensa em fumar, desiste, olha em volta. Os atores não se moveram, figuras pétreas, estátuas de sal. A produtora está a dois passos da mesa. Tem os braços cruzados e a boca apertada em uma linha fina. O dramaturgista não quer tomar partido. Porém, a cada vez que Guilherme tem um acesso de raiva, o que vem ocorrendo com freqüência, Gabriel pensa em sumir. Imaginou um trabalho prazeroso, mas está às voltas com um sujeito nervoso, dado a chiliques. Atira o cigarro intacto no cinzeiro transbordante de bitucas. Guilherme continua a disparar frases que Susana ouve sustendo no braço o lençol estampado. Guilherme enfim cala-se. Ela indaga:

— Como é que Mary tem de estar nessa hora, Gui?

— Não fui claro, Su? A mulher vem excitada, agitada.

— Excitada?
— Tou falando grego?
— Mas Mary tá chapada de morfina. Você acha que ela fica excitada?
O diretor abre e fecha a boca. Empurra para trás o topete:
— Faz diferença a droga que a velha usa? — diz a Gabriel. Não espera resposta:
— Mary não fica assim, aí, feito lesma. Você disse, Gabriel, que ela entra agitada, ou não disse?
— Disse que essa fala, ela começa na máxima intensidade. Era o que Susana estava fazendo até você...
— Intensidade não é excitação?
— Não é agitação, Guilherme — diz Gabriel. — Susana fez...
— ...o que *você* acha que ela tem de fazer. Mas ela vai fazer o que *eu* acho certo. — Guilherme volta-se para a atriz: — Não me importa se herô deixa morgado, sacou? É o fim da peça. Preciso de movimento.
— Movimento? Não tem a ver com o que ela diz — protesta Gabriel.
— Isso *eu* decido — corta Guilherme, seco.
— Pensei que era o autor quem decidia — resmunga Gabriel.
— O que eu tenho de fazer? — indaga Susana.
— Ela tem um surto, pô, carrega esse vestido de um lado pra outro. Diz tudo andando. Não pára. E os três bundões ali, umas bestas.
— Você não acha — interpõe Gabriel — que é mais importante a platéia ouvir o texto, do que ver Susana andando por aí?
Guilherme retruca, ironicamente didático:
— Se ela não tentar, doutor, a gente não vai saber nunca. Não acha?
A atriz encolhe os ombros, dá meia-volta e retorna ao fundo do galpão. À meia-luz, o lençol de flores estampadas pende de seu braço como uma ameaçadora mancha violácea. Guilherme senta-se, tenso, na beirada da cadeira. Tira do bolso um lenço branco e seca as palmas das mãos. Gabriel põe-se em pé, muito teso. Irritado, enrola e desenrola uma mecha de cabelo no dedo magro. Muda o peso do corpo de uma perna para outra. Acende um cigarro. Guilherme, olhando para a frente, sem dizer palavra, aproxima de Gabriel a mão direita fechada em punho, exceto pelo indicador e anular estendidos e semi-abertos em tesoura, prontos para prender o cigarro.

Gabriel considera a idéia de deixar o galpão e o trabalho de imediato. Guilherme aborrece-o de forma aguda. O rapaz, até o momento, poupou o dramaturgista de agressões, elegendo como alvos elenco e produtora. Mas Gabriel não tem vontade de esperar até que chegue seu dia. O motivo pelo qual posterga a decisão tem nome: Susana. Os outros atores, em especial o garoto que vive Edmund, o marinheiro de pulmões fracos, também o impressionam, mas o trabalho que elaboram não pode ser comparado ao dela, quilômetros de talento e brilho à frente. Por isso, para acompanhar o nascimento dessa Mary Tyrone, Gabriel não quer se afastar. É preciso, então, que remédio?, aturar o diretor. De má vontade, estende o cigarro para Guilherme e detém a mão a milímetros dos dedos esticados. Guilherme vê-se forçado a olhar para Gabriel antes de pegar o cigarro. Não trocam palavra, mas há uma desconfiança nova nos olhares breves com que se medem.

Susana mais uma vez abre devagar a porta do galpão e entra com seu passo incerto, carregando o lençol estampado. A fresta da porta fica aberta e o jorro de luz triangular vindo de fora volta a quebrar com seu gume a obscuridade do galpão. Ela avança, como antes, mas agora não estaca no limite da boca de cena. Segue num trajeto ébrio. O tempo todo toca de leve o pano estampado. A trama do tecido em contato com a pele parece devolver à velha — pois é uma velha que aí vem andando com dificuldade — uma felicidade destroçada. Gabriel sente-se comovido com a delicadeza do toque no tecido, gesto que se acentua agora. Até ontem não havia esse vagar incerto de pontas de dedos, movimento econômico, quase imperceptível, no qual Susana lança neste instante a raiz da personagem. A fala de Mary torna-se audível, palavras nítidas e veladas, quebradas, suspiro tênue, última ruptura de uma alma a ponto de se desfazer. Os sons não parecem brotar dos lábios da atriz, mas de um ponto qualquer da sala. A longa fala segue trôpega, banalidade transfigurada pela mágoa imensa:

— "Contei à Madre que eu tinha tido uma visão quando rezava na capelinha de Nossa Senhora de Lourdes, na pequena ilha junto ao lago. Disse-lhe que sabia que a Virgem havia sorrido e me tinha abençoado..."

Gabriel leva à boca a mão onde pensava segurar um cigarro. Os dedos prendem nada. Há muito deu-o a Guilherme. Esqueceu-se. Está atônito. Nunca pensou que a estúpida caminhada inventada por Guilherme apenas para criar mais um obstáculo ao trabalho da atriz, pois causa-lhe evidente prazer semear empecilhos pelo caminho dos atores, pudesse resultar em algo assim visceral, e não tem outra palavra para descrever o que vê. Susana subverteu a ordem que lhe foi passada, inventou esse maravilhoso andar truncado e o timbre ventríloquo, velado e claro. Como consegue?

— "Madre Elizabeth disse-me que, se estava tão segura assim, não me devia importar se me pusessem à prova, mandando-me para casa depois de minha formatura, para que eu levasse uma vida igual à das outras moças..."

É doloroso olhá-la. A devastação que expressa causa um incômodo físico. Com esforço, Gabriel arranca os olhos de Susana. Está arrebatado, tem de respirar, recuperar os sentidos. Acende um cigarro. Observa os três atores, sempre imóveis, o diretor, que toma notas apressadas em letra ilegível, a produtora friorenta. Susana cala-se. E Gabriel não a vê em parte alguma, parece ter-se dissolvido. Aflito, olha para cá, para lá, à procura. Cruza o olhar com o de Guilherme, que o observa, zombeteiro.

— Não disse? — sussurra o diretor ao dramaturgista, que não responde.

Um movimento no piso, e Gabriel descobre Susana. A maluca deitou-se no sujo cimento gelado e cobriu-se com o lençol. Sob a luz fraca, impossível distinguir no chão o vermelho-escuro das enormes flores estampadas. Susana, que cantarola algo, senta-se e descobre-se até a cintura. De onde está, Gabriel tem a impressão de que ela foi partida ao meio. A garota/velha ergue o braço direito, frágil e branco, e aponta para o teto.

— "...senti-me muito desorientada. Fui então à Capela e rezei à Virgem Santíssima, e novamente encontrei a paz, porque sabia que ela me amaria sempre... e que nunca permitiria que o mal me atingisse..."

Como se fossem versos de uma litania, Susana diz seu texto. Atrás das palavras esperançosas há um desalento tal que Gabriel, esquecido de Guilherme, de si, do mundo, tem a impressão de enfrentar, indefeso, uma sinistra ameaça. Susana, que está com centenas de anos, move a custo o tronco, qual uma agonizante que deseja se atirar fora da cama e abraçar a vida. O movimento exige da atriz energia incomensurável.

— "Depois, na primavera... aconteceu alguma coisa... Sim, agora me recordo... Apaixonei-me perdidamente por James Tyrone e durante algum tempo fui tão feliz..."

Fim da cena, fim da peça. Gabriel tem lágrimas nos olhos, não se preocupa em disfarçá-las. Testemunhou um milagre. Viu o que nunca vira de modo tão cru: o nascimento da personagem, que ante seus olhos ganhou forma, contorno, peso. Está tomado pela energia gerada por Susana, que jaz inerte no chão frio, na noite fria, mas por que não se levanta? Gabriel acende um cigarro. Não sabe o que fez do último, se o fumou, se o deu a Guilherme, que mais uma vez estende o braço para trás, dedos em tesoura. Tenho de parar de fumar, pensa Gabriel ao colocar o cigarro entre o indicador e o anular do jovem. Este dá uma tragada apressada, pula da cadeira e diz:

— Que foi, Su? Incorporou? Tá pirada? Quer pegar pneumonia? Levanta, pô.

— Guilherme dá uma tragada nervosa e espera até que a atriz se ponha em pé. Gabriel segura o cigarro, que não se anima a acender. Tem raiva do diretor, do tom arrogante, da indiferença diante de um momento de puro gênio que testemunharam. A raiva bordeja a indignação quando Guilherme arremata: — Tava melhorzinha, viu? Mas precisa trabalhar pacas. Cê vai chegar lá, eu garanto. Porque se não chegar, dona Su, frito seus miolos. — Gabriel caminha em direção à porta. Os sapatos de camurça e sola de borracha não fazem ruído. Acredita que Guilherme não percebe sua retirada. Não quer mais vê-lo, não tenciona voltar a dirigir-lhe a palavra. O diretor, porém, volta-se em sua direção e exclama, alto:

— Doutor dramaturgista, amanhã mesma bat-hora e batcanal.

— Batcanais não são coisa de seu tempo — resmunga Gabriel, a quem nada mais ocorre. Amaldiçoa sua lerdeza de espírito, que nunca fornece respostas adequadas. E não o acalma o arremate de Guilherme:

— Tudo é do meu tempo, doutor, porque meu tempo é agora.

Gabriel sai do galpão pisando duro, e em seus ouvidos ecoa a risadinha do diretor. Tem o plexo tão contraído num nó de ansiedade e raiva que não consegue respirar. Alcança a rua, corre, quase, até seu carro, afasta-se dali o mais rápido que pode. Acelera. Não se lembra de que na esquina com a avenida, pouco adiante, instalaram um radar fotográfico. O reflexo de um brevíssimo *flash* em seu retrovisor, no entanto, encarrega-se de reavivar sua memória. Foi multado. Ainda mais essa...

    Estrídula, a campainha toca, pára, volta, pára, toca outra vez. O ruído rompe tênues camadas de sono agitado. Foi tudo quanto Gabriel conseguiu, com ajuda de um comprimido, madrugada alta, quase dia, depois de horas de insônia. Não gosta de remédios, mas recorre a soníferos com mais freqüência do que gostaria para vencer noites brancas que drenam sua energia. Agora tem sono, quer dormir, não vai atender ao telefone. A esta hora, embora não saiba a hora, só pode ser Dona Gertrudes. É de mulher a voz que soa na secretária, mas nada tem do timbre metálico que bem conhece:

    — Oi, já saiu? — Ele senta-se na cama, sobressaltado. Procura o telefone, não encontra, tateia cá, lá, uma crescente agonia, onde o deixou? Vê sobre o criado-mudo o celular. Mas o sem fio, que fim levou? Fica sempre perto. Revira lençóis, levanta travesseiros, a doce voz segue: — Preciso falar com você, Biel. Liga, tá? Estou em casa.

    — Espera um segundo que eu atendo — grita Gabriel, registrando o encanto que nele causa o sotaque carioca de Susana. — Não desliga... — Ela já desligou. De joelhos na cama convulsionada, ofegante, ele sorri. Biel... Ninguém nunca o chamou assim. É o apelido lógico para um Gabriel homem, o contrário de Gabi.

    Tem de ligar para Susana. Apanha o celular. Sem bateria. Onde está o fixo? Procura que procura, quase desanima, acha-o por fim no escritório. Apanha-o, apronta-se para falar com Susana. Nervoso, sente suor nas palmas, na testa. Sofrimento antecipado e inútil. Não tem o número dela.

    Lembra-se da produtora: o número do celular da moça friorenta, ele o tem anotado na pasta em que guarda o texto. Onde está? Quando a encontra, sobre a mesa de jantar, o fone sem fio, que segura ainda, desanda a tocar. Gabriel leva um susto. Arfante, pernas bambas, coração disparado, atende. Falam ao mesmo tempo. Silêncio do outro lado da linha. Ele entra em pânico.

    — Alô, Susana, alô?... — Faces quentes, suor porejando da testa.

    — Alô, Gabriel? — Ele ouve-a dizer seu nome. A voz suave não aquieta as emoções tempestuosas que cirandam em seu peito. Respira fundo. Não entende como pode sentir-se assim apenas por ouvi-la. — Gabriel, alô?

    — Oi, Susana, bom-dia — consegue a custo articular.

    — Tirei você da cama?

    — Não, que é isso? — diz, rápido. Não vá ela pensar que o incomoda!

    — É que eu liguei agora mesmo, ninguém atendeu, e...

    — Eu sei... não conseguia achar o telefone.

    — Ah!

— O que foi?
— Nunca imaginei — diz Susana.
— O quê? — aflige-se Gabriel. — O que nunca imaginou?
— Você, todo sério.
— O que tem?
— Não conseguir encontrar o telefone.
— O que há de mais?
— Nada. Só que...
— ...o quê?
— Não combina com você, tão grave.
— Eu não sou...
— É, sim. Pelo menos parece.
— Bem, então até os graves não sabem aonde põem telefones...

Há descontração na conversa, uma intimidade que se cria com rapidez. Susana ri e Gabriel acompanha. Pensa na atriz com o fone na mão, num lugar que não imagina como seja. Já a garota sabe de onde ele fala. Parece que se passaram não semanas, mas meses, desde que, à mesa da sala, realizaram-se as primeiras leituras e infindas discussões teóricas. Lá trabalharam até a produtora conseguir emprestado o inóspito galpão. Naqueles dias, Gabriel não imaginava do que Susana era capaz e olhava-a com suspeita, certo de que não conseguiria enfrentar a complexa personagem. Agora riem ambos. Susana então diz:

— Liguei de novo porque que não deixei meu telefone na mensagem.
— Estava procurando o número da produtora pra pedir o seu. Quando o telefone tocou, levei um bruto susto.

Outra vez a risada que enche de calor o peito por razão nenhuma. Que graça tem o que acabou de dizer? No entanto, riem.

— Biel...
— Sim? — É a primeira vez que ouve o apelido dito assim, para ele. Gabriel passa por uma insurreição em seus sentimentos, e tem medo. Não gosta de apelidos em geral. Acha-os ridículos. É o caso dessa garota e do namorado, que se tratam por Su e Gui, mesmo quando se engalfinham. Patético! O tipo de coisa que sempre o irritou. Mas não quer lembrar disso quando ouve o diminutivo dito por Susana. Percebe que está zonzo. Aliás, no que está se metendo? É uma mulher comprometida.

— Queria falar com você antes.
— Do que, Susana?
— De tomar a decisão que já deve ter tomado.
— Decisão?
— Não deixe o trabalho.
— Guilherme é muito... Não dá pra agüentar. Eu...
— A gente precisa de você lá.
— Não. Guilherme...

— ...é imaturo e inseguro. Você não deveria se impressionar com as crises. E não é por causa dele que quero que você fique.

— ...

— É por mim, Biel. Eu preciso de você.

— Susana...

— Vamos almoçar e conversar? — As palavras ganham ênfase e urgência. — Por favor? Antes de você resolver qualquer coisa?

Marcam encontro para dentro de duas horas — afinal ainda não são sequer onze horas, descobre Gabriel — em um restaurante japonês na Bela Cintra. Ele está prestes a entrar no banho quando ouve o telefone. Decide não atender. Mas, e se for... A mera hipótese faz o organismo agitar-se, o coração pulsar, há até uma ameaça de ereção. Corre, nu, para a sala, e atende. A excitação cede tão logo acaba de dizer, rouco e expectante:

— Oi, pode falar...

— Nossa, que visgo! Que é isso, esperando ligação de namorada nova? Então está vivo, não é, Seo Gabi? Que bom saber. Porque faz não sei quanto tempo que não liga... Sua mãe podia morrer, aqui, sozinha, e o senhor dramatosquista nem ia dar trela...

— Dramaturgista, mãe. E eu liguei anteontem...

— "A névoa estava onde eu queria estar. No caminho, a alguns passos daqui, não se podia ver esta casa... Tudo era irreal. Até o menor ruído. Nada parecia ser o que realmente é. Era isto que eu desejava. Estar a sós comigo mesmo em um outro mundo..."

É a grande fala de Edmund, a preferida de Gabriel. O ator não tem o sofrimento e a maturidade precoce do personagem. É bonito, desenvolto, mas carece da experiência necessária a um papel desse porte. O problema talvez não esteja em sua atuação, mas na proximidade com Susana, que não pára de crescer, de surpreender com novas facetas de Mary. Algumas vezes, porém, o garoto quase chega perto do alvo. O universo nevoento e melancólico que Edmund evoca surge agora na imaginação de quem o ouve.

Mais que isso não se pode exigir do ator, saído há pouco de uma escola de teatro, descoberto pela televisão antes de chegar ao palco, às voltas agora com a composição mais complexa de sua breve vida artística. O garoto bebe as palavras do diretor como se Guilherme fosse um guru. E este trata-o com menos aspereza que aos demais atores. Isso, Gabriel não entende. Se tivesse de dispensar tratamento especial a alguém, por certo seria a Susana. O monólogo de Edmund é cortado pelo trilo de um celular. O ator perde a concentração, olha para Guilherme, como em busca de socorro. O diretor salta da cadeira de metal, furioso. Gabriel levanta-se também e tira seu aparelho do bolso do paletó de lã cinza. Terá esquecido de?... Não. A geringonça está desligada. A produtora corre em direção ao canto em que instalou uma espécie de escritório provisório e apanha o telefone.

— Desculpa — diz a Guilherme. — Não desliguei porque é da...
— Atende de uma vez — rosna ele. A moça magra afasta-se. Guilherme manda o ator retomar a fala do início. — E não esquece que ele tá dizendo pro pai que não queria estar vivo. Percebe isso? — Não obtém resposta, insiste: — Percebe ou não?

O jovem engrola uma resposta e retoma. Mas não tem tempo de avançar além do ponto em que foi antes interrompido. Um quase grito soa:

— Merda, eu não acredito!

A produtora desliga o celular e anda até Guilherme, atarantada.

— Que cacete é agora? No que a madame não acredita? — pergunta ele, olhos arregalados e punhos fechados. — Nós temos que ensaiar, sabia?

— Era o resultado do edital — diz ela.

— Então, pra que teatro a gente vai? Toparam dar o Municipal?

— Não, Guilherme...

— Como, não? Fomos bem claros. Municipal pra estréia, depois o João Caetano.

— Nenhum dos dois.

O elenco aproxima-se. Os atores formam um semicírculo atrás de Guilherme. A produtora olha para o celular como se procurasse nele o que tem de dizer. As narinas de Guilherme fremem, as veias do pescoço latejam, ele está quase na ponta dos pés. A qualquer segundo vai explodir.

— Nenhum dos dois? — pergunta Guilherme, rouco.

— Nenhum...

— Qual, então? O Martins Pena?

— Nada. Não deram teatro pra *Longa jornada*.

— O quê? — A voz de Guilherme reduz-se a um sussurro atônito. — Nosso projeto era o melhor. O elenco, a peça, o Gabriel de dramaturgista, puta cenografia...

— Ninguém soube me explicar por que não deram o teatro. Não esperava o Municipal, mas o João Caetano... — arqueja a produtora.

De repente, todos falam ao mesmo tempo. O vozerio eleva-se e espalha-se em ecos partidos pelo galpão, frases de incompreensão, raiva, indignação. Estudam-se todos, desalentados. Voltam-se para Guilherme, que fita o espaço, lábios entreabertos. Há uma espécie de atordoamento em sua face. Os ombros descaem, ele se apóia à mesa, empurra com a mão direita o topete para trás. Ninguém diz nada. É o fim de *Longa jornada*. Sem teatro não podem seguir adiante. A produção claudicou desde o início. Já abriram mão do cenário original. Mas o teatro negado é sinônimo de cancelamento do espetáculo, que não interessou a nenhum patrocinador.

Gabriel acende um cigarro. Deve parar de fumar, tem a garganta inflamada. Apaga o cigarro no grande cinzeiro de metal abarrotado. O crítico não voltou a entender-se bem com Guilherme depois do último confronto: pisam os dois em ovos quando têm de conversar. Mas Gabriel sabe que deve impedir a suspensão do trabalho. Incabível não mostrar do que Susana é capaz. Avança até Guilherme, que está mudo.

— Por que não aqui? — indaga Gabriel.
— Aqui? — exclama o diretor. — De que jeito?
— Simples, sem cenário. Arruma os móveis pra cena, só isso. O público pode ficar ali. — Gabriel indica passarelas de madeira e metal que circundam todo o galpão a meia-altura das paredes, antigas varandas usadas por supervisores de produção, quando a construção semi-arruinada abrigava uma fábrica. — O palco pode ser aí mesmo. E aqui — aponta para a área onde estão —, vamos pôr uma arquibancada.
— Você pirou, Gabriel — diz a produtora.
— Será? — exclama Susana.
— Acho que não — brada o diretor. — Ao contrário, acho que o nosso dramaturgista viu a luz. Pode ter salvado a pátria.
— Isto aqui não é um teatro, gente — exclama a produtora. — Como vamos fazer? Alvará, licenças, essas coisas todas? Sabem de tudo que precisa pra abrir um teatro? Não temos dinheiro nem pro cenário, e querem transformar um galpão em um teatro?
— Acho que vale a pena tentar — diz Susana.
— Claro, a esta altura, o que temos a perder? Tanto tempo nós já estamos trabalhando, vamos abrir mão assim? — diz o ator que faz Edmund. — Tenho um amigo na prefeitura. Vamos falar com ele. Vai orientar.
— Acho que não vai vir ninguém aqui, nesta lonjura. Pra ver uma tragédia... — insiste a produtora. — E quem diz que a dona vai topar?
— Conversa com ela — diz Susana. — Não é sua amiga?
— Não. Eu conheço a assistente dela, só isso.
— Tá bom. Marca uma hora. Vamos todos falar com a velha — corta Guilherme. — Explicar o que pode ser *Longa jornada* aqui, neste espaço.
— As peças que a EAD faz aí na USP não ficam lotadas? — acrescenta Gabriel. — Então por que *Longa jornada* não...
— As peças da EAD são de graça — esgrime a produtora. — E como vamos arrumar grana pra reformar este galpão:
— Ué, vamos nos virar — diz Susana. — Não é o que todos fazem?
— Precisam de cadeiras na arquibancada. Não vão querer que o público fique três horas sentado numa tábua sem encosto.
— Isso decidimos depois. Marca hora — diz Guilherme à produtora. — Vamos encontrar essa mulher amanhã. E você — diz ao jovem ator — fala com esse seu amigo da prefeitura. Agora ensaio. — Está de novo enérgico, autoritário. — O que estão esperando? — Os atores preparam-se para retomar a cena. — Dá um cigarro? — pede a Gabriel. Este lhe dá o maço:
— Pode ficar.

— O que foi?
— Tenho de parar. Tá me fazendo mal.
— Obrigado — diz Guilherme.
— Vive pedindo cigarro e não agradece nunca.
— Não estou agradecendo o cigarro — diz o diretor. — Obrigado.
— Não há de quê.

— O que é que há? Que cara é essa?
— Medo. Se soubesse quanto...
— Medo de quê? As coisas estão andando. Acho que vamos estrear. É mais do que eu estava esperando, pode crer. E seu trabalho...
— Você agora é suspeito. Envolvido desse jeito, não pode falar.
— "Envolvido" é uma boa palavra para definir meu estado atual... Mas não perdi o critério. Sei que o que você está criando é algo único. E não porque você é abençoada por Deus, mas por que trabalha feito louca.
— Biel, como vai fazer com a crítica?
— Que crítica?
— Da *Longa jornada*, ora. Que outra?
— Não vou fazer.
— Por que não?
— Por aquilo que você disse. Estou envolvido.
— Mas o espetáculo, então, não vai ter crítica no seu jornal?
— Vão convidar alguém. Foi o que sugeri.
— Não é a mesma coisa.
— Seria um absurdo eu escrever.
— Muitos nem pensariam duas vezes.
— Não este seu amigo.
— É. Estou vendo.

Jazz macio de Dave Brubeck. A música harmoniza de modo melancólico com o raiar do dia sem sol. Mais uma jornada cinzenta numa cidade que se desacostumou do frio, das neblinas, da garoa, e acomodou-se a um calor poluído de invernos febris. Estão Gabriel e Susana instalados no largo sofá da sala. Além da varanda há um panorama gris de prédios lambidos pela garoa. Dilui-se em brumas a vista. Gabriel acende um cigarro.

— Você não tinha parado de fumar? — indaga Susana.
— Faz um tempão que voltei. Só agora notou?
— Não pode voltar. — Ela tira o cigarro da boca de Gabriel e apaga-o no cinzeiro. — Te faz mal. Já viu como tosse?
— Impossível ensaiar sem fumar. Quando estrear, paro.
— Que besteira.
— Melhor que essa porcaria malcheirosa de que você gosta tanto — diz ele indicando o baseado que repousa num cinzeiro.

— Ah, Biel, que coisa infantil. Nenhum dos dois é legal. Mas não vem dizer que maconha é igual ao teu tabaco cheio de aditivos químicos.

— É boa pra glaucoma, mas faz câncer no pulmão do mesmo jeito que o meu tabaco com x aditivos químicos, se quer saber.

— Nunca ouvi falar nisso.

— Tá bom. Eu inventei.

— Não foi o que eu disse.

— Hum...

Gabriel não tem vontade de discutir vantagens e desvantagens de fumar baseado *versus* cigarro. Na verdade, seu maior desejo é calar. Sente-se exausto. Não pelo ensaio, que se estendeu até cinco e meia da manhã, mas por isto que vive agora: a intimidade com Susana, que nunca se torna íntima de fato.

A aproximação teve início no almoço em que ela o convenceu de que não podia deixar a equipe. Gabriel não necessitara de muita persuasão. Passou então a dar carona a Susana todas as noites, no fim dos ensaios. Jantavam toda vez nos mesmos dois ou três restaurantes e depois conversavam, longo tempo sentados no carro aquecido, madrugadas frias, diante da casa que ela dividia com amigas na Vila Madalena. Nunca falavam sobre Guilherme. Susana sequer mencionava o nome do diretor. E não seria Gabriel quem haveria de trazê-lo à tona. Por mais curioso que se sentisse sobre a situação do casal — estariam separados?, teriam brigado? —, esse era um assunto que evitava. Tinha até medo de que o tema viesse à tona de supetão.

Enfim, há uma semana, terminado o trabalho, sem que houvessem combinado, ele levara Susana para seu apartamento em lugar de deixá-la em casa. Subiram mudos para o décimo andar, lado a lado no elevador. Uma vez na sala cálida, repleta de livros, Gabriel, gago, perguntara-lhe se gostaria de um chocolate quente, um conhaque. Susana dormira naquela noite no quarto de hóspedes. E voltaria a dormir lá nas noites seguintes.

Até o momento, a intimidade física entre os dois não avançara além de castos beijos de bom-dia, boa-noite. No mais, falam. Sobre o trabalho de Susana e o texto de O'Neill. E também sobre cinema e livros e música e pintura e poesia. Susana é voraz, tem sede de informação. Ele muitas vezes não acredita no tanto que tem a contar. Fala-lhe de Zé Celso, Renato Borghi e Ítala Nandi, de Boal, Míriam Muniz, Dina Sfat e Paulo José, do Oficina e do Arena, de Antônio Bivar e Leilah, e Marília e *Fala baixo*, e de tanta gente mais, de Beatriz Segall e de Guarnieri, de Paulo Autran e Flávio Rangel e Vianninha e muitos outros artistas que resistiram nos palcos como puderam, durante a ditadura, quando Gabriel começou a ver teatro, movido pelo sortilégio de Cacilda.

Ao fim de dois anos de solidão, volta a interessar-se por alguém. Tem, no entanto, uma convicção aguda e angustiada de que preferiria seguir anestesiado. Só ele sabe quanto mal lhe causa a presente excitação, a consciência dolorosa de que deseja Susana com cada músculo, cada veia do corpo. Tânia foi o oposto: o casamento acabou por inércia sexual. Porém, embora obcecado por Susana, Gabriel é incapaz de se declarar. Sempre tão articulado, debate-se em tormentos adolescentes. Sabe que ouvirá um "não" caso revele a Susana seu sentimento. Percebe-o em cada movimento, não há como não ler os sinais que emanam dos gestos, das palavras, da proximidade que nunca se torna física. O que pode fazer com o tesão que se instalou em seu corpo, como se dele fizesse parte? Gabriel não lembra de haver desejado uma mulher com tal força, de sentir-se tão feliz/infeliz. Um milhão de vezes ao dia decide que vai se afastar de Susana. Exerce em seguida idêntico esforço mental para reconhecer que não quer que a história termine. Ela infiltrou-se em seu organismo; Gabriel não mais concebe a vida sem essa presença pungente. Susana põe termo às elucubrações:

— Estou cansada. Vou dormir.
— Já está na hora.
— Que coisa engraçada pra se dizer às seis e tanto da manhã.
— Pois não está na hora?
— Boa-noite, Biel.
— Até.
— Você não vai dormir?
— Assim que acabar o disco. E o cigarro que vou fumar.
— Tá bom. A saúde é sua. — Ela estira os braços e espreguiça o torso num movimento tão sereno, que deixa Gabriel com um nó na garganta. Susana olha-o e desata um sorriso afetuoso: — Tenho que estar às três no teatro... Olha que engraçado, já estou chamando aquele pardieiro de teatro.
— Eu penso nele como um teatro.
— Acho que o ser humano se acostuma a tudo.
— Quase tudo. Com algumas coisas não dá pra se acostumar.
— Muita filosofia pra essa hora do dia. Você me acorda?
— Claro.
— Tchau.
— Durma bem.

Susana inclina-se sobre Gabriel. Tomado por um impulso doloroso, ele quer segurá-la pelos ombros, atraí-la para si, dar-lhe longo intenso beijo, ao menos um; mas a brevidade do segundo dilui-se no ar sem que a intenção se torne ação. Ela roça os lábios pela face escanhoada de Gabriel com tal rapidez, que ele nem mesmo sente o toque. Depois, ela apanha as botas, que tirou ao chegar, a bolsa, que deixou no chão, o baseado, e sai.

Sozinho no aposento branqueado pelo aquoso dia nascente, Gabriel levanta-se do sofá e vai até a porta-janela da varanda. Abre-a, sente o vento frio que entra com a garoa. Acende um cigarro e, antes mesmo de tragar, começa a tossir. O acesso dura uma eternidade. Dobra-o em dois, tira-lhe o ar dos pulmões e torna-lhe púrpura o rosto, que se contrai a cada difícil hausto, seguido por espasmos de tosse. A vista turva-se, as pálpebras arregalam-se e apertam-se em fendas. De súbito há o toque de uma delicada mão em seu ombro, um copo d'água que chega por milagre até seus lábios.

O pouco de líquido que consegue ingerir é um bálsamo que abre caminho a outros goles pequenos, cautelosos, apaziguadores. Aos poucos, o ar volta-lhe aos pulmões. Gabriel põe-se em pé. Susana limpa o suor de seu rosto com a mão delicada, que ele toma entre as suas e beija com o mesmo fervor com que deseja beijar-lhe os lábios. E estes estão ao seu alcance, como o corpo jovem, que o puxa para o quarto, a cama. Ele deixa-se conduzir. Não sente o chão em que pisa. A vida toda irritou-o a atroz vulgaridade dessa imagem. Reconhece agora que ela traduz algo real. Parece-lhe andar nas nuvens. Em vez de exultar por isso, percebe-se incomodado, triste.

— Douglas, preciso parar por um mês. — Silêncio. — Uma licença.

Por bom tempo não acontece nada. Ao fim da pausa, alongada com premeditação, o corpulento editor do caderno de cultura levanta os olhos miúdos da tela do monitor e pára de digitar:

— Eu também. E mais toda a redação.
— Não estou brincando.
— Nem eu.
— Só por um mês.
— Na véspera do festival internacional?
— Você tem quem faça entrevistas e matérias de apresentação.
— E as críticas?
— Quando o festival começar, já vou estar de volta.
— Pirou, João Gabriel? — Cabeça pequena sobre ombros largos, bochechas vermelhas, fino cabelo areia, Douglas tem gestos lerdos, ar plácido. A voz, porém, é metálica: — A casa patrocina essa porra de festival. Esqueceu? Por mim, estou cagando, o jornal devia ficar longe da história. Mas não me ouviram. Os caras aí gostam, dizem que dá prestígio. Pensa que vão achar legal não ter você nessa cobertura?

Douglas não se entende com Gabriel. Desde que ele assumiu o cargo, há mais de um ano, a relação é difícil. Douglas odeia teatro. Se pudesse mandar Gabriel embora, já o teria feito. No entanto, Gabriel é intocável. Não por razões jornalísticas. Na faculdade de comunicações foi colega de um herdeiro de empresas e tornou-se seu amigo. O tal herdeiro hoje é o principal acionista do diário. Se não bastasse, o garoto recém-guindado à direção de redação foi aluno de Gabriel em um curso de teoria teatral e desmanchava-se por ele. Douglas aguarda a resposta do crítico.

Este nada diz. Olha para a frente e vê o engomado diretor de redação diante da sua mesa, no interior do cubo de vidro instalado para ele no meio da vasta sala. O rapaz, que mal passa dos trinta, acena para Gabriel, e este responde com um sorr)so form!l e um breve aceno. O menino prodígio pede-lhe por gestos que passe pelo aquário antes de sair. Gabriel assente.

A montagem está atrasada. Com a tal raspa de verba conseguiram comprar madeira e tecidos. Uma arquibancada foi emprestada por certa firma de engenharia, as cadeiras deverão ser cedidas por uma fábrica. Contra todas as expectativas da produtora pessimista friorenta, foi concedida ao grupo a permissão municipal para a transformação provisória do galpão inóspito em sala de espetáculos, algo que deixou encantada a proprietária da dilapidada construção. A obtenção da licença custou trabalho, correria, centenas de telefonemas, a mobilização de todo o grupo, elenco inclusive, que andou numa roda-viva para seguir e superar os trâmites burocráticos de um processo moroso. O atalho no caminho deveu-se, em não pequena medida, à participação de Gabriel na negociação.

A tensão, acoplada à entrada de Susana em sua vida, exaure Gabriel. Por isso está ali. Se, em seu estado normal, seria incapaz de acompanhar o ritmo do último mês de ensaios e ainda produzir reportagens, críticas e entrevistas, agora o tumulto de emoções torna impraticável o trabalho. Ostenta grandes olheiras, rosto mais afilado. Não dorme há dias. Mas evita pensar nisso. Tem coisas mais urgentes a resolver.

Ainda sem responder, Gabriel fita Douglas, que devolve o olhar. É capaz de imaginar o raciocínio do editor: pondera que ele poderá levar seu pedido ao diretor de redação, e o boiola deslumbrado haverá de deferi-lo na hora, passando por cima de Douglas, e talvez dando a Gabriel uma licença remunerada. Com a verba do caderno de cultura. Pagar o cara pra não trabalhar? Douglas suspira, com ar de enfado, e indaga entredentes:

— Precisa sair um mês por que, meu carrasco?
— Um projeto pessoal.
— Não se pode saber?
— Estou trabalhando em uma produção teatral. Assessoria teórica.
— Gente famosa?
— Não do tipo que você considera famosa. Ninguém da Globo. Mas a melhor atriz do Brasil neste momento está no elenco.
— Fernanda Montenegro?
— Uma garota linda, loira, de vinte e dois anos.
— Nada de grana.
— O quê?
— A licença. Sem grana.

Gabriel não quer declarar guerra a Douglas. Respira fundo e diz:
— Você me ouviu falar alguma coisa sobre grana?
— Eu...
— Ouviu?
— Não, mas...
— Então por que isso, agora?

— João Gabriel...
— Se não vou tirar férias e estou pedindo licença, não quero salário. Você acha que eu ia pedir licença remunerada, Douglas?
— Só queria deixar claro que...
— Não precisa. Não sou irresponsável.
— Eu sei.
— Não parece.
— Um mês? — diz Douglas, abrindo um sorriso que descortina dentes amarelados. — Tá. Conto com você pra abertura do festival, *ok*?

O burburinho da redação ecoa nos tímpanos de Gabriel, que quer sair da sala alvejada por luz fluorescente. Mas não pode ir. Precisa falar com a secretária de Douglas, cumprimentar os colegas poucos que começaram com ele e ainda estão ali — a maioria das pessoas ao redor é jovem, povo da geração de Guilherme e Susana, que não conhece —, e antes de ir deve visitar o aquário. Cumpre o ritual todo de maneira apressada, ausente. Ao sair, a caminho do estacionamento, não lembra nenhuma palavra que trocou. Sabe apenas que dobrou o editor hostil. Quanto ao mais, está triste. Cansado.

Deveria sentir-se exultante. Há poucas horas teve, mais uma vez, apertado contra o seu, o corpo de Susana. Como já havia feito antes, passou toda a manhã a observar o sono da garota, a registrar cada poro, cada pêlo, à luz do dia, que as persianas não mantêm fora do quarto de poucos móveis, ao qual os objetos, as roupas de Susana dão nova — fugaz? — fisionomia. Gabriel sente-se prisioneiro da melancolia que toma conta dele depois que um beijo rápido sela a transa, de novo brusca, feroz, da qual Susana desliza de imediato para o sono e aninha-se, animal lasso, sob o cobertor leve.

Para o aturdido amante, pior que o sono súbito, profundo, de Susana, é seu despertar, quando tomam café preto e saem juntos: ele mudo, ela falando sem parar. Hoje fez um relato minucioso de todos os compromissos que teria antes do ensaio. Na torrente de palavras, que avançou até se despedirem, nada havia que dissesse respeito a eles. Como se não estivessem juntos há semanas. A lembrança das palavras de Susana desencadeia em Gabriel uma tontura que o força a se apoiar contra a porta do carro. Ao perceber-se observado pelo mulato baixote que guarda o estacionamento, entra no veículo e dá a partida. Enquanto se distancia do jornal, empreendendo longa viagem da Barra Funda ao Butantã, pergunta-se sem cessar por que a garota o perturba tanto. Não sabe. Está tudo errado nessa história, mas enquanto ficarem juntos haverá esperança. Esperança de quê? Gabriel não quer saber: esse é terreno vedado a especulações. Diz a si mesmo que quer mudar a realidade com a força de seu desejo. Mas não se permite perceber o que sua intuição indica: isso não vai dar em boa coisa.

— "Nunca na minha vida tiveram que me botar na cama, nem faltei a um só espetáculo em que tomasse parte."

Susana não olha para o gordo velhusco canastrão, que por ser exato assim foi escolhido e personifica Tyrone à maravilha. O ator acaba de emitir seu texto quase aos gritos, braço direito erguido, mão em punho, gesto de estátua. Quando ela responde, não se dirige a ninguém, embora Mary converse com o marido. Susana imprime às frases a estranha voz abafada e nítida que adotou para o papel:

— "Durante horas eu tinha esperado naquele horrível quarto de hotel. Procurava convencer-me de que você devia ter ficado preso... ao trabalho. ...sabia tão pouco de teatro! Mas comecei a ficar com medo, apavorada! Imaginei toda espécie de acidentes horríveis. Ajoelhei-me e supliquei a Deus que não tivesse acontecido nada... E foi aí que eles o trouxeram carregado e o deixaram defronte da porta. Ainda não previa a freqüência com que isso se repetiria nos anos a seguir, quantas vezes da mesma maneira teria de esperar sozinha naqueles horrorosos quartos de hotel... Acabei por me acostumar..."

Susana desta vez diz o texto um tanto surpresa, como se a sofrida mulher contasse a si mesma uma história antiga, familiar, e apesar disso, ignorada, cujos lances a assombram. Age como espectadora da desgraça alheia, mais do que como protagonista dos fatos. Usava já esse tom na cena. A novidade é que hoje, uma camada abaixo da perplexidade, borbulham raiva e malignidade novas, que conferem à personagem uma dimensão assustadora. A cena, perto do fecho do terceiro ato, muito anterior ao delírio final, já estava resolvida, na opinião de Gabriel, e eis que Susana surge com novidade. Sob a luz que ela agora lança em Mary, ele se pergunta se essa mulher terá sido, de fato, vítima do marido. Quem sabe não foi a crueldade dela que levou o inconseqüente Tyrone a viver a vida da mais mesquinha maneira? O ensaio avança. Guilherme toma notas furiosamente, mas, contrariando o costume, não interrompe Susana, que está no centro do palco. Dando impressão de hipnotizar-se pelo som das próprias palavras, a atriz diz as falas em que Mary evoca o desagrado da mãe pelo casamento com James, as histéricas implicâncias da ex-futura freira com o vestido de noiva, que por pouco não levaram a costureira ao hospício, o "reumatismo nas mãos", desculpa para o uso da morfina, a hostilidade delicada, educada, compreensiva — "eu perdôo tudo..."—, dirigida a James e, para culminar, a recusa da seriedade da doença de Edmund, o filho amado, prestes a ser internado. Susana coloca em tudo que diz um toque sutil de perversidade, em vibração mínima. O traço revela Mary de forma tão nítida que dá medo. Chegam ao arremate do terceiro ato:

— "Você terá de me desculpar, James. Não poderia comer coisa alguma. Estou com muita dor nas mãos. — Susana começa a andar em pequenos passos para o fundo do galpão. — Acho que o melhor a fazer é ir para a cama, descansar. Boa-noite, querido!"

— "Você vai subir para tomar um pouco mais daquele maldito veneno, não é?" — brada o canastrão, que agora torce as mãos e limpa o suor da testa com um grande lenço xadrez. — "Antes que a noite termine, parecerá um fantasma enlouquecido."

— "Não sei a que você se refere, James." — Susana interrompe a caminhada, volta-se, olha com firmeza e diz: — "Quando bebe demais você diz coisas mesquinhas e amargas. É tão perverso quanto Jamie e Edmund."

Dá-lhe as costas e anda para o fundo do galpão num passo oscilante. Não é preciso ver a expressão dela para ler nos ombros caídos, no corpo que sente dor a cada gesto, a dimensão do sofrimento insano. A reação inerme de James, bêbado, conclui o ato. Assim que o ator deixa a cena, Guilherme pula da cadeira e corre para Susana aos brados:

— É isso, é isso mesmo, Su. Acertou. É isso. — Os demais atores, produtora, dramaturgista, cenógrafo, todos o olham atônitos. É a primeira vez, desde o início dos ensaios, que Guilherme elogia alguém. Ele percebe o seu arrebatamento. Pára, confuso, sem chegar até Susana, que estacou junto da porta. Sem jeito, Guilherme empurra para trás o topete ruivo. — Agora tá começando a tomar jeito. Bem na hora, hein? — emenda.

— Como você pode dizer que o trabalho dela tá começando a tomar jeito? Quem te impede de admitir o que vê? — exclama Gabriel, instalado no degrau mais alto da arquibancada, armada há dois dias.

— Ei, que história é essa? — resmunga Guilherme. — Hoje, até que enfim, alguém deu uma dentro nesta merda. E foi ela, que é quem mais trabalha, pô. Não há de ser por acaso, não é? — acrescenta, fitando Gabriel.

— Passamos a cena de novo? — indaga Susana, que se aproxima.

— Claro, temos de fixar isso.

O fragmento do drama volta ao início. E Gabriel testemunha a repetição do milagre da transmutação de Mary Tyrone. De forma discreta, a vítima tornou-se algoz. Isso é quanto basta para dar ao texto a dimensão que lhe faltava e impedia a tragédia de desenhar-se com esta clareza assombrosa. Sua admiração por Susana cresce. E, em lugar de felicidade, sente melancolia indefinível. A cena chega ao fim.

— Vamos pro quarto ato? — indaga o canastrão.

— Não — determina Guilherme. — Uma hora de intervalo. Vão comer alguma coisa que hoje a gente vai ficar aqui até não sei quando.

— Não tem sido assim todo dia? — indaga o ator que faz Edmund.

— São dezoito dias pra estréia. Quer moleza agora? — diz Guilherme.

— A que horas retoma o ensaio, Gui? — indaga Susana.

Sempre que ela chama o diretor pelo diminutivo, Gabriel sente contrações no estômago. Precisa cuidar-se para não demonstrar a inquietação que o devora.

— Às seis — responde o diretor.

— Guilherme! — a produtora, aproxima-se, ansiosa: — Às seis não dá. Esqueceu da entrevista pra tevê?

Quando se espalhou a notícia de que o jovem diretor, apoiado pelo renomado crítico, estava em vias de transformar um galpão no Butantã em teatro, a imprensa passara a dar espaço à temerária produção de *Longa jornada*, que pretendia revelar, ao que se dizia — em tom de troça — nos restaurantes da classe, uma nova Cacilda Becker. O primeiro editor a noticiar com estardalhaço o espetáculo fora Douglas, para surpresa de Gabriel, que subestimara o homem, a quem não haviam escapado as palavras: "a melhor atriz do Brasil, neste momento". Um ou dois dias depois da visita de Gabriel à redação, o editor mandou uma repórter descobrir quem era a fantástica revelação. A jornalista calejada impressionou-se com o que viu. E Susana mereceu uma capa de caderno, com fotos coloridas. Em uma delas, a jovem aparecia na plenitude de seus vinte e dois anos. Insinuante, vestia jeans muito justos e *top* transparente, que desvelava o torso perfeito e belos seios rijos. Nas demais, aparece caracterizada de Mary Tyrone, irreconhecível.

A reportagem puxou outras. De uma hora para outra, a estréia de *Longa jornada noite adentro* passou a ser a "grande produção alternativa" do ano. Acumularam-se pedidos de entrevistas, fotos, declarações. Surgiram matérias sobre Eugene O'Neill, ressuscitaram-se imagens da produção dirigida por Ziembinski, com Cacilda e Walmor Chagas no elenco. Uma revista chegou a entrevistar Walmor em seu retiro, na Mantiqueira, obtendo dele um depoimento brusco e emocionado.

Guilherme não gosta de tanta atenção:

— Cancela essa merda de entrevista. Preciso ensaiar.

— Guilherme! — exclama a produtora. — É a Globo. Vão pôr a matéria no *Fantástico*. Pelo amor de Deus, não me inventa moda.

— Tá bom — diz ele, irritado. Reúne o elenco e determina: — Vamos ter uma gravação aí, às seis. Ensaio assim que a televisão for embora, tá?

— Claro.

— Muito bem.

— Então vou comer alguma coisa. Tou morto de fome.

A trupe dispersa-se. Gabriel desce da arquibancada e anda na direção de Susana, mas esta sai para o camarim improvisado. Gabriel não a segue. Vai até sua cadeira, junto da mesa, e olha atentamente para o ponto por onde a moça sumiu. A custo acende um cigarro. A tosse vem em seguida. Teimoso, dá outra tragada. Tosse mais. Enfia na boca uma pastilha, que sossega mal e mal garganta congestionada. Está tomado por duas tumultuadas emoções. A certeza, de um lado, de que perdeu Susana. Sem saber por que, está convicto disso. De outro lado, a cena que acabou de ver o perturbou de modo particular. Mexeu em alguma coisa tão remota e incerta, que Gabriel não tem noção do que possa ser. Tampouco está certo de querer saber. Mas, se não o quisesse, por qual razão ficaria sentado, minuto após minuto, sozinho no galpão vasto, cabeça girando, zonzo, tentando recaptar a sensação impalpável que francamente o assusta?

Susana reaparece uma hora mais tarde, quando chega a equipe da televisão. De novo, não olha na direção de Gabriel. Conversa com Guilherme, com a produtora, com outros atores. Gabriel deixa a sala na balbúrdia da montagem do equipamento de gravação e dos potentes refletores. Ninguém nota sua ausência até o reinício do ensaio.

A sala do apartamento está a meia-luz, aclarada por um abajur junto do sofá. Além das portas da varanda, abertas, contra a sombra cinza da noite alta, os prédios que fazem as vezes de paisagem erguem para o alto volumes opacos vazados por raras janelas iluminadas. O silêncio da madrugada é rompido por um concerto de Mozart em volume baixo. O interfone soa. O tinido metálico ecoa no aposento quieto com estridência brutal. Arrancado de sua cisma, Gabriel de um salto dispara do sofá para a o *hall* e apanha o fone de plástico com impaciência louca. Susana!?... Não. Guilherme.
"Podemos conversar?"
— Sobre o quê?
"Me deixa subir, Gabriel."
— Não pode falar daí?
"Sobre Susana."
— Que há com ela?
"Se prefere falar pelo interfone, na boa: não vou embora sem..."
— Sobe.
Gabriel preme o botão que abre embaixo a porta de ferro. Vai até o bar e serve-se de uísque. Depois aumenta o som. Mozart é o único compositor que ouve em crise. Há dois dias, as arquiteturas sonoras perfeitas do músico são sua única companhia. Até agora. Campainha. Ele abre a porta. Guilherme entra.
— Oi. Tudo legal?
— Tudo.
Parados os dois, no *hall*. Guilherme olha atento para Gabriel, de baixo para cima, o crítico nunca percebeu o quanto é mais alto que o diretor. Os dois seguem estudando-se, muito sérios. Enfim, Guilherme diz:
— Cara, cê não parece nada bem. Por que sumiu?
— Meu serviço terminou.
— Quem deve decidir isso sou eu.
— E não eu? Nem contrato assinamos.
— Mas, o espetáculo?
— Está pronto.
— Vai ver e me diz se tá pronto.
— Que aconteceu?
— Não adianta eu contar. Tem de ver com seus olhos.
— Ver o quê?
— Susana. Tá feito uma barata tonta desde que cê se mandou.
— Não acredito.
— Vim aqui mentir? Essa é boa. Por quê?
— Sei lá.

— Gabriel, não tou te reconhecendo.
— É importante você me reconhecer?
— Cê tá assim por causa da Susana?
— ...
— Bom, já vi que não deveria ter vindo. Eu vou nessa. Tchau.
— Fica. Estou assim por uma série de razões. Susana é uma delas.
— Será que a gente pode sentar? Vai ser mais confortável.
— Claro. Desculpa. Estou na lua. Entra. Bebe alguma coisa?
— Um uísque iria bem.
— Sirva-se — Gabriel indica o bar. Depois muda o CD. Outro Mozart.
Guilherme aproxima-se. Gabriel aponta uma poltrona em frente ao sofá. Mozart toma o espaço entre eles até que o garoto ergue o copo:
— À *Longa jornada*.
Gabriel ergue as sobrancelhas, dubitativo. A seguir dá um breve gole. Guilherme empurra para trás o topete com os dedos espalmados e toma um trago observando, intrigado, o silencioso interlocutor, que por fim murmura:
— À sua *Longa jornada*. — Bebe outro gole e cala.
— Minha? Achei que era nossa! Escuta, você e Susana, o que aconteceu? — Guilherme atalha, veloz: — Não tenho de me intrometer, cara. E ninguém me mandou aqui, é bom dizer. Vim por minha conta. O trabalho vai ficar uma merda se... Ela tá agindo feito uma descerebrada. E você, aqui, péssimo, com um ânimo de dar medo. Brigaram?
— Ela não telefonou. Se sente tanta falta, sabe onde moro...
— Eu não acredito que uma bosta de uma briga de namorados...
— Namorados? Que namorados?
— Vocês não estão...
— Ela dormiu uns dias aqui. A gente transou. Só isso.
— Então por que Susana...
— Como eu vou saber? — exclama Gabriel. — Quem sabe é você.
— Eu?
— Como namorado, você...
— Namorado, Gabriel! — Guilherme dá a risadinha aguda que tanto irrita o outro. — Que namorado?
— E não? Achei que vocês...
— Nós, o quê?
— Tinham um caso. Vieram do Rio juntos e..
— Nós?
— E não?
— Nunca aconteceu nada entre a gente. E não viemos juntos. Ela veio por ela, eu por mim. A gente se conhecia. Adorei ver Susana aqui. Sabia que era uma puta atriz e nunca teve chance. Na montagem do Strindberg não tinha um papel legal, mas prometi que ia descolar uma personagem pra ela.

— Descolou uma das mais difíceis. Tinha visto antes o trabalho dela?
— Claro. Pensa que sou louco? Não ia dar um papel desses pra... Eu sabia o que estava fazendo, cara. Mas a gente nunca ficou, Gabriel. Imagina! — Outra risada.
— Não sei por que tanta graça, Guilherme. Eu pensei...
— Pensou errado. Foi por isso que você largou o trabalho?
— Naquele dia ela não me olhou na cara. Eu já sabia que não ia dar certo. Sentia. Mas estava rezando pra acontecer só depois da estréia. Acreditava que vocês tinham namorado e, no ensaio, achei que estavam voltando. Ficou todo derretido pra cima dela, e Susana fingiu que eu não estava ali.
— Viu demais, cara. Eu, derretido pra cima dela?
— Eu...
— Chifre em cabeça de cavalo.
— Então por que...
— Não sei, pergunta pra ela. Acho que cês dois têm mais é que conversar, cara. E gostaria que você acompanhasse o trabalho até o fim. Nada a ver com Susana. É por causa de tudo, da produção, Gabriel. Cê faz falta.
— Eu?
— Não, o Peter Brook.
— Não imaginei.
— Pois então, imagine. E...
— Sim?
— Nada. Deixa pra lá.
— Que é?
— Esquece. Uma coisa que não...
— O quê, Guilherme?
— Esquece.
— Agora fala, por favor.
— Susana. Você bagunçou a cabeça dela.
— Como sabe? Ela te disse?
— Não me disse nada. Mas a dela é outra, Gabriel.
— Outra?
— Claro. Nunca percebeu?
Pausa. E Gabriel exclama:
— Não acredito.
— Pode acreditar. Só por ter entrado na tua...
— Mas não pode ser. Ela... quer dizer, eu...
— O quê?
— Na cama... Isto é, ela não era mais virgem, e...
— E daí? Só por isso acha que ela tinha de ser virgem? Além do mais, não falei que você era o primeiro homem da Susana. Só disse que ela...
— Não é possível.

114

— Cara, bem que eu saquei que cê nem desconfiava. Desculpa, mas achei que precisava saber. Posso dizer uma coisa?
— O quê?
— Pra alguém com sua experiência, você é bem desligado, né?
— Quer dizer, ingênuo?
— Quero dizer desatento. Bem, vou andando. A conversa tá muito boa, mas eu preciso dormir, cara. Volta pro trabalho.
— Não sei.
— Te ligo amanhã. Falta tão pouco, Gabriel! Se agüentou até agora, segura até o fim. Preciso de você. Vai ser importante pra mim, pra Susana, pra todo mundo. — Empurra o topete para trás com os dedos. Anda a passos rápidos para o *hall*, seguido por Gabriel. — Boa-noite. Deixo você em boa companhia. — Indica com um gesto o aparelho de som. — Vê se põe a cabeça no lugar. Té amanhã. — O elevador chega. — Ensaio às duas, tá?

O impulso que o levou até ali é dissolvido pela voz fria que quebra o ar cálido do amanhecer, promessa de calor esbraseante à tarde:
— Ué! Você, aqui, a esta hora! Que foi, brigou com a namorada?
O gume das palavras atinge Gabriel no centro do ser. Impressiona-o a destreza da mulher, que o golpeia em pontos nevrálgicos com agilidade de esgrimista. Ele nunca lhe fala de suas emoções e problemas. Pouco importa. Ela lê nele como num livro. Nem é preciso que o veja. Pelo telefone, adivinha suas aflições. Então, agride.
— Que namorada, Dona Gertrudes? — diz ele. — Não tem namorada.
— Então que veio fazer no Pari de madrugada? Saudade, Gabi?
— Sabe que eu odeio esse apelido? — diz, súbito e veemente.
Mãos nas grades do alto portão de ferro pintado de verde, a mulher baixa, gorducha, fica imóvel por um momento, boca entreaberta, olhos que se arregalam na direção do homem espigado, tão diversos são os dois, não se diria mãe e filho. A expressão assustada logo é substituída por uma máscara inerte. Mas ela pergunta:
— Por que nunca me disse?
— Ia adiantar, se dissesse? — resmunga ele. Gostaria de saber se é verdadeira a surpresa que detecta na voz da mãe, contrária ao rosto neutro.
— Acha que eu sabia que você odeia "Gabi" e te chamava assim de propósito? — Olha-o: — Pensa que seria disso capaz, João Gabriel?
— Não penso nada, mas não gosto desse apelido.
— E eu não gosto quando você me chama de Dona Gertrudes.
— Então nós podemos fazer um trato. Não me chama de Gabi...
— ...e você não me chama de Dona Gertrudes. Feito. Não sei por que demorou tanto pra falar isso. Agora vai contar o que faz aqui a esta hora?
— Mãe... É que...
As palavras não saem. Está pouco à vontade. Ela não o convida para entrar.

O que é ser rio, e correr?

Estão na rua, em pé, cada qual de um lado do portão, na pequena casa térrea em que morou até seu primeiro casamento. Dali Gertrudes jamais sairá. Poderia ir para Alphaville, a enorme casa do filho mais novo, que a convidou várias vezes, porém sequer admite a hipótese. "A vida toda aqui", afirma, "não vejo motivo pra ir pra outro canto. Ficar sem minhas amigas, minha paróquia? Não." Ele sabe que, embora devota, com a paróquia não se incomoda tanto. Desgosta dos padres "de hoje" e da missa em português. É do "tempo antigo". Entendia patavina de latim, mas achava lindo. Quanto às amigas, pelo que Gertrudes conta, a maioria morreu ou mudou-se. Porém, a teimosia prevalece. Há duas décadas, tinha a seu favor o sossego do bairro, que acabou. O Pari mudou. Muita gente fugiu dali, enxotada pela violência. As pequenas casas estão muradas, gradeadas, aferrolhadas.

E a rua, apenas um quarteirão, tornou-se passagem de trepidantes imensos caminhões rumo à Marginal. Na infância de Gabriel, era campo de futebol e de quantos jogos mais houvesse. Ergue-se na memória dele a imagem do bom atacante que foi nas peladas do fim do dia, jogador disputado na hora da escalação dos times. Lembra-se de correr, afogueado, no pegador, de dar saltos vigorosos no pula-carniça. Não recorda o momento em que o moleque foi substituído pelo adolescente casmurro ensimesmado e, depois, pelo intelectual sedentário que esqueceu o corpo. São poucas as memórias que guarda do menino do Pari. No entanto, tem a sensação de vislumbrar aquele moleque no olhar da mãe, que o observa, intrigada, e diz:

— Se não sabe por que veio até aqui, tão cedo, em dia da semana, logo você, sempre cheio dos compromissos, melhor fazer um café — diz Gertrudes, abrindo o portão. — Entra e me espera na cozinha. Tenho roupa pra recolher. Se não tiro já do varal, o branco fica preto. Poluição, Gabi... Gabriel. Vou levar um tempo pra me acostumar.

O filho sorri:

— Não faz mal. Só de lembrar...

— Acha que eu não lembraria?

Ele não responde. Segue-a até o quintal. Nada sabe dela, de seu cotidiano. Como emprega o tempo, a que programas de tevê assiste, em quem vota. Ela deu-lhe à luz, mas ele não a conhece. Para isso teria de aproximar-se da mulher de pés no chão, de quem o adolescente sensível se envergonhava.

Tenta encontrar modo de dizer o que o levou até ali. Mas é impossível traduzir em palavras algo que nem ele entende. Não há forma de explicar que a peça, e dentro dela Mary Tyrone, tal como Susana a vê, forçaram-no a detectar em si mesmo a noção aguda de sua responsabilidade nas décadas de desamor e tensão que compuseram seu vínculo com Gertrudes. O que Gabriel sabe agora que não sabia antes? O hábil usuário das palavras angustia-se por não poder nomear o que experimenta há uma semana, desde o ensaio em que testemunhou Susana rechear de perversidade a suave Mary. Sem nada dizer a Gertrudes, Gabriel ajuda-a a recolher a roupa e a guardá-la na pequena lavanderia imaculada. Entram para a cozinha, alvíssima, e ele senta-se à velha mesa de madeira pintada de branco, a mesma em que a família fazia suas refeições, quando o pai era vivo e os meninos tinham de ser arrancados da cama para a escola.

Gertrudes coloca diante do filho uma xícara de café com leite. A essa altura ele se dá conta de algo novo. O silêncio. Há bom tempo ela está muda.

— Mãe...
— Gabriel, eu...

Calam-se. Gabriel, de um impulso, levanta-se. Volta a sentar-se.

— Como sabe, mãe?
— Do quê?
— De tudo, sempre. De tudo que me machuca. Sou tão transparente?
— Foi uma namorada?
— Sim, Dona Gertru... Sim, mãe. Vê? Eu também vou levar tempo. Mas me diz, como sabe?
— Você é meu filho.
— E isso significa o quê?
— A gente nunca se entendeu. Com seu irmão era diferente, conseguia conversar com ele, consigo até hoje. Não gosto da mulher dele, você sabe. E os filhos dele, ao contrário dos seus, são bestas. Mas eu e ele, a gente sempre se entende... Você... Cada vez que eu dizia alguma coisa, levava um coice. Quando bebê, não. Era tão amoroso, uma criança alegre, gostava de brincar, de rir. Depois... mudou. Pequeno ainda, ficou azedo. Mais tarde, só seu pai servia pra conversar, pra falar de teatro, de tanta coisa que... Fugia de mim. Nunca conheci seus amigos...
— Gostaria que a senhora fosse ver a estréia da peça — ele diz.
— Que peça?
— Essa em que estou trabalhando.
— Como dramaturgista – ela quase soletra a palavra.
— Isso mesmo — ele a olha, surpreso.
— Até hoje não entendi o que vem a ser.
— Uma espécie de professor, mais nada. Como a senhora disse.
— Por que não chamam de professor, então?
— Não sei.
— Vocês gostam de inventar moda.

Gabriel sorri. Gertrudes também. Rede de rugas no rosto redondo, traços incisivos circundados de cabelos brancos, bastos.

— Vai comigo ou não? — repete ele.
— Quer mesmo?
— Acha que eu convidaria se não quisesse?
— Leve seus filhos. Vê eles tão pouco!
— Já estão convidados. Vão com a mãe, namoradas, a tropa toda. Quero levar a senhora. Gostaria que visse o trabalho. É importante pra mim.
— Bem, então... Quando vai ser?

— Sábado, não este, o próximo.
— Que roupa eu ponho?
— Qualquer coisa.
— Qualquer coisa, não.

Ela recolhe as xícaras e vai para a pia. Gabriel olha-a atento, como se quisesse gravar os gestos, o modo de andar, de mover a cabeça. De súbito, Gertrudes volta-se e crava nele os olhos. Entreabre os lábios, como se fosse dizer algo. Mas cala. Ele indaga:

— Ainda tem café?
— Sim.
— Queria mais. Estava bom.
— Acho que você nunca disse que eu fazia café bom.
— Tem muita coisa que eu nunca disse.
— É.
— Por que foi... — ele hesita — tão difícil?
— Comigo e com você?
— Sim.
— Não sei, filho. Muita noite fiquei sem dormir pensando nisso. A gente pensa, sabe... Fica se perguntando onde errou.
— Não pode falar de erro. Não dependia da senhora.
— O caso é que a gente nunca conseguiu se entender.
— Pois é.
— É.

O espetáculo está no fim. Velha como nunca antes, saia cinza, blusa branca de seda, mangas amplas presas nos pulsos, sapatos pretos de salto baixo, encurvada, Susana move a alta porta de metal ao fundo do galpão. Deixa em sua passagem a fresta pela qual entra o feixe de luz triangular, que redimensiona o espaço mergulhado no escuro. Avança para o palco trazendo no braço um alvo rebordado vestido de noiva em frangalhos. A platéia está silente. Nem um ruído além dos passos incertos da atriz, que não se apressa, e do farfalhar do tecido que se arrasta no chão.

Na cabine de luz, ao lado de Guilherme, Gabriel, pela primeira vez, não presta atenção em Susana. Desde o início da sessão observa o público. À luz escassa do galpão, adequadamente batizado de Espaço Fabril de Teatro, procura observar cada gesto e movimento dos trezentos convidados que assistem à estréia. Como se lhe fosse possível assim decifrar a sorte da produção. Dedica-se a isso, com afinco de maníaco. Poderia estar na platéia, ao lado da mãe, mas preferiu a cabine. É sua última noite nesse lugar em que sua vida esteve concentrada durante seis meses. Quer guardar, em sua despedida, a proximidade com aqueles que fizeram o espetáculo, não com os espectadores, entre os quais, a rigor, deveria estar. Tem saudade do que ainda não é passado: os ensaios, as brigas, as dificuldades insuperáveis que acabaram superadas, pois o espetáculo está pronto, em curso. Só aqueles que o fizeram sabem seu preço em sofrimento, horas de insônia, saúde. Nunca antes Gabriel entendeu o quão adequada é a palavra "montagem", como sinônimo de espetáculo teatral, pois é disso que se trata, de trabalho braçal, embrutecedor, no curso do qual muitas vezes os artistas se esquecem de que fazem arte.

Gabriel procura com os olhos a figura atarracada da mãe, vestida de preto, cabelos brancos penteados para trás. Várias vezes, durante a noite, observou-a: sentada muito ereta, bolsa sobre os joelhos, fitando os atores. Gabriel pergunta-se em que estará ela pensando. Se estivesse próximo dela, perceberia que só tem olhos para a atriz, cujos dedos acariciam o tecido do branco vestido enquanto anda sem rumo, perdida em memórias. Susana deita-se no chão, cobre-se com o traje nupcial. Gabriel nota que a maior parte dos espectadores está na beira das cadeiras e inclina o corpo para a frente. Susana ergue o torso, levanta o braço para o alto, aponta com o indicador para o teto. As palavras sussurradas soam nítidas: "E durante algum tempo fui tão feliz!" O braço despenca e Susana também. Sai a luz. Entra poderoso, tremendo, inesperado, o "Dies irae" da *Missa da coroação*, de Mozart. Foi sugestão de Gabriel, que lembra disso com orgulho bobo enquanto sente os olhos úmidos e as pernas bambas. A música tonitruante é bruscamente cortada. Escuridão e silêncio totais. Por que não aplaudem? Que há? No breu da sala a vida está suspensa.

Não vem aos poucos, não é esparsa, sobe como um bramido do fundo da terra a aclamação. As luzes acendem-se, os atores entram para agradecer, a platéia ergue-se e bate palmas. Um rio de calor penetra Gabriel. Não consegue ver nada. Chora. Sente que o abraçam. Ele, que não gosta de proximidades físicas, tenta afastar-se. Tarde demais. Guilherme, suado, agitado, beija-o várias vezes e arrasta-o para o palco antes que Gabriel possa entender. Quando percebe para onde vão, estaca, mas é puxado para frente. As palmas crescem no momento em que os dois entram em cena. Os atores aplaudem também. Há muitos abraços. De súbito, Gabriel está nos braços de Susana. Sem pensar no que faz, inclina-se para a frente e beija-a na boca, um beijo intenso, ao qual ela não opõe resistência. Ele está zonzo, eletrizado. E ouve-se crocitar:

— Eu te amo. Preciso de você, preciso muito. Te amo.

São separados, puxados um para cada lado, por Guilherme e pelo jovem que faz Edmund. Pois a platéia, que Gabriel não ouvia mais, segue aplaudindo em pé, exausta, sorridente, feliz. A magra friorenta produtora e o cenógrafo gordo chegam agora ao palco e recebem seu quinhão de palmas. Os artistas avançam para a frente, de mãos dadas, e erguem os braços, inclinando-se, em seguida, em reverência. Há euforia no ar. O grupo no palco ergue de novo o torso e torna a inclina-lo. Enfim os aplausos enfraquecem. Gabriel está confuso. Por que fez isso? Há inúmeros dias, desde a maldita noite em que Susana fugiu ao fim do ensaio, ela não voltou a aproximar-se. Um tempo de dor. Não sabe se amou, antes. Nem a mãe de seus filhos, que ali está, ao lado da ex-sogra, a mulher com quem mais tempo viveu, nem ela algum dia despertou nele qualquer coisa parecida com isso, esse rasgar-se das entranhas. E agora, no momento do triunfo de Susana, quando se inicia a vida na arte da bela atriz, ele faz papel de idiota, beijando-a e fazendo declarações de amor ridículas! Faltou-lhe tempo de pensar. Por que Guilherme arrastou-o assim para o palco?

Cessam os aplausos, enfim. A platéia começa a se dispersar. Parte do público permanece na sala, grupos conversam em voz baixa. Ante o desconcertado Gabriel, o ator que faz Edmund, abraça Guilherme e dá-lhe um demorado e retribuído beijo na boca. Gabriel nunca poderia supor. Dizer que pensou que... Ele procura por Susana. Um grupo de mulheres a cerca, a atriz está de mão dada com uma, e assim caminham para os camarins no fundo do galpão. A família de Gabriel aproxima-se. Há um burburinho ali que o atordoa. Ele desejaria estar agora em sua casa, um bom copo de uísque na mão, Mozart no ar. Guilherme volta-se para ele e diz:

— Vai jantar com a gente, Gabriel. Um restaurante aí oferece. A produtora te falou, não falou?

— Muito cansado... E tenho de levar minha mãe pra...

— Não tem, não. Algum dos meninos pode me levar — diz Gertrudes. — Vai festejar com teus amigos. — E acrescenta: — É merecido.

— Vão todos — diz Guilherme, abarcando com a mão o grupo familiar. — São convidados da produção. Não aceito recusa.

— Estou exausto — responde Gabriel, que se sente nervoso e desata a falar: — Não vou segurar. Amanhã volto pro jornal e já tenho uma entrevista pautada de manhã. O festival está começando, e...

— Vai voltar pro jornal? — exclama Guilherme.

— Claro — Gabriel sente-se a cada momento mais incomodado. Só quer sair dali, e isso parece extremamente difícil. — Tenho de trabalhar.

— Mas, e os planos que tenho pra você?

— Planos?

Ninguém em volta parece dar-se conta do mal-estar de Gabriel, que não quer voltar a cruzar com Susana, nem esta noite, nem nunca mais. Ele tem tem as pernas trêmulas e um imenso desejo de ser tragado pela terra.

— Planos, claro — diz Guilherme, que olha para o jovem ator, que concorda, sorrindo. — Estávamos conversando ontem sobre isso. Que tal escrever uma peça pra nós? Ele e a Susana fazem, eu dirijo.

— Eu?

— Quem mais.

— Mas não sou dramaturgo.

— Não era dramaturgista, também, e olha como se saiu.

— Não, Guilherme. Tou muito cansado. Vou indo.

— Vem jantar com a gente, cara. Vamos conversar.

— Acho que podemos falar num outro dia. Tou pregado.
Atrás de Gabriel soa a voz que ele não quer mais ouvir nunca:
— Nem se eu pedir?
Como pode pensar que não deseja mais ouvir o timbre rouco que faz seu coração disparar, desordenado, e traz vontade de chorar, de rir, de sabe lá o que mais. Ele volta-se e vê Susana, rosto lavado, cabelos loiros molhados, saia longa, preta — é a primeira vez que Gabriel a vê de saia fora do palco —, bustiê preto que exibe o belo colo e os braços alvos. A jovem carrega uma grande mochila e sorri, à espera da resposta.
— Você... pedir?... — gagueja ele.
— É — repete Susana. — E se eu pedir pra você jantar com a gente?
— Por quê? — Ele tem a respiração entrecortada, a boca seca.
— Como, por quê? Lembra o que me disse?
— Quando?
— Quando? Agora, no palco.
— Eu não sabia o que estava fazendo, me desculpe, mas eu...
— Não acha que nós precisamos conversar, Biel?
— É ela, Gabriel?
Ele não percebeu o interesse com que a mãe acompanhou a cena.
— Ela o quê, mãe?
— É ela a namorada?
— Não, mãe, eu...
— Não vai me apresentar, Biel?
— Claro. Eu... Susana, minha mãe, Gertrudes. Mãe, Susana fez...
— Eu vi o que ela fez, Gabriel. Não imaginei que fosse assim menina.
— Não tão menina assim — diz Susana.
— Então é você que anda mexendo com a cabeça do meu filho?
— Mãe!
— Eu?
— Pois ele não me apareceu lá em casa outro dia, às sete da manhã, sem nem saber dizer por que estava lá?
— Você fez isso, Biel?
— Precisava ver, parecia um adolescente.
— Mas o que é isso? — exclama Gabriel.
— E aí, vamos jantar? — pergunta Guilherme.
— Vamos, Gabriel — diz Gertrudes. — Como dizia seu pai, tem coisas que a gente precisa comemorar.
— Meu pai dizia isso?
— Me dá carona, Biel?
Susana enfia o braço no de Gabriel. Ele caminha para o estacionamento entre Gertrudes e Susana, que falam trivialidades. Isso não vai dar certo, pensa. Não foi talhado para cenas assim. E Susana? Que é isso? Por que de repente comporta-

O que é ser rio, e correr?

se como se nada tivesse acontecido, como se não tivesse fugido dele, evitando-o de todos os modos? E agora age como sua namorada! E as mulheres, e aquela mulher com quem estava de mão dada ao fim do espetáculo? Como vai ser? Sente, ao andar, o calor do corpo da jovem próximo ao seu, e não quer nada mais. Há tanto em que pensar. Tem de decidir seu futuro. Que futuro?, um sujeito de cinqüenta, que já deveria estar pensando em se aposentar, quer sonhar com o futuro? Está certo apenas de uma coisa: nunca se sentiu tão feliz. E medroso. Tira o carro do estacionamento e dirige para os Jardins na noite estrelada e quente de verão. Não imagina o que o futuro pode lhe reservar. No presente, tem fome. Decide que vai pedir uma salada verde e raviólis de ricota. Com uma boa dose de uísque. Como os fantasmas de O'Neill. Aliás, que marca os Tyrone bebiam?

HELENA MARIA

— Ó dona Lena, não vai levar justo essa, a mais bonita de todas?
— Qual, criatura? — Irritada com a interrupção, Helena pára de arranjar as roupas na mala e ergue os olhos. A empregada está no canto a que Meireles chama de *closet*. Ela sabe que não passa de um armário embutido; *closet* vem a ser bem outra coisa. Francine, que chama assim a si mesma, em lugar de Maria Francinéia, como consta da carteira de trabalho — "Se todas as artistas fazem isso de mudar de nome, por que eu não posso?", argumentou certa vez, deixando a patroa pasma —, exibe-lhe uma jaqueta de lã verde-limão com debruns pretos de couro.
— Muito linda e zero bala, dona Lena! Eu, se fosse a senhora, levava.
— Pra usar quando? — Lembra que desde criança ouve a mãe dizer: "Só jecas e novas-ricas dão trela a empregadas". Mas não consegue se conter: — Não faz mais frio, lá. É verão. Onde vou usar uma jaqueta de lã?
— A senhora vai nas montanha. Nem de noite não esfria, dona Lena? — A empregada segura pelos ombros a peça, braços estendidos para a frente. Helena observa o modo como emerge do topo da jaqueta o largo rosto, encimado por franja de espesso cabelo preto, pele morena destacando dentes brancos que avançam para fora de lábios grossos. Francine espera pela resposta da patroa, que não vem. Insiste: — Esfria ou não?
— Não sei.
— Então? Já pensou, chega lá e passa frio? Sai de noite, e...
— Não vou precisar.
Bem gostaria de levar a jaqueta. E outras peças para frio que nunca, ou quase, usa em São Paulo. Mas Meireles proibiu-a de viajar com mais de uma mala. "Das médias!", repetiu várias vezes, "ou largo você e suas coisas pra trás." Um grosso. Ela fica triste quando ele age assim. Porque no fundo é um homem bom, não deixa faltar nada em casa, trata-a quase sempre com respeito, apenas um pouco bruto, mandão, como são esses homens, né? Namorou poucos, noivou longo tempo com Meireles... É fiel, jamais pensou em... Desconhece "esses homens". Pensa neles assim, por pensar, porque na adolescência ouvia isso das primas e da irmã, Heloísa. Nem sabe se elas conhecem de fato os homens. Heloísa talvez. Casou bem, viaja muito. Mas as primas, umas caipiras que nem nunca saíram da Mooca...

O que é ser rio, e correr?

Tem saudade de Miriame, a amiga de cabelinho nas ventas. Feminista. Vê se pode, hoje, fim-de-século, de milênio, alguém ainda querer ser feminista? E a maluca dizia isso em voz alta! Meireles olhava feio cada vez que Miriame aparecia. Quando Helena era solteira, saíam juntas, iam a cinemas e teatros, jantavam fora, dançavam no Avenida, nos outros clubes tão distintos. Depois do casamento, tudo mudou. Poderiam as duas continuar a ver-se, se quisessem. Embora não goste, ele não proíbe. Mas demonstrava tanta hostilidade sempre que seu caminho cruzava com o de Miriame, que ela deixou de freqüentar a casa. E, com o tempo, afastou-se de Helena, que sente muito a sua falta. Meireles não gosta de cinema, menos ainda de teatro. O máximo que faz, e de cara amarrada, é acompanhá-la a uma ou outra festa, muito de quando em vez, não para se divertir, mas de olho em clientes potenciais. O casamento deles entrou numa rotina perigosa. Pouco ficam juntos Por isso é importante que esta viagem seja perfeita. Excetuados fins-de-semana ou férias na casa de praia, há dois anos que não viajam juntos, desde que foram a Miami por quinze dias.

"Mas como!", exclamam conhecidas. "Casada com dono de agência de turismo, que anuncia na televisão e tudo, logo você, não viaja?". "Casa de ferreiro, espeto de pau, não é mesmo?", alfinetam outras.

Helena alega excesso de trabalho: a loja, as funcionárias, o estoque, o Natal, Dia das Mães, das Crianças... É preciso ter lucro. Meireles afirma que não pôs dinheiro naquela joça só pra lhe arrumar distração. Quer retorno. Ai dela se as mercadorias que escolhe encalharem. Não seria necessária a ridícula ameaça, pois a butique vai bem.

Francine arranca Helena do devaneio:

— Leva essa japona, dona Lena, só pro caso de precisar.

Japona, francamente: vê lá se sua jaqueta Versace, de seda, couro e fina lã indiana, pode ser chamada de japona! Volta a arrumar a mala.

— Deixa aí, em cima da cadeira — diz, seca. — Vou pensar.

— Leva, dona Lena, tô dizendo.

— Tá bom, tá bom.

Não quer dar seqüência à conversa. Deveria estar no cabeleireiro, mas nem conseguiu terminar a mala. Odeia viajar sozinha. Tem, toda vez, a impressão de que não vai conseguir. Prefere que alguém cuide dos documentos, das passagens, e como Meireles é bom nisso! Bem, seria esquisito se não fosse, já que trabalha com turismo, não é? Ela teme não achar o portão de embarque, esquecer a passagem em casa, apresentar documentos em desordem... "Que documentos?", bradou Meireles quando Helena lhe comunicou seu medo. "Pra ir pra Argentina precisa só da identidade, tonta. E se perder a passagem, vire-se. Com essa idade, uma filhinha de mamãe."

Se for da vontade de Nossa Senhora de Fátima, a santa de sua devoção — um dia irá a Portugal e rezará no santuário —, tudo haverá de correr bem. Mas e se Ela estiver distraída? Porque até os santos se distraem, até Deus, ou não haveria tanta miséria, desgraça, tanta coisa feia que Helena não gosta de ver nos telejornais e nas ruas. Confere as peças que separou para a viagem: meias, *lingerie*, calças, saias, blusas, *tops*, bermudas e camisetas, duas sandálias, escarpins, vistosos tênis, dois conjuntos de um costureiro ousado para um programa mais formal, maquiagem, bijuterias, umas poucas jóias e o estojo de remédios, queira Deus não seja necessário.

— Bem, agora tenho de sair.
— Dona Lena...
— Que é?
— Sei que a senhora tá com pressa. Mas precisava muito de falar um bocadinho com a senhora, por causa do meu irmão, que, a senhora sabe...
— Francine, eu tenho hora.
— É que é tão importante, dona Lena! Ele pode...
— Depois, tá bom? Quando eu voltar.

Afobada, culpada por não querer ouvir a história de Francine, mais uma desgraça, tem certeza, manda a empregada cuidar do almoço, apanha a bolsa e sai para a garagem. Se perder a hora no cabeleireiro...

Deixa o prédio. Adora dirigir, conduz o carro com segurança, sob as copas das árvores das ruas com nomes de pássaros, até a República do Líbano. Que está parada. Véspera de feriado, o trânsito ficou um caos. Esqueceu-se disso, agora não sabe que fazer. Apanha o celular na bolsa.

— *Beauty Box* às suas ordens...
— A Angelina, por favor.
— Quem deseja?

Odeia telefonistas que fazem tais perguntas. Pudesse, fuzilaria todas.

— Helena Maria Montalvo Meireles. — Diz o nome todo com estudada majestade. O tom altivo não resolve:
— Pode adiantar o assunto?
— Não — rosna Helena. — Chama a Angelina, ou falo com a Magda.

O nome da dona do salão surte efeito. Logo a cabeleireira está na linha. Não, claro, nenhum problema, um pequeno atraso, o trânsito está parado, e o calor é infernal. Helena sobe os vidros, liga o ar-condicionado e respira, aliviada. Aciona o aparelho de som empurrando para a fenda o primeiro CD de um estojo no porta-luvas. Ouve uma melodia adocicada, cheia de violinos. Passa do CD para o rádio. Nem presta atenção no nome da música que o locutor anuncia, apenas uma canção e uma voz, algo para diluir a turbulência de seus sentimentos, um medo desconhecido e súbito, a inesperada, inabalável certeza: o avião vai cair. É só no que pensa desde que acordou, ainda que não queira admitir. Ouve a cantora, que parece estar muito longe: "...Eu te estranhei/ e me debrucei/ sobre o teu corpo,/ e duvidei,/ e me arrastei/ e te arranhei...". Quem canta, que música é essa? Pouco importa. Importante é o pavor que a toma, o súbito intenso desejo de não embarcar. Mas isso, jamais. Viajará. Estará no aeroporto na hora certa. Será que deve levar

a jaqueta? Como sossegar as entranhas contraídas de susto? O celular toca. Meireles. Chamada internacional, voz abafada:
— E aí, bem, como vai, tudo pronto?
— Sim.
— O quê?
— Disse "sim".
— Me faz um favor, bem?
— Que é?
— Traz aquele meu terno preto, o de lã. E o sobretudo. De noite esfria.
— Tinha me dito que...
— Não sabia, bem. Ontem quase morri de frio.
— Tá certo, Meireles, pode deixar.
— Boa viagem, bem, tou esperando. Agora vou desligar, fica caro.
Por que o avarento não compra alguma coisa, em vez de forçá-la a carregar tralha? E não só isso! Agora que sua mala está quase pronta, fala do frio. Deverá levar roupas quentes, até talvez a "japona" de que Francine gosta. Ah, qual o problema do irmão da empregada? Olha o relógio. O tamanho do atraso! Não será suficiente uma só mala, a não ser que... "...nos teus pés, ao pé da cama,/ sem carinho, sem coberta...". Ouve de novo, sem atentar para ela, a voz no rádio. Do mesmo modo, olha sem ver as crianças sujas, duas meninas, olhinhos arregalados, que param junto de sua janela e esticam as mãos. As garotas abrem a boca, articulam palavras que Helena não escuta. Furiosa com Meireles, decide sacrificar o corte de cabelo. Ele há de pagar. Tecla o número do salão e desculpa-se, toureando a irritação de Angelina. No primeiro retorno, passa para a outra pista. Na esquina de sua rua vê uma mulher vendendo cravos vermelhos. Num impulso, Helena pára e compra um buquê. Quando estende a mão para entregar o dinheiro e apanhar as flores, a velha segura-lhe o pulso e por breve momento estuda-lhe a palma. Helena, assustada, recolhe o braço.
— Que desinfeliz ocê é! Que dó... Mas dentro d'ocê tá um poder pro bem. Usa ele — diz a velha balançando a cabeça, tilintando brincos de prata que pendem de lóbulos ocultos por um lenço de cabeça colorido.
Atirando os cravos para o banco do passageiro, Helena dá partida e afasta-se. Por que tinha de comprar flores, se vai viajar? Estremece ao pensar na cigana. Não gosta de cartomantes e adivinhas que fazem a delícia das primas e de muitas clientes da boutique.
Olha os cravos vermelhos, evoca coroas mortuárias, meu Deus, menina, tira essa idéia da cabeça! Não quer pensar nisso. Entrará no avião custe o que custar. Ou não se chama Helena Maria. A tensão não afrouxa. Por que fica a sensação de que o avião cairá, de que é o último dia de sua vida? Poder pro bem, é boa. O que a velha queria dizer?

Coração disparado, boca seca, pergunta-se se o pior já passou. Chegou ao aeroporto exaurida, depois de enfrentar a Marginal, parada, e um taxista que falou sem cessar. Ela recorreu a todo autocontrole para forçar-se a entrar no avião, superando o desconforto do *check in*, do guichê da Polícia Federal, da esteira e do detector de metais, da longa, enervante expectativa no portão de embarque.

Está enfim em sua poltrona na classe executiva, aguardando a decolagem. Se pudesse, fugiria para longe dali. Deseja, neste momento, não voltar a pôr os pés em um avião. Nota que se fecham as portas e espanta-se com o tamanho de seu terror. Fez outras viagens na vida, até sozinha. Não gostou. É melhor quando tem companhia. Mas nunca deixou de viajar por falta dela. É incapaz de entender o motivo pelo qual, agora, indo ao encontro de Meireles, está assim, apavorada, certa de que não chegará. Tem de se controlar. Mas é difícil. Olha fixo para as sandálias plataforma, verniz vermelho, e as unhas dos pés, esmalte vermelho. É a sua cor favorita, vai bem com a pele morena e os cabelos escuros. Das flores da cigana, funerários cravos vermelhos, não quer se lembrar agora. Deveria chamar a aeromoça e dizer que está passando mal? Terão de desembarcá-la. Pensa rápida, intensamente, decide ficar em São Paulo. Meireles, o avarento, que morra de frio. Aperta o botão. Tarde demais. O aparelho move-se, lento, inexorável.

— Quem lhes fala é a comissária. Damos as boas-vindas aos passageiros que embarcaram em São Paulo com destino a Buenos Aires. Agora passaremos à demonstração dos equipamentos de emergência...

Helena presta atenção à voz mecânica e ao rosto da moça, cabelos louros puxados em coque, sorriso mecânico tão afivelado quanto o cinto de segurança em miniatura que ela manipula. Observa a saída de emergência, à esquerda. Saberá o que fazer com a máscara, se houver despressurização? Antes de mais nada, o que é despressurização? Como inflar a jaqueta salva-vidas? Num movimento convulso, inclina-se, apanha o cartão da companhia aérea na bolsa do assento fronteiro. Olha uma e outra vez as figuras.

— Não fique nervosa, vai correr tudo bem.

Uma mulher aparentando sessenta anos sorri na poltrona ao lado. Helena assusta-se. Não se sabia observada e não gosta disso. Resposta automática, defensiva:

— Falou comigo?
— Sim, não se preocupe, querida. Vamos chegar bem.
— O quê?
— Você está muito assustada. Isso não é bom.
— Não?
— Por certo que não. Ou gosta de ficar assustada?
— Como foi que a senhora...
— Trate-me por você, por favor, não sou tão velha assim. — Mulher distinta, cabelos brancos, *tailleur* xadrez azul-marinho e branco. Sorri: — Meu nome é Nora.

O que é ser rio, e correr?

— Como a senho... como você sabe que estou... nervosa, Nora?
— Basta olhar.
— Tão na vista assim?
— Muito.
— Odeio viajar sozinha — diz Helena. Sente-se tola. A frase não quer dizer nada e Nora, tão simpática, deve estar arrependida por ter puxado prosa. Tanto faz. Se a velha quiser calar a boca, melhor. Helena prefere ser deixada em paz — como se fosse possível — com seu medo, a certeza cruciante de que o avião vai cair, carregando toda essa gente que não conhece.
— Deseja alguma coisa?
Polida, controlada, a voz sai de lábios rubros, contorno impecável. A comissária atendeu, enfim, ao chamado. Mas agora, de que adianta?
— Um copo d'água, por favor — pede, voz sem cor.
— Pois não, senhora — diz a comissária, que já se afasta.
— Respire fundo, querida — diz Nora.
Helena, que se esqueceu da mulher, volta-se, espantada:
— Respirar?
— Claro, vai ver como é bom. Respire fundo, assim, pelo nariz. Agora solte devagar, pela boca. Devagar, solte tudo, esvazie os pulmões, isso. E inale de novo, isso. Veja como é bom. Ar faz bem. Outra vez, perfeito...
— A água, senhora — a comissária põe, sobre a mesinha retrátil, que extrai do braço da poltrona, um copo de vidro. — Precisa de mais alguma coisa?
— Não, obrigada.
— Vamos servir o lanche.
A mera idéia de comida de avião vira o estômago de Helena. Ah, queria estar longe dali, da comissária que se afasta e dessa tal Nora, que dá tapinhas em sua mão e observa-a, perscrutadora. Alguns goles d'água fazem bem a sua garganta ressecada; o ar parece circular com mais facilidade.
Está certa a velha. A respiração pausada ajuda. Existir torna-se um pouco mais suportável. Respira devagar, como Nora mandou. Segura o copo com água até a metade. E, de repente, sente que, se fizer um gesto que seja, a sensação de pânico voltará. O ar entra, sai, entra, sai, tem de prestar atenção a isso, ao ar, e lembra de esquecidas aulas de iôga, gostava tanto, por que largou? Quanta coisa de que gostava largou na vida! Concentrada em sentir o ar, não percebe Nora. Delicada, leva aos lábios de Helena o gargalo de uma garrafinha prateada, encapada em couro marrom.
— Tome, beba. Um gole bem pequeno.
— Eu, não, o que é isso?
— Conhaque.
— Não bebo.
— Tem úlcera, coisa assim?
— Não.

— Então um gole pequeno, devagar.
— Não.
— É um remédio. Um gole, pra relaxar. — Helena não sabe por que obedece. Toma um gole. Sente o ardor na boca, na garganta, um calor que se espalha rápido. Jamais gostou de álcool, mas agora, ali, com Nora tão segura ao seu lado, aprecia a inesperada distensão de nervos. Toma mais um, dois goles. Afasta de si o frasco, que Nora guarda na bolsa. — Agora deve comer alguma coisa, não pode ficar de estômago vazio.
— Odeio comida de avião.
— Aí vem o lanche. Faça uma força, que tal?
— Não. Vou comer em Bariloche. Não sinto fome.
— Vai direto para lá?
— Sim.
— É a primeira vez?
— Hum, hum.
— Lugar lindo. Mas deveria dormir em Buenos Aires e viajar amanhã. Eu, pelo menos, acho a troca de aeroporto uma chatice.
— O quê?
— A troca de aeroporto. De novo *check out, check in*, não gosto.
— Outro aeroporto?
— Sim. Os vôos para Bariloche saem do Aeroparque.
O pânico recrudesce.
— Meu marido não me disse. E agora?
— Você não examinou a passagem?
— Não, ele, a agência, quer dizer, a agência dele, porque é dono, sabe?, então, recebi a passagem, achei que estava tudo certo. Nem tinha idéia. Ele está em Bariloche, congresso de agentes de viagem, sabe? Eu... Nunca... Não sabia da troca de aeroporto.
— Vamos comer. Depois, se quiser, podemos ver com a comissária...
— Não vou pra outro aeroporto. Hoje não entro em mais um avião.
— O Aeroparque não é longe — diz Nora, baixo, um tanto sem graça, arrependida por ter falado da troca de aeroportos. — Fácil chegar lá.
— Não é, não. — Helena desata a falar baixo, rápido, em tom urgente. Por que faz confidências a uma desconhecida? Pouco importa. Tem de libertar-se do sentimento que lhe oprime o peito como chumbo. — Hoje cedo, nunca tinha acontecido isso, sem mais nem menos pensei que...

— Ô, bem, cê vai fazer o quê? — brada Meireles com tal intensidade que Helena afasta o fone do ouvido antes de responder, voz serena e firme:
— Ficar aqui em Buenos Aires esta noite, amor. Vou pra Bariloche só amanhã. Ônibus sai bem cedinho. Já comprei a passagem.
— Que absurdo! Ficou louca?

O que é ser rio, e correr?

— ...
— Que aconteceu?
— Passei muito mal.
— O quê?
— No avião, Meireles, muito mal.
— Tá doente?
— Tinha a certeza de que o avião ia cair, quase morri.

Não vai falar sobre o mal-estar, o vômito, a sensação de vergonha por sua própria fraqueza. Teria sido pior se não tivesse Nora ao lado, a mão fresca e firme sustendo sua testa durante as contrações das vísceras e as golfadas de líquido azedo que pareciam nunca mais cessar, agravadas pelos olhares odiosos dos passageiros vizinhos, percebidos de soslaio, com suas caras consternadas de bonecos imbecis. Nada dirá também a Meireles sobre a chegada a Buenos Aires, seu desembarque de inválida, pernas trêmulas, passos vacilantes, amparada por um comissário. Menos ainda o marido há de saber que Nora fez o motorista do carro que a esperava dar um passeio pela cidade, para mostrá-la a Helena, que imaginava uma urbe tacanha, sem graça, e arregalou os olhos, admirada, no percurso pelas amplas avenidas arborizadas e bem iluminadas.

— Larga de frescura — diz Meireles, autoritário.
— Não vou entrar em outro avião.
— Ficou louca, bem? Vai pro Aeroparque, ainda dá tempo. Onde está, em Ezeiza? O cara da agência não foi buscar você?
— Meireles, quando cheguei estava péssima, não vi ninguém.

Mentira. Viu, e ignorou, um senhor calvo, gorducho, empunhando uma pequena tabuleta onde lia-se, em letras vermelhas: "*Señora* Meireles". Aceitou a sugestão de Nora: passar a noite na cidade e decidir com calma o que fazer. Agora está num hotel da Recoleta, próximo da casa de Nora.

— Mas, bem, de ônibus, cê só vai chegar...
— É enorme a viagem, eu sei. Mas se quer que eu vá, Meireles, tem de ser assim. Se não, volto pra São Paulo de ônibus, de carro, a pé. Avião, não.
— O que foi que aconteceu? Só porque passou mal em uma merda de um vôo, não vai voar nunca mais?
— Nunca mais é muito tempo. Mas hoje, amanhã, não.
— Se não estivesse ocupado, ia buscar você e te embarcava na marra.
— Que é isso, Meireles, me ameaçando?
— Não — diz ele, rápido. — É que estou com saudades e...
— Bela maneira de demonstrar.
— Escute aqui, tá rolando alguma história?
— História? Que história?
— Cê tá me aprontando alguma, Helena?
— O quê? Como é que você... Passei mal, entende, Meireles? Vou descansar esta noite. Amanhã viajo.

— E mesmo passando mal foi comprar passagem na rodoviária?
— O pessoal do hotel providenciou.
— Hotel fino. Onde a senhora se hospedou? No Sheraton?
— Em um chamado Alvear.
— Quer me arruinar? — berra ele. — Ficou louca. Como foi parar aí?
— Meu amor, estou exausta. Tudo o que quero é uma sopa; depois, um longo banho e uma boa noite de sono. Quando chegar, conto tudo.
— Não tou entendendo.
— Meireles, não há nada pra entender. Amanhã te dou os detalhes. Mas estou exausta. Preciso descansar. Combinado?
— Tenho escolha?
— Não.
— Então, está bem. Mas a que horas você vai chegar aqui...
— Um momento, vou ver na passagem. Está na outra sala. Meireles, é maior que a nossa. E você tem de ver o *closet*, que maravilha!
— Estou dizendo, vai me arruinar.
— Não seja bobo. Anote aí.

— Helena, é Nora. Estou aqui embaixo. — Voz polida e afável.
— Desço em um minuto.

Olha-se ao espelho. Demorou longo tempo para se aprontar, experimentou tudo o que trouxe e nada lhe agradou. A roupa que menos a deixou insatisfeita foi esta: calça preta larga, ousado corte diagonal, blusa branca de seda, sandália plataforma branca e preta, colar de grossas contas de vidro vermelho. Um borrifo de perfume. Pronto. Ah, como ia esquecendo? Ergue o fone e tecla o número da recepção.

— *Buenas noches, que desea usted?*
— Eu, quer dizer... Falam português?
— Poish nao, do que a *señora* precissa?
— Gostaria de não ser incomodada. Podem bloquear os telefonemas para mim?
— Claro, *señora*, como quisser.
— Obrigada.

Sai para o corredor forrado por tapetes persas e desce para o saguão imponente pelo elevador de metal dourado, manobrado por belo rapaz moreno de uniforme verde-escuro. Quando vê Nora, que a espera em uma poltrona no *lobby*, tem o impulso de voltar atrás e pôr outra roupa. Mas nada trouxe que faça frente à elegância do vestido preto austero, corte impecável, jóias discretas, maquiagem leve. Observa ao espelho sua morenice tropical, da qual sempre se orgulhou, mas que agora, como a roupa que usa, lhe parece descabida, espalhafatosa. Deseja recuar, pretextar enxaqueca, mas Nora já vem ao seu encontro, passos firmes, e indaga:

O que é ser rio, e correr?

— Então, está mais disposta?
— Sim.

Helena pensa no que diria Meireles se desconfiasse que está saindo para jantar com uma mulher quase da idade de sua mãe. Faria um escândalo, por certo. Observa o rosto de Nora, determinado, boca bonita, marcas do tempo expostas com serenidade.

— Você está linda — diz Nora.
— Imagine!
— Verdade. Então, vamos jantar?
— Sim.

O automóvel preto que foi buscá-las no aeroporto estaciona à entrada do hotel. O motorista recebe ordens, o veículo parte.

A cidade brilha e lança suas luzes na água. Helena fita os reflexos dançantes, enquanto o carro avança por uma larga avenida arborizada que costeia o mar. Mas não é o mar, fica sabendo no instante seguinte, pois, diz Nora, o mar está longe. O que vê é o rio da Prata, e à menção do nome erguem-se na memória de Helena fantasmas de aulas de geografia misturadas a imagens de *Sessão da Tarde*. Nos sonhos infantis queria ser professora de alunos que a acompanhariam em aulas de geografia e história pelo mundo. Fantasiava capitanear um bando de belas crianças pelos continentes todos e o devaneio terminava, por nenhuma razão especial, em Buenos Aires. Um roteiro de musical da Metro, muita dança e a certeza do final feliz. Estava isso oculto pelos cantos da memória de uma vida de solteira que hoje está muito longe.

Constata, não sem espanto, que, quando pensa em si, é difícil ocorrer-lhe uma imagem desvinculada de sua história com Meireles. Tantos anos, entre noivado e casamento... A convivência com o marido formou uma crosta de realidade que a ela se ajustou como segunda pele, soterrando o que havia antes. Helena olha a noite de Buenos Aires e pensa no que se pode fazer com velhos sonhos adormecidos.

Um súbito aperto no coração arrasta-a de volta ao presente e à conversa com Francine, no almoço, em São Paulo, que parece ter ocorrido há décadas. A empregada, tão segura e cheia de opiniões, parou hesitante, lacrimosa, junto da mesa, enquanto Helena terminava o almoço, e levou muito tempo, uma história cheia de voltas, para contar que o irmão mais novo, que criara como se fosse seu filho, estava metido com "tóchicos", e ela, Francine, não sabia mais o que fazer, e era um garoto tão bom antes de começar a andar com uma turma da pesada e... Helena tentara abreviar a conversa, não me diga, é mesmo?, se puder ajudar, depois da viagem, *ok*?, também por que esperou para me contar isso hoje? Deveria ter despedido Francine. Vai dar dor de cabeça. Nunca sabe o que fazer com dramas de empregadas.

Suspira, fita o rio luzente. Em um cais do qual se aproximam, à frente de altos guindastes e silos que se delineiam opacos contra o céu noturno, há uma série de prédios baixos, bem iluminados. No térreo dos edifícios foi instalada uma fieira de restaurantes. O carro detém-se diante de um deles; um porteiro fardado ajuda as mulheres a desembarcar. Uma alameda orlada de moitas floridas leva à porta de madeira pesada que dá para uma sala ampla, sóbria, couro e madeira, pinturas abstratas. O restaurante está lotado, mas elas não esperam no bar por mesa. O *maître* baixote cumprimenta Nora com efusão e mostra o caminho até a varanda, que se abre para o rio. Da mesa, a visão do porto noturno é impressionante. Um jovem belo loiro, queixo quadrado, inclina-se ao lado:

— *Que desean para beber, señoras?*

Pedem água mineral. Nora examina a carta de vinhos, hesita, indaga:

— Quer carne?

— Carne vermelha?

— Não gosta?

Helena move a cabeça em negativa.

— Pode abrir uma exceção?

— Eu...

— Aqui há um dos melhores bifes do planeta. Não estou brincando. Fazem frango, também, massas, mas carne é a especialidade. Se não é por alergia que evita, abra mão dos seus princípios por meia hora. Vale a pena.

— Acho que não posso dizer não — exclama Helena. Nora ri:

— Não é uma ordem, peça o que quiser. Mas a carne daqui é tão boa...

— Não imaginei que estivesse dando ordens. Escolha pra nós.

— Não vai se arrepender. E vinho, toma uma taça?

A mesa torna-se alvo de garçons. Em peregrinação, silenciosos, eficientes, trazem pães, manteiga, patês, salada verde com tomates-cereja, tiras de cenoura e salsão, queijos cremosos, folhados recheados. Elas provam disto e daquilo. Em uma verdadeira coreografia, a garrafa de vinho chega, é aberta. O conteúdo, provado e aprovado por Nora, verte-se nas taças. É um ritual, cada passo requer a supervisão do *maître* incansável, que põe em movimento um batalhão de obsequiosos empregados. Helena sorve um gole de vinho. Não bebe, mas nesta noite algo de especial no líquido vermelho-escuro leva-a a saboreá-lo com prazer. O mesmo se passa com a carne, que nunca aprecia. Enquanto come, lembra do mal-estar no vôo. Nunca imaginou viver no mesmo dia experiências tão extremas de pânico e deleite.

— Que bom ver que seu apetite voltou.

— Acho que nunca comi nada tão bom.

— Só não exagerar.

— Você é que me convenceu a comer o bife, e agora...

— Bom ir aos poucos, se não tem o hábito de...

— Está tão bom que pediria mais...

— Se sente prazer, é sinal de que passou o medo.

— Não. Aquilo foi outra coisa. Nunca experimentei nada igual.

— Não pode se entregar.

— Fácil falar. Se soubesse o que eu...
— Acho que sei.
— Como?
— Já tive coisa parecida. A gente supera. Com ajuda, supera...
— Não quero mais falar de coisas tristes.
— Deve ter muitas coisas tristes para contar.
— Eu?
— E não?
— Imagine! Sou bem-sucedida, casada há décadas, dona de negócio...
— E infeliz, se me permite dizer.
— Como pode saber...
— Pelo seu jeito.
— Será que alguém é feliz? Todo mundo tem problemas. Só porque fiquei apavorada no avião, isso não quer dizer...
— Não tem nada a ver com o que aconteceu no avião.
— Então...
— São pequenas coisas. Por exemplo, bonita assim, se veste de um jeito tão extrovertido, e é tão quieta. Tem alguma coisa aí que não combina.
— Você é psiquiatra? Não preciso de consulta.
— Sou apenas boa observadora — diz Nora, sorrindo.
— Não sei se é tão boa. Eu, infeliz? Engraçado... — Cala-se. Não vai contar a Nora que é a segunda pessoa a lhe dizer isso no mesmo dia.
— O que há de engraçado?
— Nada — diz Helena, que emenda: — Quer dizer, acho engraçado isso. A gente bate os olhos em alguém e pronto, acha já sabe tudo sobre essa pessoa. Minha vó dizia que de médico e louco...
— Tem razão. Estou sendo mal-educada. Não tenho nada de meter o nariz onde não sou chamada, não é?
— Não foi isso que quis dizer.
— Foi, sim, Helena. E mereci o pito.
— Não! Imagine. O que você faz?
— Tenho um antiquário.
— Tem mesmo jeito de mexer com antiguidades.
— E como é isso?
— Ah, não sei, assim, elegante, cheia de classe. Onde é sua loja?
— Em Moema.
— O meu bairro.
— E você, Helena? Disse que é uma mulher de negócios.
— Tenho uma loja de presentes.
— Não me diga! Somos colegas.
— Acho que não. Trabalho com listas de casamento, chá-de-cozinha...
— Mas compra e vende coisas, como eu. Onde fica sua loja?

— Na Sabiá, perto da avenida.
— Não me diga...
— Por quê?
— Somos vizinhas. Minha loja é na Lavandisca.
— Mesmo!
— Espera aí. Sabiá perto da avenida? Sua loja é uma casa de esquina, pintada de amarelo, com objetos bem contemporâneos?
— Adoro *design* atual. Por mim, seria ainda mais arrojada. Mas meu marido, que é meu sócio, é superconservador. E faz questão de meter o bedelho. Então, fico no meio do caminho. Ei... Conhece minha loja, Nora?
— Já comprei lá.
— É mesmo?
— Você tem coisas do maior bom gosto. Quer sobremesa?
— Eu não como doce. Você vai querer?
— Faz tempo que não me preocupo mais com a silhueta. E os doces...
— São tão bons quanto a carne?
— Tanto quanto.
— Que tal se dividirmos alguma coisa?
— Não quero tirar você de sua dieta.
— Já tirou. Estou pronta para aventuras. Gostaria até de mais vinho.
— Certeza?
— Absoluta.
— Então aí está. E agora vamos ver... Que tal um *almendrado*?
— Que é isso?
— Um doce gelado com amêndoas. Delicioso.
— Bem, vamos a ele. Garçom...
— Aqui não se diz assim.
— E como é?

Meireles não pára de falar no trajeto da rodoviária ao hotel. Foi buscá-la num desconfortável carro alugado, cujo motor falha toda hora. Não é longo o percurso. Por sorte. Helena está no fim das forças. A poltrona do ônibus *pullmann* era confortável. Mas nenhum desenho anatômico resiste a horas e horas de estrada, à intimidade forçada com desconhecidos, às paradas em bares-restaurantes de postos de gasolina, à crianças, que se tornam progressivamente ruidosas, irrequietas, manhosas. Helena tentou sujeitar-se a tudo de boa vontade. Qualquer coisa seria melhor que enfrentar outro vôo. Sabe lá o que poderia acontecer com ela, desta vez sem a companhia prestativa de Nora. Gostaria de saber se... Nada, nada. Quer é um bom sono, depois de longo banho e uma refeição quente. Chegam ao hotel. Nieve é o nome, sem vista para o lago, o melhor de Bariloche, segundo Nora. Helena não sente as pernas. Quando entram no quarto — acanhado e feio, mas, depois do Alvear, é injusta qualquer comparação — Meireles continua a falar:

O que é ser rio, e correr?

— ...e nós temos de ir até o cassino, mas vai ser rápido...
— O quê?
— Como, o quê?
— Aonde nós temos de ir?
— Não ouviu nada do que eu disse?
— Estou exausta, e...
— O coquetel. Eu falei. Trouxe meu sobretudo? Ei, combinamos que cê vinha só com uma mala e olhaí, duas! Nunca faz nada que eu digo.
Ela ignora a reclamação e indaga, alarmada:
— Que coquetel?
— A organização tá oferecendo um aí no cassino. Temos de...
— Não temos nada. Eu viajei duzentas horas e você quer...
— Porque quis. Se tivesse vindo de avião, chegaria em menos de...
— Meireles, fiquei doente de verdade naquele vôo, entende?
— Teve o dia inteiro esticada no ônibus pra se recuperar.
— Numa viagem dessas?
— Preciso de você, bem.
— Por quê?
— Estão todos com as mulheres, só eu que não.
— Então você quer me exibir?
— Que é isso, Helena?
— Eu é que pergunto. Chego aqui arrebentada, depois de viajar horas, e você quer ir pra um coquetel. Nem jantei, não vou a coquetel nenhum.
— Ô, bem, vamos lá, só um pouquinho.
— Nem pensar, Meireles. Vai você, se faz questão. Eu quero um banho e cama. Tem serviço de quarto aqui?
— Acho que a esta hora fecham a cozinha. E a comida aqui do hotel não é legal. Lá no cassino tem restaurante. Vamos, cê come e a gente volta.
— Vou dormir com fome, mas não saio daqui hoje.

Meia hora depois estão outra vez no carro. A calefação não funciona bem, ela sente frio. Aconchega ao pescoço a gola da jaqueta verde-limão. Lembra de Francine: "Nem de noite não esfria, dona Lena?". Francine e seu irmão metido com "tóchicos, tão bom moço, fui eu que criei, como se fosse meu filho", que fazer com eles?, logo para quem Francine foi apelar, para Helena, a mais fraca das criaturas, tão inerme que nem consegue sustentar um "não". Que bem pode ter dentro de si? Nada sabe da vida. Na primeira noite em Bariloche já está usando a jaqueta que não ia pôr na mala.

Sorri. Pensa em Nora, para quem acabou contando a história de Francine. Está mais preocupada do que gostaria com esse caso. Por quê? Chegam logo ao cassino, um discreto prédio de esquina, algo entre um banco e uma repartição pública de província, que não chega aos pés dos cassinos de Las Vegas, para onde Meireles levou-a ao fim do primeiro ano de casamento. Como desta vez, fora encontrá-lo num congresso; as viagens que fez com o marido sempre estiveram meio que ligadas a tais convenções.

Entram. O térreo é ocupado por caça-níqueis tomados por turistas. Em um piso inferior, ao qual se chega por uma escadaria, está o palco, ocupado por um senhor de terno lustroso e suíças grisalhas que canta tangos. Ao redor da pista de dança acontece o coquetel. Homens e mulheres, vestidos mais ou menos do mesmo modo, circulam pela área acanhada e conversam em voz alta, competindo com a orquestra. A um canto da sala, uma longa mesa oferece canapés, folhados, *petit-fours*. Nada de restaurante. Helena serve-se de um petisco salgado, gorduroso.

— Cadê o restaurante, Meireles? Preciso de uma salada, coisa assim.

— É no outro andar. Vamos dar um tempinho aqui, daí a gente sobe.

Ela suspira, apanha um copo de Coca-Cola e avança, tangida por Meireles, pela pista de dança apinhada. Helena tem a impressão de que é a única ali que não gargalha e fala aos brados. Por que se dobrou à pressão? Cedeu em nome de uma possível nova lua-de-mel. Mas nada do que vive, desde que entrou no avião em São Paulo, séculos atrás, tem clima de lua-de-mel. Meireles apresenta-a a torto e a direito para pessoas cujos rostos e nomes não guarda. Gira para cá e para lá, tem a impressão de que a música lamentosa, as conversas e risos, o tilintar dos caça-níqueis, formam uma cortina de ruídos atrás da qual pode se esconder. Bebe pequenos goles de Coca e vai, em companhia do marido, inconsciente da sensação que causa sua beleza morena, pernas curvilíneas envoltas em *fuseau* preto, pés delicados em botas de salto fino, marroquim preto, e a jaqueta verde-limão. Francine, que fazer com o irmão de Francine, que fazer? Deixa-se levar até que as pernas, primeiro, depois os braços, e todo o corpo, enfim, param de funcionar. Ela tomba suave, mansa, molemente sobre Meireles. Este, que não espera o irresistível movimento, verga sob o corpo dela. Tenta, dedos convulsos, aferrar-se a qualquer coisa sólida que lhe dê sustentação, mas a queda é inevitável.

A primeira coisa que Helena vê ao abrir os olhos é a cara de Meireles, muito junto da sua, a observá-la ansioso, apreensivo. Os anos não têm feito bem a este homem, pensa. Por que não notou isso? Talvez não venha olhando direito para ele... Não tem idéia de quando começou a ser escavado o fosso entre eles, mas está aí o buraco. Pois vê o rosto cansado e redondo do homem que é seu marido e sabe que esse Meireles é para ela um estranho. Evoca, em lugar dessas costeletas grisalhas que assentam tão mal, a pele escanhoada, morena, o rosto aventureiro, másculo, do jovem com quem se casou. Não havia sinal das bolsas escuras que pendem sob os olhos avermelhados de cansaço ou de bebida. Sente-se chocada com a decadência do marido, que há pouco passou da casa dos quarenta. E Helena não se deu conta disso até vê-lo nesta manhã luminosa em Bariloche.

Meireles, ao vê-la acordar, sorri. Sorriso mais sem propósito, ela pensa. Pois não tem sentido sorrir quando se constata o imenso vazio que separa as pessoas.

Feliz com o despertar de Helena, a melhor esposa do mundo que de hora para outra parece incompreensível, Meireles diz:
— Ô, bem, será que acordou melhor?
Hálito de álcool, deve ter enchido a cara a noite toda. Helena tem vontade de sair correndo, estar em São Paulo. Quem sabe em Buenos Aires, no quarto luxuoso do Alvear, janelas abrindo-se para a mágica paisagem líquida da cidade. O que fazer? Estará talvez sonhando. Fecha os olhos. Pode ser que ao abri-los Meireles não esteja ali e tudo, a viagem, o pânico, Nora, o jantar, o ônibus, o coquetel, tudo esteja em um sonho confuso que não acaba, desses que dão impressão de ser verdadeiros, que levam o sonhador a dobrar o corpo em movimentos bruscos para evitar perigos e quedas irreais.
Reabre, lenta, os olhos. Não é sonho. A cara redonda porosa rugosa de Meireles está ali, observando-a, sorridente. Helena dormiu bem, mas está cansada ainda. Poderia dormir muito mais. No entanto, tem fome.
— Onde é o café? — pergunta.
— Lá no térreo, mas... — Meireles ergue-se e vai até o criado-mudo.
— Sim?
— Não espere grande coisa, bem. — Apanha um cigarro, acende-o, e caminha até a janela. Senta-se no parapeito baixo. Helena sai da cama, calça chinelos. Vai para o banheiro, uma praça de guerra: chão molhado, toalhas úmidas empilhadas na pia. Ela vence o desejo de sumir, escova os dentes, entra no chuveiro. Ouve a voz dele, parado junto da porta. — Já percebeu, né, que é um hotel mixo? Queria ficar em outro, mas com a convenção, lotou tudo. Tem paciência só uns dias. Na sexta isso acaba e vamos passar uma semana no Grand Hotel. Daí vai ver. E agora vamos fazer um passeio.
Helena desliga a água. Percebe que a cortina de plástico, incapaz de vedar a água do chuveiro, tem uma barra negra de sujeira. O banheiro, mais ensopado que antes, deixa-a desalentada. Volta ao quarto. Enxugar-se. Diz:
— Grand Hotel? Não é um que a Heloísa vive falando...
— Esse. Sua irmã adora. Você vai ver.
— Reclamou por causa da minha noite no Alvear e vai me levar pro...
— Pra ver como eu gosto de você, bem.
— Desde que o quarto seja melhor que este, não vou reclamar.
— Melhor? Sabe o que é o Grand...
— Um seis estrelas. — Ela lembra das fotos tiradas ali por Heloísa, que vem a Bariloche com uma assiduidade considerada por Helena um tanto vulgar.
— Mais fino ainda, bem, sete ou oito. Vai ver.
Helena dá-se conta, enquanto veste camiseta clara e calças jeans – não tem vontade de usar nada espalhafatoso —, da quantidade de vezes em que ele a trata por "bem". Equilibra-se sobre sandálias tipo plataforma, desiste delas e troca-as por tênis. O cabelo bem tratado cai solto, corte elegante, até os ombros. Diante do espelho, passa base, mas dispensa delineador e batom. Nota pelo reflexo que

Meireles a observa com possessivo olhar satisfeito. Sente raiva do olhar do marido, porém nada diz. Este, depois de dar uma tragada no cigarro, é tomado por longo acesso de feia tosse.
— Estou pronta. Vamos?
— Percebeu, bem — diz ele, arquejante —, que dá pra ver o lago daqui?
— Só vejo o teto do hotel do lado.
— Vem cá.
Na janela, ela olha para a esquerda, num ângulo de noventa graus, e uma fresta entre os prédios permite um vislumbre da água.
— Que beleza de vista.
— Ô, bem, já expliquei por que estamos aqui. É só até sexta.
— Tá certo. Até que horas vai o café?

No momento, para nada servem as janelas panorâmicas. O ônibus turístico avança por estrada estreita rasgada na floresta. Mesmo assim, o guia, microfone à mão, em pé, ao lado do motorista, chama a atenção para a beleza *del paisaje*. — *Y logo más* vamos subir pelo teleférico, e...
— Subir de bondinho? — exclama Helena. — Não!
— Calma, bem, é super-seguro — murmura Meireles, ao seu lado.
— Fico esperando em baixo, não vou entrar naquilo.
— Cê vai se arrepender — diz o marido. — É a vista mais...
— Nem que fosse a...
— *Su* esposo está *correcto, señora*.
Helena fica escarlate. O guia ouviu a discussão, resolve intrometer-se. Seu portunhol espesso ecoa amplificado e impregnado de microfonia nos alto-falantes. Eis o que ela conseguiu. Tem de ouvir uma longa explanação sobre as maravilhas do teleférico, dos seus carros com bancos duplos que levam para o topo da montanha multidões de esquiadores no inverno e turistas no verão, e a reiteração se faz duas, quatro, quarenta vezes: nunca, desde que foi instalado ali o teleférico, há três décadas, nunca houve acidente. São mais seguras as gôndolas do teleférico que os ascensores dos prédios malconservados de São Paulo, pois ele passou lá alguns anos, *señora...?*, como é *mismo su nombre?* Os *señores* têm de me ajudar a convencer a *señora* Helena de que se *no* subir com *nosotros* vai se arrepender, porque até em Europa *es* difícil ver um *paisaje* como esse. Ouve-se um coro tolo: "Sobe, sobe, sobe..."
O ônibus pára ao pé do terminal. Helena vai ao banheiro, onde fica por uma eternidade. Ao sair, vê o teleférico ali, em movimento. Junto da escada, Meireles ouve com um sorriso amarelo algo que lhe diz o guia. Helena tem certeza de que falam dela. É a irritação que a faz avançar. Os dois homens seguem atrás, o guia solta frases ocas, que pretende reconfortantes. A engenhoca não se detém. Para sentar-se no banco forrado de plástico azul, Helena precisa de uma coragem além de suas forças. Antes que possa sair correndo, a gôndola apanha-a por trás. Cai

sentada. Meireles instala-se ao lado, o guia baixa a grade. Um solavanco, o carro vai montanha acima. Helena já andou em teleféricos e jamais teve tal consciência da insuportável precariedade do transporte, de seu equilíbrio incerto. E se a energia elétrica acabar, se o cabo rebentar, se surgir uma tempestade no luminoso céu de novembro? Ficará ali, a oscilar no vazio? Não respira, quase desmaia. Lembra-se de Nora, no avião: "Ar faz bem".

Coincidência, pode ser, mas assim que se obriga a inalar — o ar carrega o perfume dos pinheiros —, hesitante, temerosa, ganha algum controle. Nota com o canto dos olhos a expressão de Meireles, que a fita, apreensivo. Ocorre-lhe que as coisas que vem experimentando, que desde o dia anterior tumultuam sua cabeça, precisam de reflexão, deve entender o que são esses sentimentos que desconhecia e no entanto estavam aí dentro, à espreita. Esta não é a hora adequada para examinar sensações. Precisa seguir respirando pausadamente, assim, isso. Alguns minutos mais, e pode ver a paisagem. Sob picos nevados vê flancos íngremes em que se erguem altas árvores e arbustos cerrados, donde pendem densas massas de flores amarelas.

— Sorria, *señora, que yo voy a sacar una foto.*

O berro quebra a pouca serenidade tão a custo conquistada. Helena sobressalta-se, sente o pânico mover-se em suas entranhas, ocupa-se do ar, inala, exala, inala, exala... Chegam a uma plataforma, os passageiros desembarcam dos carros em movimento. Antes de poder alarmar-se, o *flash* da máquina de um homem de jaqueta de couro estoura em suas retinas, ao mesmo tempo em que um empregado do teleférico puxa-a para longe da gôndola. Chegamos, brada o guia, que vem atrás, *y entonces, no vale la pena enfrentar* a subida?, veja!

Ela gostaria de desmenti-lo, dizer que não vê graça em... Mas como não? Sobe uma curta escada em caracol e chega ao amplo mirante. Do cume avista montanhas em uma sucessão atordoante. Abaixo, muito longe, no sopé, abrem-se vales pontilhados de lagos azuis e ilhas verdejantes e, para onde quer que olhe, a paisagem é serena, majestosa: florestas, montanhas, neve, água, ilhas. Por que há lugares tão belos?, pergunta-se Helena. Não é a paisagem. Já viu montanhas e neve na França, na Suíça, nos Estados Unidos. Os Andes em nada diferem de outras cordilheiras. Que há aqui? De novo, nada. A resposta estará nela, capaz agora de ver o que não via?

Helena não está habituada a esses exercícios mentais. Sempre deixou-os para Heloísa, a intelectual da família, que foi cursar filosofia depois de ter filhos, para grande entusiasmo de Miriame e susto de Meireles, que não se cansava de repetir: "Se fosse minha mulher, não ia ter essa folga". Helena ria e dizia: "Esse Meireles!", como se fosse piada a idéia de fazer um curso universitário. Agora, cadê vontade de rir? Gostaria de rever Miriame, falar com ela. A última pessoa com quem quer conversar sobre as emoções que a assaltam é Meireles. Está só, tem de recorrer a si mesma.

Fita as montanhas. Sente o sol que bate em sua pele, na pedra do muro que a separa do abismo, nas encostas escarpadas dos montes, nas cumeeiras alvas, na água azul-verde, lá embaixo. Só faz olhar. Permanece junto do parapeito, imóvel, atenta a tudo o que está ali ao mesmo tempo que ela: a cordilheira, o céu, a luz.

A percepção, quando vem, não é gradual, mas súbita, vertiginosa. Essa imponência toda é só uma poeira no planeta. Acima e além há mais, muito mais. Nora está agora mesmo em Buenos Aires, cuidando de seus negócios, e Francine em São Paulo, com seu irmão drogado, e Miriame também, e Heloísa não sabe onde foi parar, viaja com o marido, deverá voltar ao Brasil antes do fim do ano, e tanta coisa e tanta gente, e o telejornal que viu anteontem, antes de dormir, guerras e fome e massacres e genocídios e gente sofrendo e gente morrendo, e tudo aqui, na Terra, e o olhar de Helena passeia pelo céu e sabe que há ali estrelas e planetas invisíveis neste momento. É um balé monstruoso de tão sem medida, e não consegue entender por que pensa nessas idéias que a assustam e causam tontura, pra que servem?, como nós não somos nada, meu Deus, pra que tudo isso?

— Não quer entrar, bem, pra tomar um chocolate?
— Hein?
— Ou um café? O pessoal já vai descer. Agora vamos pro lago.
— Lago?
— Que foi, Helena, não tá entendendo o que eu digo?
— É que...
— Tá passando mal! Não devia ter subido. Será que tem médico aí?

Ela o detém quando ele já abre a porta do café, em busca de ajuda:

— Meireles, não faz escândalo. Eu estou bem. É que...
— Que...
— Fiquei aqui, olhando as montanhas, pensando, estava distraída.
— Tem certeza que tá legal?
— Claro.
— Quer um café?
— Acho que sim. Pensando melhor, um chocolate.

Entram. Ela se instala em uma das mesas, perto de grandes janelas abertas para a paisagem que a projetou na vertigem. Meireles vai pressuroso até o balcão e faz o pedido. De quando em quando, lança um olhar intrigado para Helena. Ela imagina o que se passa na cabeça do marido. Mas não sente vontade de acalmar o homem que envelheceu sem que ela notasse. Com quem viveu esses anos, se não acompanhou o arredondamento do rosto, o branquear dos cabelos, o surgimento das costeletas lastimáveis?

As mudanças escaparam-lhe mesmo nas sessões de sexo burocrático, mecânico, que substituíram há anos a excitação que percebia nele no início. Digna filha de sua mãe, casou-se virgem. Apesar da amiga feminista, dos novos tempos, guardara-se para o homem que seria o companheiro da vida toda e com quem formaria família. Não teve filhos. Ah, essa é uma dor que faltava sentir hoje, aqui. Depois de anos de tentativas nulas, por três vezes tentaram a fertilização artificial. Nenhum resultado, Helena jamais engravidou. Ante o fracasso, que sente como seu, ela desejou adotar uma criança, mas, devido à reação azeda de Meireles, desistiu. Aos poucos deixaram de tocar no assunto. Mas a falta de um filho cercou a relação com um halo de tristeza. Pra que ficar lembrando essas coisas? Como se ela já não tivesse muito com que se preocupar! Meireles volta com o chocolate em uma bandeja, onde traz também um expresso e dois *croissants*.

— O almoço demora, achei que seria bom dar uma forradinha.
— Estou com fome. O café do hotel não valeu.
— Eu disse.
— Não estou reclamando.
— Você...
— Sim?
— Acha que tá melhor?
— Não estou doente.
— A história do avião?
— O que tem?
— Já passou?
— Por quê?
— Preciso saber.
— Qual o problema?
— A volta pra Buenos Aires, e depois, São Paulo.
— Ainda temos uma semana aqui. Mais, até. Vamos ver.
— Cê não quer me contar, bem?
— O quê?
— O que aconteceu.
— ...
— Falar ajuda, sabe?

Meireles esforça-se. Helena sente-se comovida. Ele nunca foi de conviver com as intimidades da mulher, segui-la aos médicos, informar-se sobre seus "incômodos", como os designa. A cada ligeiro mal-estar, o alarme acende-se em seus olhos. Invariavelmente segue-se a pergunta: "Já falou com sua mãe?" Exceto pelas frustradas fertilizações, esse é o máximo de interesse que chega a demonstrar por ela. Até agora.

— Tem nada ainda do que falar, querido. — A palavra soa dura em sua boca.
— Em São Paulo vou ao médico e...
— Mas como vai voltar?
— Se eu não conseguir voar, vou de ônibus, alugo um carro, vamos dar um jeito. Como as pessoas viajavam antes do avião?
— É que eu tenho de estar lá no dia...
— Posso voltar sozinha...
— Qual o problema com avião?
— Não sei.

— Alguma coisa tem de ser. Não é normal.
— O quê?
— Isso, esse capricho.
— Não é um capricho.
— Precisa gritar?
— Estou gritando?
— Quase.
— Desculpa.
— O guia...
— Que tem o guia? — diz Helena, cortante. — Falavam de mim, não é?
— Podia evitar? Ele puxou prosa, perguntou, falei do seu vôo e...
— Não podia ficar quieto? Ficar contando meus problemas...
— Helena, o cara quer ajudar. Se acontecer alguma coisa, é responsabilidade dele. Poxa, não entende?
— O que ele disse?
— Falou em...
— Em que, Meireles?
— Um negócio chamado síndrome de pânico. Disse que...
— Sim?
— Tem tratamento, esse treco. Eu já sabia disso, na agência, a gente tem de lidar com todo tipo de... E teve casos de... Mas nunca pensei que...
— Que o quê?
— Nada, nada.
— Que na sua família ia aparecer uma coisa dessas, é isso?
— Não sei. Estou tão confuso quanto você com essa história.
— E você não quer uma mulher que desmaie e dê vexames.
— Tou pouco me importando com isso, Helena. Me preocupa você. Com um problema desse, aqui, nesta lonjura. E...
— Bem, nessa geringonça — ela aponta na direção do teleférico — eu consegui me controlar, não foi? Acredito até que vou conseguir descer.
— Claro, claro. Vou estar do seu lado. Ajudar. E...
— Está bem, Meireles. Precisamos ir, não?
— O grupo já desceu.
— Vamos voltar aqui semana que vem. — Não é um pedido, mas uma decisão.
— Quero tirar fotos.
— Claro, quando você quiser.
— Então vamos.
— Tem certeza de que dá pra descer... Podemos esperar até...
— Estou bem. Não vai acontecer nada.
— Se você pelo menos me dissesse...
— Outra hora. Nem sei o que dizer. Me sinto legal.
— Bem, então...

O que é ser rio, e correr?

Saem do café. Ela olha mais uma vez a paisagem e vai para o terminal. O coração ameaça disparar, a boca seca. Mas não pode deixar os joelhos vergarem. Tem de conseguir. Não vai ceder perto de Meireles e do guia. É preciso respirar sempre, com atenção. Nada importa. Só o ar que sai e entra e sai. Felizmente já está sentada, e a coisa põe-se em movimento. Não olhar para baixo. E respirar, respirar. Meireles diz alguma coisa. Ela não entende o quê, mas murmura uma aquiescência. Inalar, exalar, é isso.

Que foi aquilo, no topo da montanha, que idéias essas que a invadiram? Nunca foi de ficar caraminholando. E agora vai dar pra... Uma suspeita, nem isso, a sombra de uma dúvida insinua-se em pensamentos excitados. Imediatamente expande-se e toma-a, toda. Paralisada, está a ponto de berrar quando respira. Automaticamente. Sem pensar. "Ar faz bem." Para Nora, poderia falar de seu medo. Mas para este homem com quem não teve filhos, que pode dizer? Como contar a ele que acaba de pensar que está ficando louca? É um medo antigo, vem da infância, de pavores que nem sabe detectar. Melhor um câncer, desde que seja benigno, porque não quer morrer. É bom sinal desejar permanecer vivo, coisa de gente saudável. Desejar a morte deve ser um tipo de demência. Será que alguém na família dela? Não sabe de ninguém, mas isso não quer dizer nada. Muitas vezes tais coisas ficam escondidas. Respirar, respirar. E não deixar que Meireles, que não desgruda os olhos, perceba essas idéias que a assombram.

No volante está Meireles. Não foi demorado, menos de uma hora desde o centro de Bariloche, mas Helena sente dor nas costas. Ele continua com o mesmo péssimo carro de motor agonizante que alugou no início da viagem. Placas indicam, letras rebuscadas: "Grand Hotel". A estrada leva um grande portão de ferro forjado, que desemboca numa alameda de cascalho margeada por moitas bem podadas de buxo e renques de araucárias.

Depois da curva, gramados, canteiros de flores, o hotel maciço e imponente, no topo de uma colina, no centro de um vale cortado por riachos e trilhas, montanhas ao fundo. Paredes grossas caiadas de branco, vigas de madeira à vista, telhas vermelho-vivas no teto. Entre o térreo e o telhado, quatro andares de varandas com portas envidraçadas e balaustradas de madeira torneada, pintada de verde. Um trecho da Bavária nos Andes.

O carro desconjuntado pára, ela desembarca. Um porteiro, vestindo sobretudo preto fechado por alamares dourados, faz sinal a um *boy* de cabelos vermelhos, que abre o porta-malas e retira a bagagem. Assim que Meireles sai do veículo, um manobrista surge do nada e pede-lhe as chaves com uma mesura. Helena sobe três degraus largos, afasta-se do homem de alamares. Em um movimento pesado brusco ele corre a sua frente e abre uma das folhas da porta de madeira e cristal que dá para o *lobby*.

O balcão da recepção é pós-moderno: mármore e vidro em feroz contraste com a sala de estar que o circunda, cabeças empalhadas de animais suspensas sobre senhorial chaminé de pedra, tapetes persas, chão de tábuas corridas, poltronas e sofás de estilo rústico formando nichos onde hóspedes lêem, escrevem cartões-postais, conversam, bebericam, jogam cartas. Meireles aproxima-se, acompanhado pelo b*oy*, que empurra um carro de metal dourado onde estão as malas. O casal registra-se, recebe votos de boas-vindas e os cartões-chaves do quarto. Helena supõe nos recepcionistas uma ironia desdenhosa. Estará vendo coisas?

Do elevador, uma cabine de vidro, vê-se o pátio interno do hotel, no centro de três alas em U. Piscinas, um restaurante, árvores, canteiros de flores e nas laterais uma série de lojas sob arcadas, ao modo espanhol. As varandas de muitos apartamentos abrem-se para esse pátio, mas não a do que foi destinado aos Meireles. Descem no terceiro andar e caminham até o fim da ala esquerda. O *boy* abre a porta e descerra cortinas. As vastas janelas da sala de estar dão para um paredão de montanhas nevadas no fim do vale. Entre a sala e o quarto de dormir, um *closet* oferece armários e gavetas. O banheiro tem dimensões monumentais. Meireles resmunga:

— Aqui no fundo!... Pensei que iam dar pra gente um quarto melhor.

— Qual o problema? — indaga Helena. Encontra na bolsa uns pesos e os entrega ao *boy*, que espera no corredor. Mão ágil, o menino enfia as moedas no bolso, sorri, mastiga um *"Gracias"*, e sai, fechando a porta.

— O problema é que queria um quarto melhor — exclama Meireles. — Se você não se incomoda de ficar no fundo do hotel, eu me incomodo.

Helena, que não tira os olhos da paisagem, não entende o que aflige o marido. Meireles vai até a mesa-de-cabeceira e apanha o telefone. Estuda rápido instruções que lê em um cartão, tecla um número, diz nervoso palavras em mau espanhol, ouve, retruca ríspido, escuta algo e dispara:

— Só porque oferecem uma cortesia acham que vou dar graças a Deus? Estão muito enganados. — Vai dizer mais alguma coisa, mas olha para a mulher e cala-se, engrolando uma despedida e desligando o telefone.

— Que foi? — indaga Helena.

— Pedi pra mudarem a gente pra um quarto da frente, ou um desses que dão pra piscina. São os melhores. Mas disseram que o hotel tá lotado... Imagine, lotado! Baixa estação, ninguém vem pra cá no verão.

— Ninguém? E o monte de gente lá no saguão? E na piscina, então?

— Isso não quer dizer nada.

— Bom, e o que você disse?

— Pedi pra mudar de apartamento. Vão ver o que dá pra fazer.

— Adorei este quarto, não quero mudar. Olha essa paisagem. Vê lá se quero vista pra piscina. — Helena começa a desfazer sua mala.

— São os que a Heloísa prefere.

— Como sabe?

— Não lembra dela se gabando de que sempre fica em um desses?

— Nunca prestei atenção. Se fazia questão, por que não reservou?

— Porque... — ele hesita.
— Porque quarto de cortesia eles não reservam? Não faz mal, não é um drama.
— Isso diz você, que não entende dessas coisas. — Meireles está parado junto do telefone, como se esperasse algo. Não se move quando Helena termina de arrumar suas roupas, abre as outras malas e volta a fazer viagens entre um cômodo e outro.
— Que coisas?
— Turismo, hotelaria...
— Tenha paciência. Deixe eu acabar aqui e vamos comer. Estou com fome. O café daquele hotel...
— Eu sei, cê disse um milhão de vezes.
Helena vai retrucar, mas cala. Meireles quer briga, terá um ataque de nervos a qualquer momento. Tensa do jeito que anda, cabeça à roda, pensando coisas estranhas e representando o papel da esposa satisfeita para evitar, que ironia, momentos como este, tudo o que Helena não quer é briga. Deixa o quarto, vai ao banheiro, lava rosto e mãos. Depois da subida à montanha parou de usar maquiagem durante o dia. Levou algum tempo até dar-se conta da novidade. Sai do banheiro, troca de blusa. Meireles está sentado na beira da cama e percorre os canais da tevê com o controle remoto.
— Vamos almoçar?
Ele não responde, troca de canal mais três, quatro, cinco vezes. Helena vai repetir a pergunta quando Meireles diz, enfim:
— Sim, claro. É pra já.

— Já pensou naquela história, bem?
— Que história?
— Do avião, pô. Vou confirmar as reservas hoje. O vôo é sábado.
— Meireles, eu...
— Você o quê? Vai me dizer que ainda não...
— Não tenho feito outra coisa senão pensar.
— Mas cê não resolve nada, bem. Tou com o saco cheio dessa lengalenga. — Com um gesto pesado, ele esmaga o cigarro no cascalho.
Helena está indignada. Não por Meireles ter posto o assunto em discussão; sabia que isso estava por vir. Mas por que escolheu este lugar e momento? Estão mais uma vez no topo da montanha e ela tem diante de seus olhos a cordilheira. Pelo que lhe custou embarcar no teleférico, não duvida de que o pavor das alturas está vivo nela, inabalado. Mesmo que sua vida dependesse disso, seria incapaz de enfrentar outro vôo. Subiu até aqui impelida por um autocontrole que haverá de se desfazer assim que entrar num avião. Olha para a frente, ergue a máquina fotográfica, observa as montanhas pelo visor, move-se para a direita, a esquerda, fixa o foco numa grande nuvem sobre o pico de um dos montes, dispara o

obturador. Meireles, que tosse aquela sua tosse grossa e feia, sentado ao lado da mulher, espera a resposta. Ocupam uma das mesas externas do restaurante do cume. Hordas de turistas chegam e partem, tangidas por guias. Helena bebe um submarino; Meireles, conhaque e água com gás. Helena observa atenta as montanhas, como se procurasse lá o que tem a dizer. Se ele quer resolver esse assunto, por que não o fez no hotel, no carro, ontem de noite, quando foram caminhar?

    Helena gostaria de estar ali sozinha. Se a visão do topo não produziu o mesmo impacto que a atingiu da primeira vez — já sabia o que a esperava —, a emoção foi de idêntica intensidade. Outra vez a percepção estranha, que abrange tudo, que faz pensar no chão em que pisa e nas pessoas e nas coisas e no planeta e no céu e nas estrelas e... Isso não lhe causou desta vez medo nem vertigem. Ficou adormecido o temor da loucura.

    Mas aqui está em terra firme. O que fará se entrar em um avião?

— Não vou conseguir. — Pronto. Está dito o mais difícil. — Não vou.

— E o que vamos fazer, na sua opinião?

— Você vai de avião, eu volto de ônibus.

— Que absurdo.

— Não, não é. Só quem passou pelo que eu passei sabe o que... Acha que tou brincando, Meireles?

— Acho nada, quem sou eu pra achar?

Ela pousa a máquina na mesa e olha o marido:

— Diz de uma vez.

— Diz o quê? Que é que eu tenho pra dizer, se a senhora já decidiu?

— Eu não estou entendendo. Quando nós viemos aqui na semana passada, você me pareceu tão... estava... não sei. Mas achei que você tinha entendido. Até conversou com o guia, que falou na síndrome de...

— Pois é. Tem que aquilo foi semana passada, antes de eu perceber que você tá me enganando.

— Eu?

— E não?

— Meireles, como você pode...

— Olha pra senhora.

— Não grita comigo. — Ela está aturdida. Não consegue entender para onde ele quer levar a conversa.

— Não gritei.

— Está querendo briga.

— Estou é muito cheio.

— Que é que eu fiz?

— Aí é que está. Eu não sei!

— Como, não sabe? Está irritado comigo desse jeito e não sabe?

— Fui eu que mudei?

— Que é isso?
— Onde tá a mulher com quem eu casei, Helena?
— Pare de fazer telenovela, Meireles.
— Cê tá se vestindo diferente, falando diferente. E não entendo, pô!
— Não aconteceu nada, deu vontade de variar um pouco o estilo.
— Um pouco? Mudou tudo. Não te conheço mais. Desde que chegou aqui, notei que cê tava diferente.
— Diferente, como?
— Ué, já não disse?
— O que há de errado? Quis comprar roupas mais simples.
— Tá se vestindo feito freira. E isso de avião? Virou comunista?
— Meireles, que coisa tonta! — Helena ri.
— Não vejo graça — rosna Meireles. — Tonta é você de não querer voar.
— Não precisa fazer cena.
— Não estou fazendo cena.
— Meireles, tá todo mundo olhando.
— E eu com isso? — brada ele.

Não é todo mundo. O terraço do mirante enche-se e esvazia-se de turistas com rapidez e regularidade. Ninguém tem tempo de ver a paisagem, quanto mais de olhar para a mesa em que Meireles e Helena discutem. Mas a rispidez da conversa chamou a atenção de gente instalada em mesas próximas: uma família brasileira, que pelo sotaque deve ser do interior de São Paulo, com duas crianças choramingas, um par de *gays* e uma mulher que conversam em espanhol, um grupo de cinco ou seis turistas liderado por uma gorda de buço escuro, que fala alto, uma língua gutural estranha.

Os vizinhos, ao perceberem que o casal interrompeu a discussão, voltam a falar entre si, animados, todos, como se o alteado das vozes fosse dissipar o flagrante da bisbilhotice. Helena sente-se corar, tem consciência da velocidade com que o sangue aflui ao rosto, que ganha então uma intensidade púrpura pulsante. Meireles segue falando, ar teimoso de quem não vai dar o braço a torcer, porque isso e porque aquilo, e faz e gesticula e reclama, mas baixa o tom. Helena inala vagarosa, solta o ar. Observa as mesas próximas, pensativa. Que lhe interessa o que pensam? Em um impulso, apanha a máquina sobre a mesa e, rápida, leva-a ao rosto, ajusta o zoom e tira fotos de Meireles, primeiro, em seguida dos vizinhos, que simulam não notar sua ação e continuam a falar muito alto, todos eloqüentes de uma hora para outra, e mais que todos a gorda de buço escuro. Então, em meio ao burburinho, Helena guarda a máquina na bolsa, inclina-se para Meireles, que se calou e a observa, desconcertado. Diz, em tom baixo:

— Alguma coisa aconteceu, Meireles. Porque não fui só eu que mudei.
— Ah, não? Quem mudou, eu?
— Quando você deixou crescer essas costeletas, que eu não percebi?

— Faz um tempão. Como que você não percebeu?
— Pra você ver como anda nosso casamento.
— Helena, eu não entendo o que você quer...
— Não quero nada, Meireles. Só digo que uma coisa estranha aconteceu conosco. Uma distância que eu nunca percebi está aqui, entre a gente. E que distância! Como você pode ter deixado costeletas sem eu notar?
— Por que você não presta atenção em mim, só pode ser isso.
— Acho que não temos prestado atenção um ao outro.
— Alguma vez deixei faltar alguma coisa, não cumpri com meus deveres?
— Um casamento não é feito só disso.
— Te deixei trabalhar. Montei a loja pra você cuidar.
— Meireles, em que século você vive? — De onde ela tirou isso, essa necessidade de retrucar, não deixar nada por responder? Nunca foi assim. E agora... Helena sorri. — Eu mesma me espanto de a gente nunca, mas nunca, ter tido uma conversa assim.
— Pra que, porra?, nós somos casados.
— Aí é que está — exclama Helena, veemente. Várias cabeças voltam-se na direção deles. — Vamos sair daqui? Estou cheia de não conseguir conversar sossegada. — As cabeças regressam às posições originais.

Helena faz sinal para o garçom, que se aproxima. É um jovem alto, tipo atlético, cabelos longos, alourados, camisa branca aberta até o meio do peito, mangas arregaçadas. Depois de pedir a conta com um gesto, Helena observa o moço, que lhe parece irmão gêmeo de um dos que serviram a mesa para ela e Nora, em Puerto Madero, que é, como ficou sabendo, o nome do local em que jantaram, e pensa que seria engraçado indagar ao garçom se tem um gêmeo em Buenos Aires. Quase formula a pergunta, lembra do que Nora disse, garçom em castelhano é *mozo*, mas percebe um espantado Meireles, que olha ora para ela, ora para o rapaz. Não é preciso ir muito longe para imaginar a razão do pasmo do marido. Sorrindo, sem esperar até que Meireles, confuso, pague a conta, Helena apanha a bolsa e caminha até a plataforma do teleférico.

— Por que você me deixou lá, plantado? — reclama ele ao alcançá-la.
— Já estávamos descendo, não é?
— Mas saiu na minha frente.
— Como você está implicante, Meireles.
— E você? Agora tem de ser tudo como a senhora quer.
— Não é verdade. Só porque eu estou tendo um problema...
— Problema! Isso é frescura. Você é igual a sua mãe pentelha.
— Ora, essa é nova. Sempre teve adoração por ela.
— O que não me impede de ver a verdade, dona Helena.
— E qual é a verdade?
— Ela é uma chata, uma cagadora de regras.
— Meireles!

O que é ser rio, e correr?

— Cheia das frescuras. E você tá me saindo igualzinha a ela.
— Até parece que...
— O quê?
— Não estou entendendo. Me fez vir até aqui, esperou até hoje pra...
— Essas coisas estão paradas aqui — ele leva o dedo ao pomo-de-adão. — Estou cheio dos seus fricotes. Faz tempo. Pensa que não sei o que acha de mim? O casca-grossa que casou com uma mulher muito acima dele.
— Que é isso?
— E agora essa história de medo de voar. Se quer saber, não acredito.
— Nunca pensei... Você duvida de mim?
— E não é pra duvidar?
— Pode me explicar o que está acontecendo?
— Você é que tem que me explicar um monte de coisas. Esse seu jeitinho de quem não tem culpa no cartório. Cê mudou, Helena, não tou te reconhecendo. E não foi nos últimos anos, não. Foi agora, nos últimos dias. O que aconteceu, cê vai me contar?
— Não há nada pra contar.
— Eu nunca pensei que ia dizer isso um dia, mas quer saber de uma coisa? Acho muito bom que a gente não teve filho.
— O quê?

Helena é apanhada pelo teleférico. Cai sentada, ao lado de Meireles. Um dos empregados desce a grade e lá vão os dois montanha abaixo. Ela quer gritar, bater no marido, sente uma raiva que não consegue dominar. Mas não aqui, não agora, Ele fala, ela não ouve, cantarola, murmura, olha para longe, para a linha do horizonte, o imenso lago que daqui se vê com nitidez absurda. Absurdo é o que esse homem disse. Como pode ser bom que não tenham tido filhos? Helena lembra de Nora, "Ar é bom", tenta respirar com calma, mas não consegue. A respiração está entrecortada.

— ...iam ser que nem a senhora, que nem sua família. — Helena não tem como deixar de ouvir Meireles, que se voltou-se para ela e grita: — Um bando de patetas. Vai ver, ia ter um filho *gay* com você. Porque sua família é dessas que tem *gay*, e se não tem ainda vai ter logo. Quem sabe o seu sobrinho... Eu não quero filho *gay*.

O ar de súbito volta a circular nos pulmões de Helena. Ela nada diz. Emudece de tal forma que Meireles também cala. Em silêncio ela permanece durante todo o percurso até o hotel. Não espera pelo marido quando o carro pára na entrada. Desce ligeira e apressa-se até o elevador panorâmico. Sobe, corre pelo corredor, entra no quarto e trava a porta, contra a qual se encosta, desalentada. Não pode fugir de Meireles. Isso, nem pensar. Precisa enfrentá-lo. Destrava a porta, vai para a varanda, senta-se em uma cadeira de braços e olha as montanhas, que a fazem lembrar da emoção que voltou a sentir no cume, aquele conjunto de coisas, a família, sua vida, seu casamento, Francine e o irmão drogado, "dentro d'ocê tá um poder pro bem, usa ele", e a saudade que sente de Miriame e a vontade de conversar com Nora...

— Custava ter me esperado? Que deu em você? Tá ficando louca?

Ela não ouviu o marido entrar e a voz dele, próxima, às suas costas, faz Helena estremecer. O susto impulsiona seu corpo, ela ergue-se e volta o rosto. Meireles está na porta da varanda. Helena não premedita. Uma vontade que não é a sua está em ação. Dinâmica, transpõe em um passo a distância que a separa dele e o braço direito prepara-se durante o arremesso do corpo. Helena desfecha no rosto de Meireles uma bofetada sonora, vibrante, que produz ondas de choque em todo o corpo dela. Pego de surpresa, ele cai, desequilibrado, estatela-se no chão, esfregando a face com a mão espalmada. Fica ali, vociferando, enquanto ela atravessa o quarto de um pulo, vai para o *closet* e enfia suas roupas todas, de qualquer jeito, em uma das malas. Vai ao banheiro, arruma os objetos de toucador na bolsa, e logo está carregando a bagagem para o quarto. Meireles, que acendeu um cigarro e tosse, está sentado na beira da cama, ombros caídos, controle remoto da tevê nas mãos. O aparelho, no entanto, está desligado.

— Eu vou embora — diz Helena.
— A gente precisa conversar.
— Acho que nós não temos mais nada pra conversar.

Apanha a mala, a bolsa, vai para a porta.

— Não faz isso, vai se arrepender.
— Mais do que já estou arrependida?
— Helena!
— Em São Paulo a gente conversa, Meireles.
— Sempre fui muito mole com você, devia te dar uns tapas.
— Não se atreva.
— Você não vai me dizer o que aconteceu? Que foi que provocou tudo isso? Eu tenho o direito de saber. Cê tá me corneando? Arrumou outro?
— Depois de vinte anos com você, eu não quero outro. Não consegue entender? E não aconteceu nada. Esse é o problema, não aconteceu nada. Achei que nós íamos ter uma nova lua-de-mel, e olhaí.
— Mas o que você queria?
— Deixa pra lá. Tenho uma longa viagem pela frente. Quando chegar em casa, nós vamos conversar. Pôr tudo em pratos limpos. Eu vou ter muita coisa pra resolver. Mas chega. Eu não quero mais ficar aqui, com você, depois do que me disse.
— Você provocou.
— Tchau, Meireles. Boa viagem.

Sai, fecha a porta do quarto atrás de si. Ele não a segue. Nossa Senhora, onde foi buscar coragem para enfrentá-lo assim? Carregando a mala e a bolsa, entra no elevador. Enquanto desce, observa a piscina, o restaurante, e pensa que Heloísa tem razão, este hotel é mesmo muito especial. E ela aproveitou pouco o que ele tem a oferecer. Deve voltar, um dia. Sai do elevador, vai até a recepção, pede que lhe chamem um táxi. O mesmo *boy* ruivo que carregou as malas na chegada aproxima-se com a gaiola dourada e sobre ela coloca a solitária mala.

— Estou indo, meu marido vai ficar — diz Helena ao recepcionista, que se aproximou, cortês. Ela fala devagar, para ser entendida. Ele assente.

— O táxi, *señora* — diz o *boy* ruivo.

— Até a vista. — A despedida não é destinada a ninguém em particular.

Como esperava, havia lugar no ônibus para Buenos Aires, que sairá em duas horas. Não é muito tempo de espera, se pensar na duração da viagem. Amanhã decidirá como voltar ao Brasil. Avião, fora de questão. Mas de algum modo chegará a São Paulo.

Senta-se para esperar. Tira da bolsa o celular e faz uma ligação para outro celular de São Paulo. Percebe-se impaciente ao esperar. Quando pensa que a ligação vai para a caixa postal, Nora atende.

— Como vai?
— Olá, como vai você? Onde está?
— Rodoviária. Volto de ônibus pra Buenos Aires. E onde você está?
— Na Argentina. Vou para o Brasil amanhã.
— Ah.
— Mas acho que nós temos de conversar, não é?
— Eu gostaria. Muita coisa.
— Posso adiar minha viagem. A que horas você chega?
— Dez da manhã.
— Vou buscá-la na rodoviária.
— Não é preciso. Pego um táxi. Quando chegar ao hotel, ligo.
— Fique aqui em casa.
— Acho melhor o hotel.
— Você é quem sabe. Mas se quiser, é só avisar. Está com o celular?
— Estou falando dele.
— Então, ligue pra mim, se quiser falar durante a viagem...
— Não tinha pensado...
— Posso ligar também...
— Está certo.
— Esperei por sua ligação. Quase duas semanas.
— Eu não pude. Foi tudo... Mas não quero falar disso pelo telefone.
— Claro. Não assim.
— Que bom que você está aqui, não em São Paulo.
— Foi por pouco. Quer passar o fim-de-semana aqui, Helena?
— Não sei. Tenho muita coisa pra resolver em casa, quer dizer, em São Paulo, aquela história que eu te contei, e... Mas vamos ver.
— Está certo.

— E se eu tiver mesmo esse negócio de... de pânico, vou ter de ver isso, não é? Tenho de me tratar, isso deve ter tratamento.
— Sim, tem.
— Agora, tchau. Até amanhã.
— Até, Helena Maria. Sabe que é um bonito nome?
— Você acha?

Helena está moída. E ainda tem várias horas de estrada pela frente. Espreguiça-se, olha pela janela. Gostaria de estar chegando. Imagina o banho quente que vai tomar.
— *Senõra, oye esto, es de su tierra.*
Da poltrona do outro lado do corredor, uma adolescente de cabelo loiro e cara cheia de espinhas, que a distraiu durante a incessante viagem com uma conversação apaixonada contínua sobre tudo e nada, a metafísica e o trivial, estende-lhe um *walkman*.
— Não. Obrigada, estou cansada.
— *Oye, oye, usted vá gustar* — ela insiste.
— Está bem — diz Helena. Teme pelo que vai ouvir ao pôr os fones.
— "Quando olhaste bem nos olhos meus, /E o teu olhar era de adeus, /Juro que não acreditei..." — A mesma música que escutou no rádio do carro, no dia em que viajou. Elis Regina! Lógico, Elis Regina, como pôde não lembrar?, uma cantora que a apaixonava, os shows, *Saudade do Brasil*, aquela morte estúpida, precoce, e foi se esquecer?! Os olhos de Helena marejam. — "Dei pra maldizer o nosso lar, pra sujar teu nome, te humilhar..."
Sem notar que é observada de esguelha pela adolescente — agora constrangida, sem graça, lábios vermelhos entreabertos —, Helena Maria leva as mãos ao rosto e põe-se a chorar, ainda com os fones nos ouvidos, pescoço e rosto inclinados para a frente, coluna ereta, ombros retos, em sua poltrona do ônibus *pullmann*, cujos faróis cortam a noite, iluminando a estrada para Buenos Aires.

RODRIGO

Caminha irrequieto de um lado para outro. Abre com dois dedos uma fenda na persiana vertical de tecido branco. Na verdade, branco foi um dia; agora está encardido a mais não poder. Tem de mandar a porca da faxineira limpar. Por que não a despede? Chega tarde, sai cedo, não gosta de trabalho. Ah, quanta falta faz uma mulher. São perfeitas para as coisas práticas que o paralisam, como contratar e demitir diaristas. Não é do tipo que vive bem só. Gosta da vida de casado. As mulheres é que não gostam de estar casadas com ele. Nunca foi por desejo seu que se separou.

Há pouco cessou súbita brutal tempestade de verão. A chuvarada causou estragos, devastou o jardim, arrancou das árvores da calçada e disseminou por toda parte galhos e folhas. Ao parar, o aguaceiro não abrandou o calor asfixiante; ao contrário até.

Ele demora o olhar no asfalto molhado que reflete em formas tremidas, entre os destroços vegetais, as luzes cores da rua. Quando vê essas imagens banais, sólidas, assalta-o a nostalgia de seu primeiro projeto, a que deu o nome "transparências". Inspirado pelo trabalho de um tio aquarelista, seu padrinho, faz tempo, muito tempo, que tenta domar tais reflexos, aprisionando-os em obras. Mas nunca descobriu que forma lhes dar, nem como forçar os outros a verem o que vê: o espantoso horror e a beleza vã.

Persistente, exasperante, a idéia o persegue. É a única que deseja realizar, nela pensa todo santo dia, há mais de vinte anos. Sem jamais dar com a luz no fim da caverna, tornou a busca um segredo. Não o revela aos pesquisadores de sua obra, que já existem, muito menos aos incontáveis jornalistas que o entrevistam um pouco por toda parte, pessoas odiosas que distorcem o que diz, de tocaia, à espera da resposta que poderão transformar em polêmica. As "transparências"... Se não as concretizar, ninguém jamais deverá saber. Serão seu fracasso. Até agora, nada significa o tanto de agitação causado por suas pinturas e instalações. A seus olhos, não passam de tentativas irrelevantes de chegar à criação mais importante, que marcaria a diferença entre talento e gênio. Ele está sempre aquém do maldito sonho. A derrota transforma o criar em suplício e contamina cada projeto que conclui.

Desta vez vai ser diferente. O trabalho que exporá, verdade, não é exclusivamente seu, ainda que... Melhor não pensar nisso agora. Aliás, melhor não pensar nisso, ponto. Lento, perscruta telas brancas, prensas para gravura, matrizes para litografia, tubos de tinta a óleo, espátulas e pincéis, montanhas organizadas e classificadas de materiais que articula em instalações. O que tanto olha? Espera que os objetos inertes acalmem seus nervos, dêem a sensação de ser correto o que está fazendo?

Rindo, agitado, larga a persiana e afasta-se da janela. Pára, observa a cortina fechada como se pudesse enxergar, através das tiras de tecido opaco, as grandes vidraças de parede a parede e além delas a rua. Veste regata e bermuda brancas, tem pés descalços. Sente nas plantas dos pés o frescor do piso. Lembra-se de que era verão também, quando, com a primeira ex-mulher, a mais amada, escolheu as lajotas retangulares pretas, foscas, que revestem o chão dos dois andares do sobrado. Recua e deixa no piso pegadas de contornos úmidos. Tomou banho agorinha, mas o suor aflora. Vidros abertos, ar parado. Billie Holiday: *"Me myself and I are all in love with you..."* Senta-se, levanta-se. Quer deixar-se levar pela voz pungente. Inútil. Não se envolve na magia urdida pela cantora.

Sempre fica assim enquanto espera pelo homem. Burrice! Deveria estar habituado. Mas odeia esperar. De mais a mais, tem compromisso. Uma festa. *A* festa. Rebeca não dá festinhas. Quando tem algo a comemorar, abre a casa — réplica da sede do engenho em Paraty no qual se originou a fortuna da família de cristãos-novos — e dá as melhores festas da cidade. Por isso ele não quer chegar tarde, foi claríssimo ao telefone. O sujeito jurou pela mãe que passaria ali às nove, dez. Quase onze, já. E nada.

Deve ir assim mesmo? Não é o que deseja. Na noite anterior, à mesa do restaurante, no jantar com uma amante de outras eras, Carlota — puta que o pariu, como ficou cara a conta!, e uma merda de comida, só porque a porra do restaurante é na rua Amauri! —, pois então, à mesa garantiu à Paula, garota que estava com Carlota, tesudinha, só de lembrar dá uma coisa, que podia contar com ele. Não fosse por isso, mente a si mesmo, nem se incomodaria, já estaria a caminho. O homem que perdesse a viagem. Mas a menina... Garantiu, prometeu. É verdade que falou por farol. Era tarde, estava bêbado... Salivou ao ver Paula, um pitéu... Mas deveria ter calado. Agora, não quer fazer feio. Volta à janela e entreabre lâminas da persiana. Fita a rua de um lado, de outro. Nem sinal do Uno preto. Por que o cara não compra um carro bacana? Com o que cobra, não há de ser carência de grana.

"I see the horizon, the great unknown... I cover the waterfront...". A voz de Billie prende sua atenção inteira por breve momento. Mas o guarda-noturno apita, o sortilégio se desfaz. O som estridente do apito remete-o toda vez a imagens de infância, um quarto colorido numa casa no Alto de Pinheiros, noites tranqüilas como há muito não tem, roupa de cama posta de molho nos domingos à noite por Olívia, a mãe — "certas coisas, em minha casa, nenhuma empregada faz" —, e jogos sem fim, uma vida boa, muitos anos antes que Pedro Antônio, o pai, arruinasse tudo com a política.

Esse — o apito, não o pai, porque há coisas que melhor é esquecer — vem a ser um tema interessante para levar à próxima sessão. O analista míope, do qual já anda enjoado, gostará de esmiuçar as lembranças evocadas pelo trilar noturno. Na mesinha do telefone apanha a agenda inchada de papéis avulsos e cartões, procura a folha onde registrou a data da sessão e anota: "O apito do guarda...". Olha para a frase por bom tempo. Nada consegue acrescentar. Fecha a agenda. Imagina que, antes de discutir o apito do guarda, o terapeuta irá querer falar sobre suas faltas. São cinco sessões que cabulou este mês. Vai voltar lá? Regressa à janela e perscruta a rua. Nada.

Precisa aprontar-se. A *performance* será à meia-noite. Já esperou além da conta. Maníaco por pontualidade, odeia esperas. Estamos em minoria no mundo, resmunga. Irritado, sobe a escada. No quarto, arranca a roupa. Olha-se ao espelho de frente, de perfil. Viva a *personal trainer!* Até que dispensasse a pentelha, há mais de ano, a mulher lindíssima e frígida atormentara-o três manhãs por semana com horas sem fim de exercícios pagos a peso de ouro. O condicionamento fora tão bom que, mesmo tendo abandonado tudo há tempo, ainda está inteiro. Pensa em Paula e sente uma ereção em flor. Acaricia o cacete, a pele se retesa. Que é isso, não tem mais que fazer? Apanha roupas no armário embutido e tenta não pensar nela.

Sua atenção é sugada de volta à realidade pela lembrança das entrevistas na tarde seguinte. Tem de estar preparado. Sabe que perguntas vão fazer. É a primeira exposição no Brasil após o ruidoso fracasso em Nova York. Treze meses depois, a memória daquela noite na maldita galeria do SoHo ainda aperta-lhe a garganta. O *vernissage* da nova mostra em São Paulo, daqui a seis dias, estará coalhado de corvos e urubus. Não sabem os filhos da puta que vão levar um susto. O que estão por ver é espantoso. Até o *marchand*, quando viu, pirou. Não são as suas transparências, mas terá um sucesso fenomenal, disso está certo. O problema é que não foi ele quem... Deixa pra lá. Afinal, a obra é tão sua quanto...

"*Ooooh, what a little moonlight can do!*", geme Billie com seu jeito felino. A voz de gata remete-o a Paula, tão roliça, novinha, pronta para... A ereção recomeça. Bom parar. Nos últimos meses tem estado assim, nervos à flor. Qualquer impulso — erótico, raivoso, entusiástico — suscita reações brutas. Precisa tomar cuidado. Vai até a janela. Vê a rua do primeiro andar e observa sob outra perspectiva a devastação causada pela chuva. Mas o chão já está seco, os reflexos coloridos reduzidos a nada. "*Mamma may have, papa may have, but God bless the child...*", canta Billie. Afasta-se da janela, vai para o banheiro, enxuga o suor com a toalha branca felpuda, retorna ao quarto, liga o ventilador de teto. "*Mamma may have...*" A cantora causa nele tão grande tristeza... Calça pregueada de linho bege, camisa branca, sapatos italianos macios, sem meias. Olha-se ao espelho. Ajeita a gola, os cabelos, põe os óculos de leitura, que lhe conferem um ar distinto. Pronto.

Buzinadas insistentes rompem o quieto da noite, cobrem a voz de Billie — "*...but I only have eyes for you...*" —, e dão-lhe susto feroz. Vai à janela. Em frente à casa, o Uno preto parou. O homem, sujeito barbudo, gordo, acena-lhe de dentro do carro e sorri, jovial. A rua, de um lado, de outro, ele tem o cuidado de verificar, está vazia. Por que esse cara nunca entra, por que o obriga toda vez a sair?, rumina enquanto desce as escadas, irritado.

Passos soam no piso de cimento queimado da varanda. E vozes:
— Onde você se meteu, menino de Deus?
— Quer ir pro castigo?
O garoto não responde. Tamborilam em seus ouvidos as batidas fortes do coração. Mais passos. E de novo vozes. As de Olívia e da bá, velha ama das meninas que insiste em alardear sobre ele — apesar de sua veemente oposição — os mesmos direitos de mãe torta que se arroga sobre as irmãs. Por que não o esquecem? Mania dessas mulheres, não deixá-lo em paz. Ofegante, atento, costura-se à fresca parede. Que não o descubram, tomara...

Novos passos e a voz do primo mais velho:
— Tá procurando Rodrigo, tia? Depois do almoço cruzou comigo e disse que ia dar volta. Acho que foi té a vila.
— Oh, e se ele resolve andar pelo lago? Aquele pântano!
— O lago é só o lago, tia. Mas o primo, eh, fica sossegada, ele não vai sozinho lá. Nem quando nós vamos nadar, ele não gosta de ir. Tem medo...

Palavras de troça e passos cedem lugar a um silêncio de insetos, pássaros, gado distante. O garoto calcula que não há perigo imediato. Ninguém haveria de supor que ele teria a coragem de entrar ali. Logo o "mulherzinha" que prefere tênis a futebol e odeia nadar no charco a que chamam lago. Sente nojo, não medo do lago. Medo, só dos cavalos, belos e apavorantes.

Sabe que os rapazes o desprezam. No entanto, nada pode fazer com esses caipiras que nem vão a São Paulo um sujeitinho cosmopolita que arranha com certo jeito francês e inglês e, aos treze, já foi duas vezes a Roma e Paris e Londres e Nova York. Por vontade dele, as férias seriam no Rio, na bela ampla casa dos avós maternos, praia de Botafogo. Mas Pedro Antônio prefere arremessá-lo para a sombria fazenda de seus ancestrais. O financista *workaholic* tem a firme crença de que essas temporadas no sertão de Minas, junto dos primos, fazem bem ao filho, na maior parte do ano cercado por mulheres: quatro irmãs, a mãe, a bá, as empregadas. Não leva o pai em conta o fato de o filho não suportar os primos, muito mais velhos, com quinze um e dezessete o outro. Musculosos, briguentos, adoram atormentá-lo. E não lhe dão sossego com interrogatórios sobre as meninas: "Namoram?" "Já viu o que elas fazem com os caras?" "Sabe se são cabaço?" "Vê elas peladas?" Juram surrá-lo se contar uma palavra dessas conversas à mãe.

Sentindo nas costas e nas palmas das mãos a rugosidade da parede caiada, Rodrigo, agachado sob a janela, conta devagar um dois três quatro... Tem de se acalmar. É a primeira vez que transgride a proibição expressa da tia e da avó. Nem os primos, que alardeiam ser machos provados, são admitidos no escritório do finado fazendeiro, o tio de quem Rodrigo herdou o nome e a quem ninguém alude, nunca.

Nas férias do ano anterior, o menino tramou um plano para descobrir a história do outro Rodrigo. Ao longo dos meses, a idéia transformou-se em obsessão e tornou a presente viagem mais que tolerável, esperada. Como sempre, encontrou trancada a porta do escritório, mas percebeu que as venezianas das janelas, abertas para a varanda dos fundos, podiam ser forçadas de fora. Esta tarde, mal terminou o almoço, deu volta à casa, abriu a janela com ajuda de uma chave de fenda e esgueirou-se para o escritório. Acabava de entrar quando ouviu a mãe e a bá. Teve tanto medo de que o descobrissem, que cerrou com muita força os olhos.

Reabre as pálpebras. Alívio. Não tem de acender nenhuma luz. A claridade de fora é suficiente. Algum desapontamento. Não imaginava encontrar um escritório assim, escrivaninha e estantes de mogno torneado, um grande arquivo de metal cinza a um canto, poltronas de couro, quadros escuros nas paredes. Pensava num aposento como os dos contos de Poe, que vem devorando. Alguma marca deveria haver no aposento onde o padrinho se matou — o fato deu-se pouco antes de o menino completar três anos; não guarda do tio senão uma vaga lembrança — com uma bala na boca. Saindo pela parte de trás do crânio, o projétil espatifou um precioso espelho de cristal da Boêmia. Tais coisas, Rodrigo sabe pelas irmãs. Desde que era molecote, contavam-lhe o drama familiar aos sussurros, à noite, se não houvesse adultos perto. Diziam que dívidas de jogo imensas levaram o tio a apertar o gatilho. Mais de metade da fazenda fora vendida para saldar o débito, garantiam, soturnas, as irmãs para Rodrigo.

Ele jamais sentiu medo ao ouvir essa história. Nem o sente agora, quando está no local em que tudo ocorreu. Não há sinal de espelho quebrado. Nem mancha escura no soalho de tábuas. O cômodo é mantido como no dia do suicídio, estranho mausoléu. Que tal sair? As pernas movem-se, mas na direção da escrivaninha. Senta-se na cadeira dura de madeira e couro. O tio estava ali quando...

Faz um esforço para acalmar-se. Está no lugar que imaginou desde que soube que o tio não fora levado pelos anjos, como afirma Olívia. O silêncio dos adultos dera-lhe a certeza de que verdade diziam as meninas, não a mãe. Rodrigo estende polegar e indicador, como se fossem um revólver, e encosta a ponta do indicador no palato. Teria coragem? Pensara uma vez, por uns poucos dias, em acabar com a vida se não passasse no exame de admissão ao colégio em que o Pedro Antônio queria vê-lo. Imaginara afogar-se, simular acidente. Ao ser aprovado, esquecera a coisa. Estremece. Melhor aproveitar o tempo e estudar o ambiente.

Não há livros no resto da casa. Aqui, são muitos, de todo tamanho e formato. Rodrigo, leitor voraz, resiste ao impulso de percorrer as estantes. Pode fazer isso outra hora. Agora tem pressa. O passeio até a vila, ida e volta, toma hora e meia, duas no máximo. É o tempo de que dispõe. Sobre a escrivaninha nenhum papel, tinteiro, livro. De madeira maciça, o móvel tem dois gaveteiros, à direita e à esquerda, entre os quais encaixa-se a cadeira. Rodrigo tenta abrir a gaveta inferior da esquerda. Não se move. Nem a do meio. Do outro lado, o mesmo. Estão trancadas, todas, e não há chaves à vista. Muito menos fechaduras, observa ele ao examinar a madeira ornada. Então, deve haver um mecanismo para destravá-las.

Desce da cadeira alta e olha sob o tampo. A alavanca que movimenta a trava há de estar ali. E deve ser uma engrenagem simples, que o tio acionaria sem esforço. Os dedos do garoto percorrem as superfícies da escrivaninha, passam por entalhes e volumes torneados. Até nas faces internas dos gaveteiros há rosáceas em alto relevo. Ele tateia as superfícies esculpidas. Por que razão alguém poria enfeites num lugar desses?

Os dedos tornam-se mais cuidadosos em seu passeio pelas superfícies. Seria bom ter uma lanterna. Sob a escrivaninha, na obscuridade, apalpa os relevos da madeira. Por um momento esquece da busca para adivinhar as formas que toca: uvas e folhas de videira, pêras ou figos, maçãs, abacaxis, cravos. E rosas. Ao centro, uma de cada lado, pétalas desabrochadas de madeira. Os dedos do garoto escorregam para dentro da corola de uma delas. Sem querer, dá com o mecanismo. No miolo da flor, algo cede. Aplica pressão. Um seco estalido e a trava move-se. Ele abre uma gaveta do gaveteiro à direita e fecha-a em seguida. A trava retorna ao lugar. Rodrigo, que adora livros de mistério e tramas engenhosas — como esquecer *O escaravelho de ouro*? —, está maravilhado. É a primeira vez que encontra algo assim na vida real. Emocionado, apreensivo, pressiona outra vez as corolas das rosas e as travas abrem-se. Desta vez com mais facilidade.

Desde o suicídio, provavelmente, o móvel não era aberto. Ao contrário do escritório espanado e limpo, fina camada de pó cobre os objetos. Mas a solidez da escrivaninha impediu que o material fosse atingido de forma danosa pelo tempo. O menino decide que esse conteúdo é uma herança do padrinho para ele. Duas das gavetas do gaveteiro direito guardam pilhas de cadernos de desenho em branco. Na terceira, caixas de lápis, vidros de guache e estojos de aquarela lacrados. No gaveteiro esquerdo estão os *Álbuns*. Assim o tio os chamou. Os mesmos cadernos de desenho, mas usados.

São grandes, capas grossas de papelão bege, robusta espiral de metal, páginas destacáveis de papel macio encorpado, separadas umas das outras por folhas de papel de seda translúcido. "*Made in Japan*", lê o menino na quarta capa dos volumes. Na primeira capa, sobre as linhas pontilhadas de uma etiqueta, está escrito: *Álbum nº 1, Álbum nº 2...*

Rodrigo tem de se apressar. Pode voltar ali mais tarde, talvez à noite, com uma lanterna. Mas não consegue fechar as gavetas e sair. Precisa dar uma olhada nos cadernos. São aquarelas. Pelas datas, os desenhos mais antigos, nas gavetas superiores, foram feitos na juventude do tio. Registros do cotidiano capturados com olhar perscrutador. A um canto a assinatura, um simples "Rodrigo". O menino Rodrigo, que cresceu acompanhando Olívia a museus e adora desenhar, sabe que vê ali algo real, sólido, retratos vivos do campo, da vila com a igreja colonial, da sede da fazenda, dos membros da família, em especial de Pedro Antônio, o irmão caçula.

Na última gaveta há um outro conjunto de *Álbuns*. Esses têm números de seqüência em algarismos romanos, I, II, III... até X. Nessas aquarelas, de que não consta data, desvela-se o inferno. São trepadas ferozes, seguidas por estágios de violência e brutalidade que o menino não assimila. Ele registra o horror do que vê e a maravilha que sente ao ver. Olha e volta a olhar. Se alguma vez topou com o indizível, o momento é agora. Não tem tempo bastante para percorrer os *Álbuns*. Mas vê o suficiente. Que é aquilo? Vai descobrir sozinho. Não deve falar sobre a coisa a ninguém.

Arranca-se com esforço da contemplação. Guarda os *Álbuns*, fecha as gavetas, que se travam. Cauteloso, entreabre as venezianas, deixa o escritório e escorrega para a varanda vazia. O sol cega-o. Está assombrado. Enquanto caminha, automático, pelo piso vermelho e amarelo gasto pelo tempo, na tarde esplendente de verão, céu limpo, evoca a obra demoníaca. Não sabe nomear o que viu. São adolescentes violados, esfaqueados, estrangulados, torturados, mulheres humilhadas, estupradas, transformadas em trapos sangrentos, grávidas assassinadas, fetos arrancados de seus ventres. Mandantes dos crimes a tudo assistem junto de poucas fêmeas que os incitam. São velhos repugnantes lúbricos que comandam os carrascos, jovens garanhões de grandes caralhos e muita disposição para causar dor e dano aos corpos das vítimas. A leveza de traços das aquarelas só faz acentuar o terror imensurável. Rodrigo sente frio e senta-se ao sol, na escada que desce para o terreiro. Abraçando os joelhos, ergue os olhos. Tenta dissolver na verde paisagem o asco que lhe oprime o peito. Não há modo.

— Meu filho, onde estava? Mas que cara! Vem. Água com açúcar.

Rodrigo sente-se grato a Olívia, que o resgata da lembrança medonha. Leva-o para a sala, onde as irmãs procuram sintonizar um aparelho de rádio antediluviano. O rapaz deixa-se conduzir, como se desprovido de vontade.

— O que ele tem, mãe?

— Nossa, Rodrigo, passou mal?

— Cruz-credo, como ele tá pálido!

As meninas falam todas ao mesmo tempo. Ao fundo, a voz do locutor:

— "...e seguimos com nosso tributo à cantora que nos deixou em 1959 e enlutou o mundo do *blues*, pois ninguém até hoje ocupou o trono de Billie Holiday."

A cantora morreu no mesmo ano em que o tio se matou, registra o menino. Ouve o som distante de uma voz que corta feito faca:

— "...*if it's a crime, then I'm guilty, guilty of loving you...*"

Desce do carro, que entrega ao manobrista. Prende o celular ao cinto, ajeita a gola da camisa. Gestos maquinais, verifica nos bolsos os volumes da carteira, das chaves, da caixa com o pó. Ao se aproximar do portão, hesita. Deveria dar meia-volta. Não tem noção da hora, mas a meia-noite por certo já se foi há muito.

O que é ser rio, e correr?

Perdeu a *performance* de Rebeca. Por que raios está ali? Melhor era ter ficado em casa, onde se deliciaria ouvindo Billie. Mas a bela cantora mulata é apenas um registro sonoro. Quem ele quer é Paula, real, tangível. Chega ao portão, rasgado num alto muro de pedra cinza. Com mão trêmula, peito opresso, estende o convite para o porteiro moreno atarracado que estuda o envelope como se nunca houvesse visto outro igual, medindo a seguir seu portador com cara de poucos amigos. A expressão do funcionário basta para que uma vontade de brigar aflore, feroz, em Rodrigo:

— Qual o problema? — grunhe, cerrando os punhos.

— Nada não, doutor — diz o homem, que se encolhe, troca olhares com parrudos leões-de-chácara e aponta: — Favor entrar. É só ir em frente.

— Sei onde é a casa.

Mal falou, arrepende-se. O que pretende, impressionar o porteiro? Olha ao redor. O estacionamento não está cheio. Na entrada, ninguém. Pensou que teria de enfrentar uma multidão para conseguir entrar. É muito cedo? Muito tarde? Sente o impulso de ir embora, mas avança por uma alameda orlada de palmeiras-imperiais iluminadas por refletores. Entre as palmeiras há braseiros de incenso. O ar está pesado de sândalo e patchuli. Jamais gostou de incenso, que associa à cultura indiana, penduricalhos, cristais e roupas de cetim, tralha de *hippies*.

Junto de um arbusto, pára. Olha para os lados. Está só. Abre a caixa e serve-se de pó, que aspira com força. Precisava disso. Não quer estar ali. Mas é preciso. Depois do fiasco em Nova York, passou a odiar festas, *vernissages*. Enfurnou-se. Só nas últimas semanas voltou a circular, obrigado pelo *marchand*, que previu uma catástrofe caso insistisse em se esconder, recusando-se a ser visto de novo, a dar entrevistas.

Foi em um *vernissage* que reviu Carlota, a velha amante, imagine, agora eu sou colunista social, classificou-se ela, recitando a seguir o nome de um pequeno jornal de bairro. Jantaram, encontraram-se uma ou duas vezes. Na véspera, em um coquetel oferecido por um galerista, tropeçara com ela, que tinha a tiracolo a apetitosa Paula. Trabalha comigo, apresentara, e veja só, vamos estar na mesma festa amanhã, na casa da Rebeca, não é, querido? Rodrigo ri ao lembrar que o entusiasmo demonstrado pela colunista de fartas carnes ao vê-lo congelou quando ela percebeu os olhares que ele dirigia à garota durinha e certinha ao seu lado.

Pelo modo como a menina se insinuou na véspera, Rodrigo não tem dúvidas de que vai levá-la para a cama. Faz tempo não sente tanto desejo. Paula ocupa, pujante, seus pensamentos todos desde a noite anterior.

Enfim, a casa, grande construção em dois andares. No segundo está o movimento. Pelas janelas abertas, ele vê gente que dança. Som alto tecno. Ele odeia. Que faz ali? Melhor seria ir embora. Não vai. Sobe lento os largos degraus de pedra. O baticum repete-se, as pancadas ressoam em seus tímpanos, no interior do cérebro, ditam o ritmo das batidas do coração, do fluxo do sangue. Não conseguirá entrar. Vai voltar neste instante. É tarde.

— Quem é vivo sempre aparece.

Paula, a gostosinha, está no alto da escada. A noite quente ganha a pulsação latejante da música. O ar fica mais cálido, se isso é possível. Mas, em seguida, Rodrigo queda-se boquiaberto e perplexo. Paula está acompanhada. Atrás dela, semi-oculto pela sombra da varanda mal-iluminada, um rapaz de seus talvez vinte anos, talvez bonito, pousa uma preguiçosa mão sobre o ombro da garota, que veste blusa de mangas longas, colante, de tecido vermelho transparente. Rodrigo tem água na boca e ao mesmo tempo uma raiva que sobe peito acima. A menina observa-o, maliciosa, ri, deixa-se puxar para a sombra pelo rapaz, que também ri. Dele Rodrigo distingue com nitidez a mão de dedos espalmados, unhas quase quadradas, não roídas, aparadas rente, muitos anéis, além do reflexo de brincos vários na orelha esquerda e um *piercing* sob o lábio inferior.

— Melhor seria se não...

Mastiga o fim da frase ao ouvir, exasperado, sussurros do casal. Tem as mãos crispadas. Se não se afastar, vai iniciar uma briga. A voz macia de Paula conhece, já, como se a ouvisse faz muito. A do rapaz é grave, mas não áspera, tem um toque sensual que o irrita. Sem nada acrescentar, respirando com dificuldade, vai para dentro da casa em busca de algum álcool com que mitigar a dor aguda que sente. Ouve Paula chamar seu nome, mas enfia-se na multidão que toma a pista de dança. Chega então ao bufê, instalado na sala contígua. Já foi devidamente saqueado. Não sobra muita coisa sólida, e menos ainda alcoólica. A festa está terminando.

— Rô, meu amor, nunca imaginei que viria. — Ele recebe beijos lambuzados e é estreitado em um abraço poderoso. — Se eu soubesse...

— Teria feito o quê, Rebeca?

— Como, o quê, minha vida? — diz a mulher alta, amplas cadeiras, seios fartos, empinados, basto cabelo crespo, preto retinto como os olhos. — Teria esperado você para a *performance*. Perdeu o maior barato da sua vida. Eu me acabei, a moçada delirou. Eles nunca pensaram ver um Crumb autêntico, na verdade, fora nós, ninguém mais sabe quem é Crumb, amor. *Me, baby*, encarnei uma daquelas peitudas do Crumb. Botei neguinho pra lamber minha bota e lanhei a bunda de um menino com chicote. Ah, amor, achei que cê não viria. Se tivesse imaginado... Mas o que cê tá fazendo aqui, parado no bufê? Por que não foi me procurar logo que chegou, heim?

— Queria beber algu...

— Ih, aqui acabou tudo. Mandei comprar mais cerveja. Vem.

Ele pensa que a qualquer momento a pressão da batida tecno e a voz tonitruante da amiga vão fazê-lo perder os sentidos. Mas Rebeca puxa-o para um corredor e o arrasta para longe do som insuportável. Ele não consegue prestar muita atenção ao que ela diz. Pensa nas emoções que passou esta noite. Antes tivesse cumprido a promessa feita ao *marchand*: não sair de casa, dormir cedo e estar pronto para as entrevistas. Ah, que se fodam as entrevistas. Rebeca fala sem parar:

O que é ser rio, e correr?

— O garoto apanhou de chicote na frente de todos. E pedia mais. Cheio de anéis, um *piercing* aqui — Rebeca aponta a unha rubra pontiaguda para a área sob o lábio inferior —, um menino bonito, mas completamente louco, entrou numas de masoquista. Foi arrancando a roupa, queria ser humilhado de verdade. Ia estragar meu número, né? Daí, dei um jeito, e...

Ele se pergunta se é com esse masoca que Paula está lá fora. Pode ser. Mas em uma festa da modernésima Rebeca haverão de ser muitos os adeptos das tatuagens e *piercings*. Então, chega de caraminholar. Rebeca pára, abre uma porta e empurra-o para dentro. Entram no ateliê da artista, escultora celebrada em prosa e verso, autora de obras que o exigente Rodrigo gostaria de ter em sua coleção. Mas Rebeca não faz descontos para amigos. E cobra caro. Tem dinheiro de família e tino para negócios. Triplicou a fortuna que o pai lhe deixou ao morrer.

Por todo canto há peças inacabadas. De metal, a maior parte; de mármore, algumas. Na saleta ao fundo do estúdio, a que têm acesso apenas os eleitos de Rebeca, um pequeno grupo conversa. Ao som de um jazz confortável e civilizado, tomam goles de destilados e partilham uma bandeja de metal prateado em que estão servidas longas carreiras de pó.

— Vodca, uísque, gim? O que vai ser? — ela pergunta.

— Bourbon, se tiver — diz ele.

— Imagine se não teria!

— Olhem só quem está aí — Uma voz aflautada pastosa de mulher sobrepõe-se ao trombetear metálico da dona da casa. Ele olha na direção do som. É Carlota, que se levantou de uma *bergère* vermelha e está prestes a inclinar o corpo amplo em direção a uma das brancas linhas na superfície da bandeja. Depois de aspirar, ela ergue o torso e diz: — Resolveu deixar o berçário de lado e dar atenção à turma da terceira idade?

— Berçário, terceira idade? — indaga Rebeca.

— É pra isso que ele deu agora. — chicoteia Carlota. — Dando trela pra meninas que podiam ser suas netas.

Ele observa a mulher de voz aflautada com curiosidade. Transaram, é claro, mas isso faz séculos. Nunca imaginou que Carlota pudesse sentir ciúme de Paula. Que diria ela se soubesse que Paula, neste momento, está na varanda, às voltas com um garoto que gosta de perfurar o próprio corpo e de apanhar? Na verdade é ele quem está com ciúme, com tanto ciúme que nem entende o que ainda faz ali.

— Que foi, minha linda? — indaga Rebeca em seu potente tom metálico. — Ressaca recolhida de dor de corno? Nunca vi. Trepa com o cara e vinte anos depois faz cena?

Ele olha para Carlota e ri.

— Você é uma vaca, Rebeca — diz Carlota, que atira os ombros sardentos para trás, passa os dedos pelos cabelos tingidos e sai pisando duro.

— Venha, meu amor — diz Rebeca a Rodrigo. — Mamãe sabe o que você quer. E vai arrumar. Posso não ter ninfetas, *baby*, mas o pó é bom.

Uma voz masculina canta baixinho, ao longe: "*I'm a fool to need you, I'm a fool to love you...*". Ele se deixa levar até a bandeja e recebe o reforço bem-vindo. Em seguida, alguém, provavelmente Rebeca, coloca em sua mão um copo. Ele bebe: Jack Daniels sem gelo. O grupo, que parou de conversar durante o entrevero de Rebeca e Carlota, voltou às risadas altas.

Rodrigo não tem vontade de se integrar na turma. A maior parte dos eleitos de Rebeca, não sabe quem é. Onde foram parar os velhos conhecidos? Aspira uma gorda carreira e sai do ateliê dizendo qualquer coisa sobre a necessidade de dar uma volta. Quer ir embora. Atravessa o corredor, chega ao bufê, que foi reabastecido de cerveja e salgadinhos, entra na pista de dança, onde a batucada sintética prossegue a todo o vapor.

— Por que não quer falar comigo, meu?
— Hein? — ele grita.
— Por que não quer falar comigo?

Paula está na frente de Rodrigo e olha-o, inquiridora, mãos na cintura, queixo erguido. Ele sente uma enorme vontade de agarrá-la pelos ombros e dar-lhe um beijo de tango argentino. Em lugar disso, responde:

— Quem disse que eu não quero falar com você?
— Sumiu, saiu correndo, meu. Isso é querer falar?
— Você estava com aquele carinha, e... — ele sente-se mal no meio da pista, falando aos berros. A menina está totalmente à vontade ali, cercada de gente e barulho.
— O Victor? — brada ela. — É um chegado. Tava te esperando, cê demora pacas e quando aparece, some. Eu devia ter ficado puta. Que foi, não quer ficar comigo?
— Eu pensei que...
— Que eu tava com ele? Cê pensa demais. Tô a fim de ficar contigo.
— Então vamos embora.
— Cara, achei que nunca ia dizer isso.

O corpo de Paula vibra ao ritmo da música, embora ela não esteja dançando. É quase como se sua matéria fosse permeável às batidas compassadas e hipnóticas. Há um sorriso em seu rosto, tão convidativo, que Rodrigo sente as pernas bambas.

— Vamos ou não? — pergunta ele.
— Que cê acha, meu?

Rodrigo abre a porta do armário de modo a fazer com que o grande espelho capture um ângulo determinado de seu quarto. Depois recua e acomoda-se na poltrona giratória diante da escrivaninha. Observa então seu reflexo. Assim, sentado, pernas cruzadas, sapatos de camurça e calças de veludo cotelê pretas, camisa branca e colete de lã cinza-chumbo, está elegante. Não gosta de se ver em movimento. Alto e magro, tem nos gestos e no andar a canhestrice do fim da adolescência. Amadureceu antes do tempo, mas seu corpo não. A cabeça está em

O que é ser rio, e correr?

luta eterna com os longos braços e pernas. Nunca consegue se mover com a facilidade felina que deseja. Este, no entanto, não é o momento de se ocupar disso. Tem coisa mais urgente. Quer ver-se vendo *sua* obra de arte, deseja observar suas próprias expressões.

Com um gesto que pretende displicente, acende um cigarro e descruza as pernas. Abre então o *Álbum nº 1*. O plano de tornar-se um espião de si mesmo esvai-se com a fumaça que expele. Um acesso de tosse torna púrpura o rosto pálido. Mesmo com o raciocínio truncado pela convulsão, é incapaz de olhar para qualquer outra coisa que não a aquarela a sua frente, violenta e elegante. É assombrosa a leveza da cena sangüinolenta. Essa conjugação de antípodas impressiona sempre Rodrigo. E ele, até enquanto tosse, esforça-se para perceber a técnica usada pelo tio para atingir a suavidade com que traça assassinatos, estupros, torturas.

Rodrigo mantém os *Álbuns* escondidos no fundo falso de uma maleta trancada em seu armário. A cada dia tem mais certeza de que essa herança lhe foi deixada pelo suicida, como se este adivinhasse que o afilhado saberia ver e compreender a obra. Já se vão cinco anos desde que rapinou as gavetas da mesa do tio e nunca o butim foi reclamado. Isso, aos olhos de Rodrigo, quer dizer que a tia e a avó — guardiãs inamovíveis do intocado escritório da fazenda — jamais se deram ao trabalho de tentar abrir as gavetas daquela escrivaninha. Por certo desconheciam seu conteúdo.

Não poucas vezes Rodrigo tem tirado de seu armário a maleta de fundo falso para folhear os *Álbuns* demoníacos, aos quais deve sua precoce e involuntária maturidade. Nunca é fácil ver as aquarelas. Não o foi da primeira vez. Não o é agora, ainda que Rodrigo saiba mais sobre o trabalho assustador. O padrinho não inventou as situações de desumanidade extrema que pintou. O que fez foi retratar dezenas de passagens d'*Os cento e vinte dias de Sodoma*, roteiro descarnado de um romance nunca escrito, redigido em um imenso rolo de papel, na prisão, pelo marquês de Sade. Um ano depois de haver surrupiado os desenhos, Rodrigo achou na biblioteca do tio uma tradução brasileira do livro de Sade. Carregou o volume, um entre vários, na surdina. Quanto menos a família soubesse sobre os interesses e os desenhos do tio, mais certo estaria de que as obras não seriam destruídas pelas velhas beatas loucas.

A tosse pára. Rodrigo, que não largou o cigarro durante o acesso, apaga-o no cinzeiro. Está arfante, quase sem ar. Ouve a maçaneta que gira. Depois batem, pancadas secas. Rápido, silencioso, fecha o caderno de desenho e guarda-o na maleta, que esconde no armário. Novas batidas. Despeja o cinzeiro no lixo. Desarranja a colcha da cama, desalinha os cabelos, tira o colete e caminha devagar até a porta:

— Que foi?

— Como, o que foi, menino? Abre a porta. É sua mãe.

— Pronto, entra. Que pressa.

— Que deu agora em você pra ficar trancado?
— Não estou trancado.
— Ah, não? Estava como, então?
— Não se pode ter um pouco de sossego?
— Pra quê? Fazer besteira? — Olívia olha em volta.
— Tava tirando um cochilo.
— Com essa roupa?
— Não. — Ele mente com facilidade. — Pelado, se quer saber.
— Você dormindo de dia? É novidade pra mim.
— Dei pra isso. Daí a demora. Não queria me ver em pêlo, né?
— Seu mal-educado! Mais respeito para com sua mãe. Quer saber por que quis entrar, Rodrigo? Ouvi você tossir. Estava passando pelo corredor e ouvi. O senhor não estava dormindo coisa nenhuma. Estava fumando, isso sim. Onde está o cigarro? Desde quando deu pra fumar, Rodrigo?
— Não estava fumando, mãe. E a senhora não tem nada que xeretar.
— Mocinho, esta é a casa dos seus pais. Quando você tiver sua própria casa, então vai poder dizer que os outros estão xeretando. — Ela aspira o ar: — E como tem coragem de dizer que não estava fumando? Esse cheiro é o quê? Não pensa em nós? Seu pai candidato e você agindo desse modo? Fumando e dormindo no meio da tarde? Assim é sua vida de estudante? Esse é o exemplo que você dá aos jovens eleitores?
— Não estou aqui pra dar exemplo. E quem disse que o careta do seu marido vai ter eleitores jovens? Nem jovens nem velhos. Ele vai perder.

O tapa inesperado, brusco, tira de prumo o rapaz. Nunca suporia que Olívia, franzina, *mignon*, tivesse tanta força na mão. Massageia o rosto enquanto olha para a mulher de cabelos arrumados em coque, saia escura e blusa clara, que ofega a sua frente. Os olhos do rapaz fecham-se em frestas estreitas, a boca aperta-se em uma linha pálida.

— O que foi? Por que está me olhando assim? — Ela quase não abre a boca para falar, o que confere a sua dicção uma afetação agressiva.
— Você me bateu — diz ele num fio rouco de voz.
— A senhora. Veja o respeito. Sou senhora, não você. Sua mãe.
— A senhora me bateu. — A mudança no tratamento não atenua a hostilidade no olhar nem a aspereza na voz.
— Tenho o direito. Você não pode falar comigo desse modo. Mente, dizendo que não estava fumando, como se eu não conhecesse cheiro de cigarro. E vem me perguntar se eu queria ver você... como disse mesmo, "em pêlo"? Não, não quero. Mas quero que saiba que eu e seu pai estamos por aqui — gesto breve, dois dedos, mão direita, altura da testa — com as suas manias de artista. A quem puxou? Somos gente séria. Nunca pensei, o único filho homem virar isso, um... pervertido.
— A palavra sai com dificuldade.
— Gente séria, muito séria — diz ele.

O que é ser rio, e correr?

— Que tom é esse? Duvida de sua família? O que quer dizer?
— Não quero dizer nada.
— Não pense que me engana.
— Está bem. Quer saber mesmo o que eu estava fazendo? Quer saber por que eu decidi que vou ser pintor? Quer ver? Saber a quem puxei? — Ele corre, abre o armário e da maleta tira um dos *Álbuns*. Volta apressado e coloca-o sobre a escrivaninha. Olha para Olívia. Percebe que, ao ver o caderno, por um instante ela se desconcerta. — Vou mostrar pra senhora agora.

Ele abre o *Álbum* com um gesto largo. A mãe desvia o olhar antes mesmo de olhar para a página. Rodrigo observa-a, espantado. Saberá o que contém o caderno? Por que se recusa a ver? Ele nota de relance, na aquarela, uma mulher de olhos claros que aparece em mais de um desenho. Pertence ao bando dos torturadores. Está entre as poucas personagens da história a quem o tio deu um rosto. Grande parte das figuras não têm face definida. Esta mulher, não. Sempre em segundo plano, seus olhos claros observam atentos os estupros, torturas, espancamentos, assassinatos.

Ao levantar os olhos, Rodrigo vê Olívia, que recua em direção à porta. Antes que ele possa dizer qualquer coisa, ela sai. Perplexo, volta a observar a mulher do desenho. Haverá alguma semelhança entre as duas? Sutil, talvez... Não. Durante cinco anos folheou os *Álbuns*, conhece até o caminho que seguiram as texturas líquidas de cada pincelada, pode evocar os desenhos de memória, e nunca percebeu a semelhança. Mas agora parece-lhe tão evidente. Que razão levaria Olívia a bater assim em retirada? Como poderia conhecer o conteúdo do caderno antes que Rodrigo o abrisse? Ele fecha, lento, o *Álbum*. Coloca-o junto com os outros no armário, que tranca à chave. Senta-se à escrivaninha, tira um caderno de desenho da gaveta e, com grafite, traça o contorno de um rosto. A semelhança é... Vai até o armário, apanha a maleta de fundo falso. Com seu andar desengonçado, sai de casa.

— Vai aonde, Rodrigo? — indaga Olívia quando o vê entrar no carro.
— Faculdade, mãe. Tenho um trabalho de grupo. Eu disse à senhora.

É mentira, mas ela nada responde. Apenas observa:
— Vê se não volta tarde.

Ele dá a partida e deixa a casa. A primeira coisa que tem de fazer é pôr os *Álbuns* em segurança. Isso é fácil. Alugará um cofre no banco em que tem conta. A segunda é descobrir um modo rápido de sair daquela casa. Nunca poderá chegar aonde quer se ficar ali, a cada dia tem mais certeza. Gostaria de fazer muitas perguntas à mãe, mas sabe que não terá respostas. Talvez — não havia considerado essa possibilidade — devesse sair do Brasil. Isso, uma bolsa de estudos, nada seria melhor. Por que não pensou antes?

"*I love's you Porgy, don't ever leave me...*", afirma Billie.
— Meu, cê mora ou trabalha aqui? — indaga Paula com ar infantil.

168

— Um pouco de cada.
— É como se morasse em uma oficina, meu. Que esquisito!
— Não perco tempo quando acordo. E trabalho de noite.
— Escuta, cê prometeu que ia fazer minha cabeça, e nada.
— Acabamos de chegar.
— Mas cê já veio calibrado, né?
— Eu?
— Quer me enganar? Senti o gosto quando cê me beijou.
— Lá na festa, a Rebeca...
— E cê nem me arrumou uma presença, cara.
— Já disse, achei que...
— ...que eu tava ficando com o Victor, né? Como cê é louco, meu. Vive em que planeta? Não sacou que ele é do babado?
— Hein?
— Pode crer, meu. Juro. — Ela faz com os indicadores uma cruz, que beija. Depois, diz com um sorriso: — E aí, não vai me apresentar a farofa?
— Claro, imagina...
— Não quero imaginar, quero mandar ver. — Paula ri, uma risada aguda, sacudida, que se torna grave a meio caminho. Em seguida interrompe o riso: — Ô, meu, esse som aí não tá com nada. Não tem uma coisa assim, mais *cool*? Mais moderna, né?

— Eu... não sei. — Recusa-se a levar em conta a opinião da gostosinha sobre Billie. Em verdade, já está arrependido de ter trazido Paula para casa. Por que não foi para um motel? Mas não, queria impressionar a menina, o golpe da "casa do artista", sempre infalível. Exceto desta vez. Imagine! A vaquinha compara seu sofisticado ateliê, objeto de matéria de seis páginas na nova-iorquina *Home Interiors*, com uma oficina? Que tipo de oficina? Borracharia, funilaria? Claro, não pode esperar que uma mulher dessas goste de Billie. Quase com raiva, indica com gesto brusco de cabeça a estante de CDs, e acrescenta: — Vê se tem aí alguma coisa que ache... *cool*.

Pega a caixinha de pó. Vai até a cozinha e volta com um prato de vidro. Acomoda-se em um sofá de couro creme, junto da porta ampla que liga o estúdio ao belo jardim dos fundos da casa. Acende um abajur. Derrama pitadas da droga no prato.

— Pô, meu — exclama Paula —, cê não tem nada que preste! Precisa dar uma garibada nesses teus CDs. Parece meu pai. Só gosta de velharia.

Ele nada diz, embora a cada instante tenha mais vontade de enxotá-la. As coisas nunca saem como espera. Que diacho! Mas não vai perder a cabeça. Usa uma velha técnica: concentra-se inteiro no que está fazendo. Neste caso, preparando linhas de pó. Era a receita — a concentração, não o pó — de um professor de escultura da escola de arte em Nova Iorque. O homem adotava um lema que radicalizava os latinos. "*Carpe momentum*", bradava o velhinho de barbicha branca em latim com sotaque ianque. "Aproveita o instante." Algo que Rodrigo almeja sempre. E não concretiza. Gostaria de perder-se em cada gesto, pensar apenas no presente, no absoluto agora/aqui que torna preciosos, únicos, os atos cotidianos. Observa os movimentos de suas mãos arranjando o pó em linhas tão retas quanto a geometria permite, precisas estradas para o avesso. Por breve fração vê apenas seus gestos.

— Porra — a voz vem de longe, Rodrigo sobressalta-se, estremece —, até que enfim uma que eu gosto. Como funciona esse negócio? — Paula fala enquanto estuda o aparelho de som, que põe a seguir em movimento.

"Vamos pedir piedade, Senhor, piedade, / pra essa gente careta e covarde...", brada Cássia Eller cantando Cazuza, acompanhada por uma guitarra potente.

Rodrigo retoma o desenho das linhas, desfeito pelo susto. Eis que, quando vai pousar o prato na mesa, sente na nuca a mão pequena e macia de Paula. Uma onda elétrica percorre seu corpo e mais uma vez as carreiras se desmancham. A mão de Rodrigo sobe por seu peito em direção à de Paula. Toca o braço da garota, a carne nua. Mas ela estava usando uma blusa de manga comprida. Será que... Sim. Ele volta-se para trás e dá com um par de seios de comovedoras delicadas proporções. Avança as mãos para o corpo desejável mais que nunca de Paula, boca entreaberta. Ela dobra-se sobre o ombro de Rodrigo e tenta atingir o prato pousado na mesa. Impossível. Seus braços não são longos o bastante. Desvencilha-se dele, vai até a mesa-de-centro, ajoelha-se ante o prato, fiel em adoração ao totem, e aspira linhas tortas. Vira-se para Rodrigo:

— Não vai querer?

Usa saia de couro preto. Tem as pernas nuas, como o torso. Tatuagens coloridas, uma na omoplata, outra no ombro, a terceira na perna. Os cabelos caem soltos, brilhantes. Sob o umbigo desponta a argola de um *piercing*. Ele ajoelha-se ao lado dela, diante do prato, inala uma carreira. Não quer mais. Ela aspira o resto.

Rodrigo toca os ombros de Paula, puxando-a para si. Ela não opõe resistência, deixa-se conduzir, sinuosa, insinuante, e agora é toda beijos e abraços e sofreguidão. Começa a percorrer o corpo dele com a língua pequena cor-de-rosa. Tudo nela é branco e róseo, exceto a saia preta que se amarfanha nos movimentos coleantes. As mãozinhas abrem os botões da camisa e apertam os mamilos do homem. A garota segue no caminho para baixo e aproxima a boca do púbis de Rodrigo. Ela tem uma força que não se pode adivinhar em sua figura delicada. Gestos bruscos, abre o fecho do cinto e o cós da calça. Reclinado, perplexo, ele sente o coração, que bate sem compasso, enquanto seu corpo é manipulado.

A boca da moça está a milímetros da cabeça do pau. Rodrigo ergue os olhos. Paula devolve o olhar. Depois envolve o cacete com os lábios. O apetite sexual de Rodrigo costuma decrescer na proporção inversa de seu consumo de pó. Não desta vez. Perfurado pelo prazer, busca pôr as mãos sobre a cabeça de Paula, conduzindo o ritmo. Ela se desvencilha da pressão, irritada. Fita-o hostil, calada. Depois, volta a concentrar-se no pau, que chupa para cima e para baixo e para cima com a boca pequena, quente, incansável. Rodrigo observa-a entre fascinado e horrorizado. A mulher dispõe dele do modo como... do modo como ele sempre dispôs delas, as suas e as alheias, com quem transou intensa, promiscuamente. O femeeiro não encontrou jamais uma que lhe pusesse peia. Não sabe bem como reagir à iniciativa de Paula. Tenta levá-la para o quarto, a garota resiste. Arranca a saia, atira-a longe. Depois tira as calças dele. Rodrigo observa-a, estirado no sofá. Paula, ajoelhada entre as suas pernas, passa a língua nos lábios.

— Por que me olha assim? — diz Rodrigo, incomodado.

— Cê tá enxuto, cara. Tá bem.

— Você, então, é uma delícia.

— Pra sua idade — segue ela, como se não tivesse ouvido —, tá muito em forma, pode crer. Sei o que tou dizendo. Sou chegada em coroa. Traço todos que posso. — Ele contém a vontade de empurrar a menina para fora dali assim como está. Que se vire, pegue um táxi, pelada mesmo. Não! Pelada mesmo é que ele a quer. Ela ainda fala: — Os caras da tua faixa já estão tudo caído. Mas você... Anda dando um trato? Ou é o pó? É muito pó. Carinha não come, fica magrinho. Por falar, a farofa acabou ou o quê?

Irritado e excitado, ele leva um segundo até entender. Levanta-se nu — sente-se ridículo ao ver-se andando de pau duro —, apanha o prato, a caixinha, a gilete, prepara novas carreiras, enquanto ela lambe suas costas e abraça-o, brincando com seus mamilos doloridos. É difícil concentrar-se. As linhas saem tortas. Ela aspira, ávida. Ele tenta. Impossível. Tem as narinas tapadas. Coloca o prato de volta sobre a mesa. Ela aspira novas carreiras, depois intensifica as carícias. Lambe, chupa, morde, aperta, diz coisas. Monta em Rodrigo, encaixa-se em seu pau e passa a cavalgá-lo. Não pára de falar enquanto toma posse. Ele não gosta disso. Mas nada faz além de esperar pelo orgasmo. Assim, isso, agora. Ela agita-se, estremece, esmigalha palavras entre os dentes alvos.

"...por um triz, / pro dia nascer feliz...", clama Cássia Eller.

O dia nasce enquanto terminam a música e a trepada. Paula admite, enfim, ir para o quarto e, semi-adormecida, deixa-se carregar por ele, que a deposita na cama com cuidado. Depois deita-se junto dela. Adormece, apesar do pó, no momento em que pousa a cabeça no travesseiro. Dormem os dois um sono inquieto, sobressaltado, truncado por florescências de consciência, pelo tamborilar dos corações acelerados. Ao abrir os olhos, ele não sabe quanto tempo depois, dia alto, vê a menina que ressona encolhida, ao lado, num abandono de criança. Sente-se comovido, perturbado. Que pode fazer para mantê-la junto de si? Está apaixonado como nunca. Paula em sua cama deixa-o zonzo, inseguro, um colegial. O que vai oferecer à menina para conquistá-la?

— E aí, meu, a farofa acabou, a função já era?

Boca seca, coração alterado, ele arregala para ela uns olhos surpresos:

— Escuta, não é melhor comer alguma coisa, antes, dar uma forrada no estômago? Nós viramos a noite, Paula, e...

— Gosto quando você diz meu nome, cara.
— Então, não é melhor?
— Não, não é. Eu quero mais farinha. Só porque cê tá de cabeça feita desde lá eu sei quando... Eu só entrei na jogada no cu da madrugada, lembra? Fiquei esperando um certo cara que não aparecia, entende? E agora acabou, chega? Vambora todo mundo que o tio vai dormir porque é tarde! É esse o filme?
— Que filme, não sei do que cê tá falando?
— Como não sabe? Tá me dispensando, tio.
— Não sou seu tio, não estou te dispensando. Só perguntei se...
— Quero mais farinha, meu. E volta pra cama que eu ainda não acabei com você. Sabe que eu gostei? Tou ficando com tesão. Olha só — ela indica os mamilos intumescidos —, e olha — leva dois dedos à vagina, ergue-os então no ar e aproxima-os dos lábios —, estou molhadinha, cara. Vai me mandar embora assim, no prejuízo?
— Não estou te mandando embora, Paula...
— Isso é o que você diz. Cadê a farofa?
— Espera. — Ele desce correndo, apanha o prato, a caixinha, e volta a subir as escadas aos pulos. — Tó, pega quanto você quiser. Eu não agüento mais. Mas pode pegar.
— Cê não agüenta mais o quê? — ela pergunta enquanto inclina-se nua e bela sobre o prato. — Tou dizendo, meu, que cê quer me ver pelas costas. É assim? Come e joga fora? — Com mão incerta derrama pó no centro do prato e arranja carreiras erráticas.
— Dá aqui que eu faço — diz Rodrigo. Ele senta-se no chão, sobre um espesso tapete branco, junto da cama, de frente para Paula. Toma o prato das mãos dela, limpa a gilete, prepara as linhas. — É isto que eu não agüento, o pó. Não estou falando de você. É sempre assim? Se eu quisesse te mandar embora, já teria feito. Mas eu preciso dormir. Tenho de dar entrevista daqui... — olha o relógio — caralho, daqui a pouco. Em uma hora. Olhaí — estende o prato para a garota. Está muito desejável, mesmo assim, com olhos vermelhos e narinas frementes, à espera da droga.
— Cê diz que não tá me pondo pra fora, mas...
— Mas nada. Vem comigo.
— Eu?
— Por que não?
— Eu não, cara. Acha que eu vou em algum lugar de bosta pra ficar vendo você dar entrevista? Quero mais é ficar na minha.
— Então me espera aqui. Não vou demorar. — Ele nem sabe o sobrenome dela, mas está disposto a deixar em suas mãos as chaves da casa.
— Não vou ficar esperando ninguém. Tá pensando o quê?
— Escuta, por que cê tá tão azeda? Desde que acordou que...
— Que o quê? — ela aspira uma linha.

— Que não pára de reclamar.
— Eu sou assim, tá me entendendo? Se quer, muito que bem, se não quer, tou me lixando. Queria transar mais com você, só que o senhor tem de sair. Se acha que vou ficar aqui feito uma tonta, sozinha, te esperando...
— Vem comigo.
— Desgruda, meu. — Inala as demais linhas em movimentos diretos, duros.
— Vou pra minha casa. Chama um táxi.
— Eu te levo.
— Chama um táxi.
— Não foi uma noite legal? Cê não curtiu, Paula?
— Foi legal.
— Então, por que essa história toda? No que foi que você encanou?
— É que cê quer me ver pelas costas, e eu não gosto.
— Tô te falando pra me esperar aqui ou pra vir comigo. Que mais?
— Nada.
— Então, por que essa cara?
— Fica aqui, comigo.
— Não posso, Paula, tenho de me mandar.
— Gosto quando você diz o meu nome. — Ela se aproxima. — Artista sempre chega atrasado, Rodrigo. Por que você não...
— Dá um tempo, eu preciso tomar banho, pôr uma roupa.
— Posso tomar banho com você?
— Claro, lógico. Mas...
— O quê, cara?
— É só banho, entendeu?
— Tá.
— E tem outra coisa. — Ele restaura Billie Holiday em seu lugar no aparelho de som do quarto. "*In my solitude...*", lamenta a voz arranhada. — Cê disse que a maior cantora do mundo faz um som que não tá com nada. Ouve isso direito e eu vou te explicar quem é que você acha que não tá com nada. — Enquanto entram no banheiro, ele começa a falar, pausado: — O nome era Billie Holiday, Paula.
— Gosto tanto quando você diz meu nome...

Saem da Igreja de São Luís, onde foi rezada missa em memória do quinto aniversário da morte de Pedro Antônio, meu Deus, nessas horas é que se percebe como o tempo passa! Rodrigo oferece-se para levar Olívia até a casa da mais velha das irmãs, onde haverá almoço familiar. Gestos nervosos, muito miúda dentro de seu vestido preto, ela dispensa o motorista, mas não deixe de ir me buscar às três sem falta, entendeu? No estacionamento ao lado da igreja, o Alfa Romeo não demora a ser entregue. Ela acomoda-se no banco do passageiro, ele sai da Paulista, vai para a Consolação e inicia o longo trajeto até o condomínio

O que é ser rio, e correr?

próximo de Alphaville. Entram na Rebouças. Rodrigo, sem tirar os olhos do trânsito, indaga a Olívia:

— Algum dia a senhora vai me contar, mãe?
— O quê, menino? — Olívia inda chama-o assim.
— Que história houve entre a senhora e o tio Rodrigo?
— Como é que você tem a coragem de... Sem respeito por seu pai.
— O que meu pai tem a ver com tio Rodrigo? Só uma coisa tiveram em comum: enterram-se nas covas que eles mesmos abriram.
— Rodrigo!
— Não estou querendo falar de seu Pedro Antônio. Conheço muito bem a história dele. Quero saber se algum dia vai me falar do tio Rodrigo.
— Por que isso, agora?
— Não é agora. Desde que encontrei os *Álbuns*, queria... Mas quando tive certeza de que a senhora sabia que eles existiam, decidi que um dia...
— Não sei do que você está falando.
— Claro que sabe. Eu percebi. Faz tempo, ainda morava na sua casa, lembra? Tentei mostrar um *Álbum* do tio pra senhora, e o que fez? Terminou a conversa e saiu rapidinho. Ficou até pálida. Mãe, a senhora sabe o que o tio fez?
— Arruinou a vida dele, envergonhou a família.
— Não estou falando do suicídio. É outra coisa.
— Não sei de nada.
— Como não, se ele pôs a senhora de personagem no...
— Não quero saber. Não acredito que tenha feito alguma coisa assim...
— Tenho o material. Se quiser ver, podemos ir até minha casa.
— Não vou a lugar algum. Esperam por nós na casa de sua irmã.
— Mãe, a gente nunca vai poder ter uma conversa franca?
— O que você chama de conversa franca? Ficar falando de vergonhas que não trouxeram proveito a ninguém?
— Que vergonhas?
— Problemas que toda família tem e que só dizem respeito a ela e a mais ninguém. E não a todos, na família. Sobre certas coisas não se fala.
— Então houve "coisas"?
— Rodrigo, eu não admito, entende? No dia da missa de seu pai.
— Não sei por que não se fala no tio Rodrigo, enquanto meu pai merece todo ano missa de aniversário, essa história. Ele não se matou, tá bom, mas ferrou com a gente do mesmo modo. Acabou com o dinheiro todo.
— Não fale assim!
— Ah, não? Por quê? Onde foi parar a grana? Ele enterrou tudo naquelas malditas campanhas, um fracassado que nunca foi eleito nem pra inspetor de quarteirão. Sempre com as pessoas erradas. Quando estava com o Maluf, a oposição levou. Foi pra oposição, o Maluf emplacou. Um coitado.
— Era seu pai. Merece respeito.

— Nunca me apoiou em nada. Se eu não tivesse conseguido as bolsas, nunca poderia estudar fora, não seria o...

— O artista que queria ser? É isso? Pois ele não queria que você fosse artista, Rodrigo. Não entende? Ficou tão orgulhoso quando você nasceu. Imaginou que ia sucedê-lo na financeira, mas nunca pisou lá, nunca! Isso partiu o coração de Pedro.

— Ele não tinha coração, mãe. Só ambição. E uma ambição errada.

— Nunca imaginei que você pensasse essas coisas.

— A senhora nunca quis falar comigo. Depois daquele dia, quando viu que eu estava com os *Álbuns*, virei tabu.

— Não é verdade.

— Perguntar coisas de todo o dia, por alto, sem querer saber a verdade, isso não é conversar. A senhora não me conhece.

— Imagine, que absurdo!

— Eu não quero discutir. Só gostaria de saber se um dia a senhora vai me falar sobre o que houve com tio Rodrigo. Por que é que a senhora aparece nos *Cento e vinte dias*? Porque é a senhora, só pode ser.

— Eu não acredito que ele...

— Ah, então houve alguma...

— Nada. Seu tio era... Não era nada. — Ela muda de tom e adverte, apontando uma placa na estrada: — Veja, você ia passar a entrada.

— Não mude de assunto. O que houve entre vocês, mãe?

— Nada que seja da sua conta. E se você quis ficar com aquela porcaria, aquela miséria moral do seu tio pervertido, o problema é seu. Durante muito tempo tive a esperança de que ele houvesse queimado aqueles cadernos. Quando descobri que estavam com você, não acreditei. Seu tio não prestava. Ele fez um favor quando se matou.

— Foi um grande artista.

— Uma família precisa de artistas como de um câncer.

— A senhora não vai me contar o que aconteceu?

— Não, Rodrigo. Você nem devia ter falado nisso. No dia da missa!

— A senhora prefere que eu imagine o que se passou?

— Não é o que tem feito até hoje?

— Sempre imaginei que um dia saberia a verdade.

— Que verdade?

— Existe mais de uma?

— Eu preciso responder?

— Acho que tem a obrigação.

— E você tinha a obrigação de tratar melhor sua família, de ser um filho mais de acordo com o desejo dos seus pais. Pensa que nós não sabemos sobre você, que não sabemos por que seus casamentos todos deram em nada? Pela minha vontade, nós o teríamos internado em uma clínica para... em uma clínica dessas... há

O que é ser rio, e correr?

muito tempo. Seu pai é que nunca permitiu, dizia que filho dele, não. Mas é o que você merecia.

— Mãe!

— É isso mesmo. Pare de agir como se fosse o dono da verdade. Meu único filho homem, um artista drogado! Não entendo onde errei.

— Eu não...

— Não minta, Rodrigo, é pior. Eu tanto disse a Pedro Antônio que o irmão dele não servia pra ser seu padrinho, que era um depravado doente... Mas seu pai ouvia? Venerava o irmão. Só entendeu depois que ele se matou. Você herdou a doença. Veio com o nome, será? Não foi de mim que herdou isso, nem de seu pai, um homem probo.

— Um tonto.

Sente-se cansado. Mas tem de agüentar. É a última entrevista.

— Quando foi que teve essa idéia, Rodrigo? Porque vou dizer uma coisa. Nada em sua obra anunciava isso. Você, todo cerebral, vem com uma coisa assim?

Quem pergunta é uma figura gorda, *foulard* no pescoço e blaser, apesar do calor, gestos cheios de volteios. Insinua que a obra não é de Rodrigo? Desconfia de alguma coisa? Mas não. De que forma alguém poderia imaginar? Melhor não pensar nisso. Tem de responder à pergunta. Deve contar as mesmas histórias que relatou aos outros. Onde está Paula? Estava ali agora mesmo, deliciosa na saia preta de couro e uma camiseta branca que ele emprestou. Ficou enorme, mas Rodrigo não abriu mão. Ela não ia usar a blusa vermelha, transparente feito o quê, para ir com ele ao encontro dos jornalistas. Nossa, que ciumento, comentara a menina, lançando sobre ele um olhar avaliador. Para surpresa de Rodrigo, Paula agira durante as entrevistas como uma relações-públicas experiente. Sugerira o local da galeria em que ele deveria receber os repórteres, conversara com jornalistas que esperavam, providenciara café e água. Desenvolta, distribuia muitos sorrisos. A pedido de Rodrigo, mantivera Billie Holiday no aparelho de som da galeria. Agora, ela some? Por que, quando ele mais precisa, ela não está ali?

— A idéia eu tive na adolescência — diz ao jornalista afetado. Presta atenção à voz de Billie por um momento. "*I ought to hate him, and yet I love him so... No good man...*". Uma de suas canções favoritas. — Não tinha bem noção do que queria quando comecei a série. Estava impressionado, acabava de ler Sade, tinha chegado a ele pelos ensaios da Simone, eram os anos 70, estávamos no auge da Guerra Fria. Foi assim que...

— Sua técnica de aquarela era fantástica. Por que não fez mais nada?

— Esgotou-se o veio. Não quis mais.

— Por que demorou tanto tempo a expor?

— Por que me assustava.

— E por que expor agora?

— Porque hoje o mundo me assusta. Está tão violento quanto. Era a hora. Precisava ser neste momento.
— É um depoimento extraordinário sobre a violência.
— Eu sei.
— Você não teme que sua obra tenha de ser revista, agora, de uma maneira retrospectiva? Ou seja, os críticos vão ter de considerar que o ponto de partida de seu trabalho é esse aí — o fulano aponta com um trejeito para a sala em que estão expostas as aquarelas —, e que talvez cheguem à conclusão de que o que veio a seguir é menos talentoso?
— Os críticos têm o direito de achar o que bem quiserem. Minha obra tem uma coerência que dispensa esse tipo de discurso. — Está ficando chata essa conversa. Onde está Paula, porra. Ele não consegue conduzir a entrevista para um terreno neutro. Sente-se ameaçado.
"...the blues are something you loose..."
— Como foi que você descobriu Sade?
— Antes de ler Simone, foi porque alguém me falou dele. Não lembro quem. Na época estavam começando a traduzir os livros dele no Brasil. Fui atrás de sacanagem, e encontrei bem outra coisa. — A resposta estava preparada há muito tempo, caso alguém se lembrasse de perguntar.— Toda a minha geração leu Sartre e Simone, e Sade veio de contrapeso, sabe... — Mas que saco! Esta é uma das entrevistas mais chatas que já deu, e o jornalista afetado não dá mostras de estar satisfeito. Até onde quer chegar? Não fosse do jornal mais importante, já teria dado um basta à história. Está exausto, nem sabe direito o que fala, depois de uma balada... Mas tem de se concentrar e ouvir a pergunta:
— Quem te deu aulas de aquarela?
— Um cara, na universidade, em Nova York... — Onde está Paula?
— Sabia desse projeto?
— Não, não sabia. Na verdade, comecei a fazer os *Cento e vinte dias* depois de concluir o curso. Não foi um trabalho escolar.
— Dá pra notar. Quem são suas maiores influências na aquarela?
Ele está preparado também para essa. Menciona dois ou três nomes, lembra os sublimes aquarelistas japoneses... E onde está Paula? Ah, eis que surge. Vem do fundo da galeria, da sala de exposições, onde está já montada a série *Cento e vinte dias*. Por certo foi ao banheiro. Tão linda, assim, iluminada pelo sol do fim da tarde, ele não é capaz de conter um suspiro. E desperta um olhar intrigado do repórter. Paula funga, aspira o ar com força e faz um sinal de impaciência, indicando o relógio de parede. Rodrigo responde com um gesto vago. O repórter faz uma pergunta confusa, longa, e o artista pergunta-se o que faria aquele homem se soubesse a verdade sobre aqueles trabalhos. Enfim, o gordo sujeito conclui:
— ...se o propósito do seu trabalho é denunciar a violência, por que então usar essas telas que parecem... não sei, que parecem pele humana, como suporte para as aquarelas? Não acha isso excessivo, de mau gosto?

— O que você chama mau gosto, eu chamo recurso exato. Pouca gente percebeu isso. E ninguém achou ofensivo. Bem, se já acabou... Ainda tenho de dar uma entrevista para a televisão. — É mentira. Tudo o que ele quer é cheirar uma boa carreira, tomar um bourbon e cair na cama com a gostosinha, que se aproxima.

— Essa exposição vai dar o que falar — profetiza o repórter.

— É um bom trabalho, que merece ser visto — diz Rodrigo.

— Vai ser visto, com certeza. Acho até que mais do que você iamagina...

— Bem, com licença.

— Até logo. Acho que a gente vai voltar a se ver logo — diz o repórter amaneirado, que se afasta.

"You'll better go now, cause I love you much too much..."

— Porra, meu, achei que essa boneca não ia embora — reclama Paula.

— Eu não podia enxotar o cara, podia?

Ela dá uma risada alta e breve. Depois diz:

— Escuta, espero que não se incomode, mas chamei Victor pra jantar.

— Mas eu pensei que nós...

— É que eu tinha combinado com ele de sair hoje, e... Sabe o que é, brigou com o Félix, o garoto dele, e está deprimido, e eu pensei que você não ia se importar se...

— Liga e desmarca. Não estou a fim.

— Não dá mais pra desmarcar.

— Por quê?

— Ele já está aqui. Tava comigo aí, na exposição, dando um tirinho.

— Mas eu não quero...

— Cara, como você é! A gente nem se conhece direito e já tá brigando comigo, querendo me ver pelas costas.

— Eu não disse isso.

— Cara — é a voz sensual de Victor, que ele reconhece na hora —, como é bom esse teu trabalho. Animal, cara. Eu disse isso pra Paula, que era animal, não foi, Paula? Porra, é animal. E o suporte, cara, as telas que cê pintou, que parecem pele, cara, pele humana transparente, achei o máximo, cara. Eu faço desenho, cara, manjo dessas coisas.

Rodrigo olha para o belo garoto de *piercings*, que não pára de elogiá-lo. E olha para Paula. Sorridente, ela observa o amigo e diz:

— Ele estuda lá na ECA. Se diz que é bom, pode acreditar.

— Tá, eu vou acreditar, fique sossegada.

— Não precisa ser irônico.

— Não estou sendo irônico. E vamos sair daqui. Quero relaxar um pouco, e depois comer alguma coisa.

— Vamos, claro, quem tá te segurando? — indaga a menina.

Ela toma a dianteira, puxando Victor pela mão. Rodrigo segue-os. Onde está

Rodrigo

se metendo? Victor sussurra alguma coisa no ouvido de Paula, e ela vira-se para trás, perguntando com sua voz doce e infantil:

— A farofa não acabou, né, cara? Eu prometi pro Victor.

Rodrigo segue, aturdido, a dupla. Ainda não digeriu bem o que disse Victor sobre o suporte. As transparências... Não notou o que estava elaborando. Só pensou na base sobre a qual exporia as aquarelas, mais nada. Vai ter de ver isso direito e... Mas não agora. Acima de qualquer outra coisa, neste momento, deseja ter de novo entre os braços a menina. Avança ladeado por Paula e Victor. A garota o abraça pela cintura, o rapaz passa a mão em seu ombro. Rodrigo sente a pressão do corpo de Victor, ao lado.

— Esse seu coroa tá super em forma, menina — diz o garoto.

— Ainda não viu nada, cara! — ela exclama.

E nem vai ver, pensa Rodrigo. Mas não se desenlaça dos abraços. Ao contrário, estende as mãos e prende mais junto de si os corpos jovens. Caminham assim unidos em direção ao estacionamento. Ele ouve ao longe a voz de Billie: *"What is this thing called love, this funny thing called love?...".*

DORA

— Doora, chega aqui.

O grito veio da sala das visitas, do outro lado do apartamento, onde encontrava-se a mulher que chamava. Na área de serviço, água correndo, a mulher chamada fingiu não ouvir. Tinha a melhor justificativa. Não reagiu ainda à segunda convocação, embora a essa escutasse com maior nitidez:

— Dooora, ô Dora.

A mulher chamada, em resposta, abriu de todo a torneira, aumentou o jorro da água clara que tanta falta fazia em sua casa, se é que podia chamar de casa àquilo em que morava. Isto era uma casa, com área de serviço e tanque de mármore branco. Dona Ega é que vivia. Tudo do bom e do melhor, toda bacana, carro na garagem, sempre com gente para almoçar, para jantar, um apartamento enorme. O barraco de Dora cabia duas; que nada, três vezes pelo menos, na sala das visitas da Dona Ega. E olha que vinham depois sala de jantar, dois quartos, cozinha grande como o templo da favela, quarto de empregada. Tudo para uma mulher só. No barraco — sala-quarto e cozinha, banheiro fora, um caixão estreito de compensado no quintal mínimo, atulhado de ferro velho e tralha imprestável — Dora tinha de suportar as irrupções esporádicas do marido patife canalha violento, só aparecia pra causar desgosto. Lá moravam ela e cinco filhos, o menor com nove, o mais velho chegando nos vinte e um. Melhor não lembrar dos primeiros a nascer, gêmeos, "primogênitos", como dissera o pastor enchendo a boca, o casalzinho que viera para voltar ao Senhor no mesmo dia, quase levando junto a mãe. Não podia se queixar. Os filhos eram bons, mas espalhavam problemas pra todos os lados. Meninas estudiosas e vivazes, especial a mais velha, que a menor andava jururu fazia uns tempos. Os dois de maiores, graças ao Senhor, não haviam saído ao pai. Trabalhava um como *boy* em escritório, outro como faxineiro num prédio na Paulista. Namoravam garotas do culto, queriam casar, formar família. Mas eram barulhentos, ouviam música alto, *rap*, eles diziam, andavam com tipos que se apregoavam músicos, *rappers*, eles diziam, por horas falavam de futebol aos brados, fugiam de bares mas não de brigas, odiavam estudar. Que chance tinham? Dora matava-se de trabalhar para pôr comida na mesa e impedir que as meninas e o caçula trocassem a escola por bicos para completar o orçamento. E que bicos seriam? Acabariam vendendo balas nos semáforos. O que a mãe mais desejava era ver os três formados em alguma coisa. Que estudassem o mais que podiam.

— Dora, não me ouviu chamar?

Dessa vez chegou de muito perto a voz da patroa, da soleira da porta da área, alto e bom som. A empregada teve de desistir de fazer-se de surda. Fechou a torneira e voltou-se, pesada velocidade, exibindo as mãos enluvadas de sabão de coco. Apesar dos sermões do pastor, que condenava os mentirosos a martírios dos quais o fogo eterno era o menor, a mentira saiu sem hesitação dos lábios cheios, jovens, o contrário do rosto tomado por uma velhice precoce:

— Não ouvi, Dona Ega. — E apontou para trás. — A água...

— Vamos até a sala — voz seca, despovoada de simpatia.

A mulata — cabelos curtos, corpo sem forma, uniforme velho de algodão amarelo e cardigã surrado de lã marrom sob o avental de plástico xadrez — enfiou as mãos sob o jato claro e forte, limpou-as da espuma, fechou a torneira, tirou o avental úmido e seguiu a patroa. Observou a pele muito branca da mulher sardenta, que não podia tomar sol, e os cabelos lisos, tingidos de vermelho-vivo, caindo como capacete ao redor da cabeça ovalada e terminando na altura dos pômulos salientes. Não muito alta, era mais ou menos esguia Dona Ega, peito e canelas magras, ancas largas, bunda farta rebolando esférica na cadência do andar. Estava longe de ser mocinha, embora se trajasse como tal. Vestido preto de linha, saia justa e curta realçando os contornos heterogêneos, meias de seda mate, botinas pretas, masculinas, grossa sola de borracha. O decote de alças deixava à mostra colo alvo e braços salpicados de sardas. Dora recordava o pastor interditando às fiéis tais roupas, só as sem-vergonha teriam a coragem de vestir isso. Nos pulsos, Dona Ega trazia pulseiras de prata. Brincos grandes pendiam dos lóbulos espessos. O pastor condenava enfeites, exceto aliança de casamento. A patroa andava pisando duro, queixo erguido. Criatura difícil de se agradar.

Na sala das visitas, junto do *hall* envidraçado e ensolarado da cobertura, Dora viu dois grandes volumes envoltos em plástico pousados contra uma das paredes. No chão espalhavam-se engradados de madeira desmontados. Um garoto bonito, com não mais de dezesseis anos, acabava de tirar de dentro de um engradado um terceiro volume. A patroa foi para junto de um homem jovem, calça e camisa pretas, largo cinto prateado. Afundado no sofá, compridas pernas estiradas, ele sorriu para a mulher. Fumava um cigarro marrom, fino, que impregnava o ar com um cheiro enjoativo. Dona Ega deu um largo sorriso ao homem. Depois disse a Dora, apontando os engradados:

— Leva isso, e traz a tesoura de cabo branco.

— Sim, senhora. — Dora agiu rápido. Correu até a cozinha e voltou com o objeto pedido. Enfiou as mãos em luvas de borracha amarela, apanhou as armações de madeira, sumiu em direção à área de serviço. Reapareceu com vassoura e pá. Sempre usando as luvas, varreu, meticulosa, o soalho de madeira clara, do qual Dona Ega era tão zelosa, precisava encerar, polir, passar pano úmido, uma chatice.

— Vamos desembrulhar, Helga? — A patroa não respondeu. Abriu mais o sorriso, desvelando dentes irregulares e incrustações de ouro nos molares. Levou a mão ao peito, como se desejasse conter um coração aflito. Assentiu, movimento gracioso de cabeça. O homem de preto levantou-se, ágil, apagou o cigarro no cinzeiro de cristal opaco, de onde ascendeu uma breve espiral gorda de fumaça. Aproximou-se do adolescente ajoelhado. — A tesoura, André — disse. O menino estendeu-a. — Posso, Helga?

— Zeca, é seu direito — a voz estava doce, um tom novo para Dora. — Sem a sua idéia dez de ampliar as reproduções, meu sonho jamais se realizaria e eu não teria um Bacon na parede de casa.

Dora, curiosa, olhou discretamente. Dona Ega ralhava quando ficava ouvindo conversa das visitas. Tentou, assim, fazer-se invisível. Com a vassoura, empurrou devagar para a pá lascas e farpas de madeira. Não viu *bacon* na parede. Só se estivesse atrás dos volumes, o primeiro dos quais, com ajuda da tesoura, que manejava rápido, o homem agora retirava de dentro do invólucro de plástico. Tiras transparentes amontoavam-se no chão. O menino mantinha em pé o objeto alto, largo e estreito. Dora olhou de novo, sorrateira, para a parede. De que *bacon* Dona Ega falava? Onde se viu pendurar toucinho na parede, porque *bacon* era toucinho. Com sofrimento e humilhação, Dora custara a aprender que sabia (sem saber que sabia) o que era *bacon* ao arrumar o primeiro emprego de doméstica, tantos anos atrás. Agora ouvia falar em *bacon* na parede? Como era possível? Com um breve meneio de cabeça, reprovou tais doidices. Não tinha mais razão para permanecer na sala das visitas, pediu licença. Ia saindo quando ouviu:

— Despeja o lixo e volta, Dora. Recolhe esse plástico.

— André faz isso mais tarde — disse o homem de preto, o tal Zeca.

— Ele está ocupado — retrucou a patroa. — Pode deixar. Dora limpa.

A empregada foi para a área de serviço, viu a roupa por lavar, suspirou, despejou a pá na lata de lixo e retornou à sala. Um dos volumes já estava desembrulhado, o homem de preto e seu ajudante cortavam o invólucro do segundo. Dora viu a sua frente um quadro. A casa de Dona Ega era cheia dos quadros, na maior parte borrões, rabiscos, desenhos esquisitos que não significavam nada e exigiam cuidados especiais: espanar bem antes de passar flanela macia e seca nas molduras e nos vidros, menos nos que Dona Ega chamava de telas, nesses nunca ia pano, só espanador, de leve. No quadro novo havia uma cama e alguma coisa em cima, uma mancha. Onde estava o *bacon* na parede? Era aquilo na cama? Não, ela conhecia *bacon*, tiras brancas e marrons que enrugavam douradas quando fritas. Aquela mancha não era *bacon*. Era o quê? Deu um passo à frente. Dona Ega comandou:

— Pode pôr no lixo, Dora.

Apontou a unha pintada para a pilha de tiras de plástico. Dora encheu os braços de material transparente estofado por milhões de bolhas de ar pequenas esféricas. Seu menor, Ramirinho, podia passar horas estourando as bolinhas com os dedos magros. Criança se diverte com tudo. Perguntou:

O que é ser rio, e correr?

— Permite eu levar pra casa? — Indicou a leve carga que sustinha.
— Precisa? — foi a resposta da outra mulher.
— Sim, senhora. Sempre tem serventia.
— Então leva metade e guarda o resto. Também posso precisar.
— Tá certo, Dona Ega — disse e foi saindo.
— Helga, estou louco ou ela chama você de Ega? — ganiu o homem.
— É assim desde que entrou aqui — foi a resposta.
Dora, na porta da cozinha, sabia que era o assunto da conversa.
— Não consegue dizer seu nome?
Havia riso na pergunta do moço. Com o plástico nos braços, Dora ficou parada atrás da porta, coração disparado. Faziam pouco caso dela!
— Acho que é pedir muito — respondeu a patroa. — Imagine se dá pra ensinar alguma coisa a uma bronca dessas.
Dora não era bronca. Teve vontade de voltar para a sala e dizer isso. Melhor pedir as contas que trabalhar para alguém que... No entanto, limitou-se a encolher os ombros, balançou a cabeça e avançou rumo à área de serviço. Olhou a roupa, que permanecia a meio caminho da lavagem. Encolheu os ombros. Não seria sua culpa se alguma coisa aparecesse manchada. Dona Ega em pessoa mandara-a largar o tanque. Dona Ega! E não se esforçara para aprender o diabo do nome estrangeiro? Lá de onde vinha não tinha disso. Ninguém se chamava Ega. Dora bem que tentara, esforçara-se, dissera o nome sozinha, no ônibus, na rua, buscando acostumar a língua. Desistira depois de muito tempo. E agora faziam pouco dela. Dobrou as tiras de plástico e empilhou-as sobre a mesa de passar.
— Dooora, vem aqui — clamou a patroa de nome ruim de se dizer.
— Já vou, Dona Ega. — Não precisaria ter respondido, bastava ir até a sala. Mas fez questão de acentuar a pronúncia errada. Não falava certo? Melhor. Gente bronca era assim. Não sabia o que significava "bronca".
— Põe mais isso lá atrás — disse a patroa, apontando para outras camadas de plástico amontoadas no canto da sala.
— Sim, senhora.
— Zeca, essas molduras pesam toneladas. Não vai estragar nada? O pentelho do proprietário me mata se aparecer alguma rachadura na... — A mulher ruiva deixou no ar a frase e olhou para as três imagens retangulares que tomavam toda a parede. Em cada qual havia uma cama sobre um chão preto, encostada a uma parede branca e bege, lâmpadas nuas penduradas em fios. Os desenhos estavam sob molduras de madeira, vidro e metal.
— Trouxemos tudo, até os *spots* pro teto. — O homem de preto apontou para uma grande caixa metálica verde. — Não há problema.
— Ah, meu amor, essa fico te devendo! — A patroa falava excitada, nervosa. — As ampliações ficaram perfeitas. Com o vidro, ninguém diz que não são originais. Era meu sonho! Francis Bacon na parede. Um luxo, não é mesmo, Zeca? O máximo!

— Sou apaixonado por ele — respondeu Zeca. — E sabe que todo mundo gosta? Até André, que odeia pintura, não curte nada, ficou interessado, perguntou quem tinha feito. Veja só.

— É mesmo? — indagou a mulher ao menino de macacão. Este levantou o róseo rosto adolescente e abriu grandes olhos castanhos. Dirigiu-os aos quadros, depois a ela. Nada disse, mas concordou com um movimento eloqüente. Se a dona das reproduções prestasse atenção ao que via, sentiria a intensa, quase ameaçadora sensualidade que revelava a expressão do garoto, despindo-a com os olhos, umedecendo os lábios. Mas Helga, má observadora — modo de ser de que não conseguia se livrar, embora soubesse que não se coadunava com sua profissão, como acontece tantas vezes a pessoas e ofícios —, nada leu no rosto do belo André.

Sustendo entre os braços as folhas de plástico, Dora olhou para os retratos. Camas... manchas. Não. Eram... um braço, uma coxa, a perna de alguém, claro, pedaços de gente, esquisito, por que ela dizia que eram *bacon*? Melhor não perguntar.

— Dora, esperando o que pra levar o lixo?

Arrancada de sua observação, a empregada desgrudou os olhos dos quadros e foi para a cozinha. Havia neles algo, não sabia o que era, muito feio, ruim. Dobrou as folhas de plástico, que deixou com as outras sobre a mesa de passar. Voltou ao tanque e à roupa ensaboada. Abriu a torneira, a água jorrou. Ativou a máquina de lavar. Concentrou-se no trabalho. Estremeceu ao ouvir a voz próxima:

— Dora.

Fechou a torneira:

— Senhora?

— Estou atrasada. Tenho que ir pra redação, hoje é fechamento. Zeca e André vão ficar; têm de furar a parede, pôr suporte pra sustentar os quadros. Dá uma arrumada na sala, que eles vão fazer bagunça.

— Tá bom, Dona Ega.

— Apronta um arrozinho branco e aquela carne de panela que você faz. Tem um bom pedaço de lagarto na geladeira.

— Sim, senhora.

— Quando chegar, eu faço a salada. Põe a mesa da sala pra quatro, tá?

— Sim.

— Então, tchau, Dora. Até. Se pedirem água, café, pode servir.

— Sim, senhora.

— Deixa tudo bem trancado.

— Fica sossegada. Sabe que eu cuido da sua...

A mulher não esperou Dora acabar. Com um aceno vago mastigou palavras e saiu. Permaneceu atrás dela uma trilha de perfume penetrante. A mulata suspirou, voltou ao tanque e pôs atenção na roupa. Era muito enjoada a patroa com roupa.

Quando terminou de ensaboar e enxaguar as peças, foi para a cozinha preparar o jantar. Dividiu-se entre o tanque e o fogão.

Quando terminou de passar a ferro a roupa de cama, lavada em dia separado, levou as mãos às cadeiras. Gemeu, estirou o corpo. A dor nas costas estava ali havia anos, entranhada, parecia ter nascido com ela, tão antiga. Suspirou. Deixou as peças dobradas em uma pilha esmerada e foi para a cozinha. Tirou o arroz da panela. Solto e seco, como esperava. Mantinha o aroma das ervas com que fora refogado e frito antes do cozimento. A carne jazia macia no molho marrom espesso, dourado por uma colher de boa manteiga. Depois de apurá-lo, Dora usara parte numa farofa de milho, cebola, ovos e azeitonas. Voltou para a área, tirou da máquina a roupa lavada. Pendurou tudo nos varais. Na sala das visitas, o homem de preto e o menino de macacão ainda andavam em grande atividade. Dora ouvira-os a tarde toda furar, martelar, bater. A certa altura o garoto entrara na cozinha atrás de pá e vassoura. Arrumada a comida em terrinas de cerâmica branca, Dora lavou panelas, pia, olhou em volta. Percebeu satisfeita que restava apenas arranjar a mesa para o jantar e estaria livre, dia de trabalho concluído. Atravessou a porta que comunicava com a sala de jantar, mesa de vidro e madeira laqueada, cadeiras altas.

    Entre as salas de jantar e de visitas, o bar de madeira branca e vidro estendia suas prateleiras tomadas por garrafas de diferentes formatos e copos suspensos pelos pés. Quatro degraus uniam os ambientes desnivelados. Do plano mais elevado tinha-se visão perfeita da parede de onde pendiam os três quadros. Dora observou de soslaio os dois homens, que sempre trabalhavam. De verdade mesmo, trabalhava o menino. O homem de preto fazia era dar ordens. O garoto agora lidava no teto, instalava lâmpadas. Dora caminhou na direção do aparador. Mas seus olhos, como que dotados de curiosidade própria, voltaram-se para os quadros. Ao vê-los, compreendeu.

    Estacou, boquiaberta. O horror tombou tangível, plúmbeo, sobre sua cabeça. O súbito conhecimento era aterrorizante. Em cima das camas havia gente nua, horrível, deformada, caras e corpos derretidos, inchados. Mortos? Duas pessoas em uma cama, na seguinte uma, talvez duas, na terceira apenas uma. E não estavam mortas. Emboladas ou sós, faziam sujeira. Um homem tinha pau duro e grande. A figura estava sentada sobre o círculo irregular formado por uma mancha vermelho-suja, talvez sangue. Em torno de uma cabeça, no desenho vizinho, via-se outra mancha igual.

    Seres humanos sangrando e sexo, viu Dora. Círculos em volta das carnes deformadas e grudadas, riscos grossos de lápis preto chamando a atenção, apontando para a coisa sem-vergonha que faziam. Eram uma ofensa aquelas figuras tortas. Da mente doentia de que filho do diabo saíra algo assim, e Dona Ega, por que pendurava aquilo na sala da casa onde morava? Não tinha medo da ira de Deus?! A mulata sentiu fraqueza nas pernas, gastura no estômago. Na rua, desviava os olhos das bancas de jornais para não ver as revistas imundas, os homens despudorados, as mulheres peladas, e agora a patroa pendurava aquilo na sala! Dora teria de limpar o vidro, tirar pó das molduras. Quis chorar. O Senhor impunha-lhe provações. Não bastavam as que já enfrentava a cada dia?

Com o coração pequeno apanhou no aparador talheres e pratos. Alisou a grande toalha branca, grossa, de algodão, colocou em seus lugares pratos de arrojada cerâmica, copos de moderno cristal para água e vinho, dispôs talheres reluzentes, polidos, ao redor de uma longa, coruscante, bífida faca de prata, o trinchante tirado de seu repouso num estojo estreito de couro preto forrado de feltro. Dona Ega proibia Dora de fatiar a carne. Tinha de a peça inteira ir para a mesa. Dizia que ficava seca depois de fatiada. Como, se estava no molho? Mas cumpriria as ordens.

Estava assombrada. Sentia nojo cada vez que fitava os desenhos. E, como quando um dente dói se é tocado, e parece ganhar com isso o poder de atrair a língua, os olhos de Dora davam a todo instante com o trio de imagens. Ao terminar de pôr a mesa, sobressaltou-se com um ruído surdo e um palavrão. O menino, no alto da escada, olhava desolado para um refletor que balançava no ar, pendurado por seu fio, solto do parafuso.

— Essa merda veio espanada, Zeca. Não agüentou o peso — disse André examinando tudo com atenção.

— Põe outro parafuso.
— Desse tamanho não tem.
— Usou tudo?
— É.
— Bom, desmonta o *spot*. Fica feio o buraco no teto, mas paciência.
— Tá bom. E agora, Zeca?
— Vamos embora. Amanhã a gente termina.

Dora, que não cessava, olhos baixos, de arranjar — um centímetro aqui, um milímetro ali — pratos e talheres, teve medo. Iam deixá-la com os monstros desenhados. Não suportava a idéia de ficar só naquele apartamento. Mas que jeito? O garoto recolheu tudo, os dois arrumaram a caixa de ferramentas. O belo André pegou vassoura e pá, varreu desleixado o chão, espalhou a sujeira em lugar de juntá-la, e foi até Dora:

— Joga isso no lixo pra mim, tia? — pediu. — A gente já vai.
— Avisa sua patroa que amanhã arrumo o refletor — disse o homem.
— Vou embora antes da Dona Ega chegar — informou Dora, cara fechada, acentuando a pronúncia errada do nome.
— Deixa um recado — foi a resposta.
— Não sei escrever — Por que mentia? De novo, no mesmo dia, pela segunda vez. Sabia escrever. Penava que era uma coisa, mal e mal fazia uns rabiscos. Mas sabia.
— Tá bom, me arruma um pedaço de papel — disse o homem, amolado.

Dora apontou para a mesinha do telefone. Ele sentou-se, traçou umas linhas e destacou a folha. — Deixa num lugar onde a Helga encontre.

Dura, hirta, sem olhar para a parede dos quadros, ela atravessou a sala de visitas em direção ao *hall*. À esquerda, o elevador social. À direita, um terraço com plantas, duas cadeiras e uma mesa. O anoitecer de verão, céu de laranjas e amarelos ao redor de um resto de sol púrpura, tombava sobre as ruas verdejantes, que se espraiavam para os lados do rio. Abriu a porta. Os homens saíram desejando-lhe boa-noite. Ela não retribuiu.

Trancou, passou o ferrolho, pôs as chaves e o bilhete do tal Zeca junto do telefone. Por algum tempo ficou lá, imóvel, amedrontada. Depois, caminhou o mais rápido que pôde na direção da pá e da vassoura. Escurecia. Acendeu luzes. Com frio no estômago, deu as costas para a parede ameaçadora. Embora sobressaltada, varreu o chão como tinha de ser. Tirou pano de pó do bolso do uniforme. Limpou móveis, cinzeiros, livros sobre a mesinha de café. Deteve-se então. Não conseguia chegar perto dos desenhos, que dirá limpá-los. Recuou em velocidade crescente para a sala de jantar, a cozinha, a área de serviço, o quarto de empregada. Tirou o uniforme e vestiu a roupa com tal pressa, que por um triz não rasgou tecidos e arrancou botões. Logo depois saiu da casa. Trancou a porta com precipitação, como se expulsa. O coração levou tempo para quietar. Só voltou a respirar direito no ônibus. Lotada fatigante viagem à favela além de Itapecerica. Ainda assim, dava graças pela nova linha. Na Eusébio Matoso pegava um segundo ônibus que fazia ponto final nas lonjuras próximas de sua casa. Alguns meses antes andava o dobro e tomava quatro conduções para chegar ao emprego.

Abriu os olhos devagar. Preferiria não o fazer, se possível fosse. Suspirou. Era assim todo dia. Acordava rezando para não acordar. Hoje, então, onde a vontade de abrir os olhos e ver o mundo? Adormecera de madrugada. Estava exausta. A noite toda a cabeça ocupada com visões de pecado, indecência. Bom seria dormir sem sonhar, sem acordar. Que o Senhor perdoasse idéias malucas. Dormir sem acordar era... Melhor uma oração para espantar o mau pensamento, cada coisa que a vida apronta! Nunca que se tinha sossego. As imagens dançavam em sua memória com irritante constância. Não havia contado a ninguém sobre os quadros de Dona Ega. Depois de lavar a louça do jantar, caminhara com as meninas até o templo, grande barracão de madeira, algumas ruas acima da sua. Não tivera vontade de narrar a experiência ao pastor daquela noite. Se fosse o outro, o velho... Esse moço de cabelo alisado e ar de galã não inspirava confiança. Muito menos as operárias do Senhor que o secundavam. Todas umas lambisgóias boateiras que só se ocupavam com o alheio; um único interesse, além de falar mal dos outros: recolher donativos dos fiéis e cair nas graças dos manda-chuvas. Dora não era de contar a qualquer um sobre a sua vida. Tinha orgulho. Odiava os programas de tevê da igreja, em que pessoas expunham as suas piores misérias em público.

Ainda que Dona Ega a chamasse de bronca, Dora tinha orgulho. Deixara o templo com as filhas e voltara para casa, para a convivência ruidosa dos filhos e a ameaça das irrupções violentas do marido. A noite fora passada em voltas na cama. Por que aqueles desenhos a atormentavam assim, não sabia. E onde achar força pra se levantar? Nem de ânimo nem de corpo. Como as pernas estavam! Quarenta e quatro anos, nem isso ainda, e velha.

O doutor no posto de saúde, quando, havia meses, fora procurar remédio para as dores, tanto tempo esperando a consulta, o doutor zangara quando se disse velha. O doutor mocinho, tão mocinho, afirmara assim que era besteira, que estava jovem ainda. Como jovem? Sete filhos, cinco vivos, aquele marido, um emprego que lhe consumia as energias e o doutorzinho dizia que estava jovem? Onde isso que ele viu, a tal jovem? Mas era um doutor bom, cheio de educação, nem parecia aqueles estrupícios que Dora conhecia muito, tantas vezes precisara deles para os filhos, para si mesma, e só encontrara gente soberba, que não queria trabalhar com pobres. Então, que faziam nos hospitais dos pobres, maltratavam quem precisava de ajuda?

— Dora!

Bateram à porta. Suspirou. Era preciso levantar. Olhou para o lado. Na outra metade da cama de casal, que tomava com o armário e a mesa todo o espaço, dormiam as meninas. Fazia frio à noite. Chão gelado, cobertas e colchonetes finos. Ramiro não vinha para casa quando os mais velhos estavam ali. As meninas subiam para a cama no momento em que a neblina baixava e surgia uma umidade fedida que gelava ossos. Dora levantou. Apertou contra si a camisola velha. O corpo doía. Difícil andar, difícil pensar.

— Doraaa...

De novo bateram. Uma pancada abafada, rápida, seguida pela voz rouca, grave, sussurrada. Saltando sobre os corpos dos rapazes e do menino, que dormiam aos pés da cama, ela transpôs os quatro passos até a maçaneta. Girou a chave, abriu uma fresta.

— Que foi, Zumira?

— Como, que foi? Perdeu a hora?

Dora ergueu os olhos para uma nesga de céu. Amanhecia. Alargou a fresta da porta. Havia movimento nos barracos, ouviam-se pedaços de conversas, sons de rádios ligados. As luzes poucas da rua estavam apagadas. À força de não dormir, dormira demais. Foi o que contou para a amiga.

— Pensamento ruim?

— Preocupação, Zumira.

— Tudo bem aí? — Zulmira apontou para o interior da casa.

— Ramiro não apareceu.

— Nem hoje, nem ontem, nem semana passada. Podia não vim mais.

— Não fala assim. Imagina. Meu marido.

— Você ia se arrumar melhor se o cachorro sumisse, Dora.

— Zumira, como você pode?
— Podendo. Bem, a conversa tá boa mas eu tenho de ir.
— Eu vou com você. Dois minutos e me apronto.

O dia crescia. O céu pálido variava de cor. O cheiro de esgoto invadia tudo, mais forte conforme o vento. O rio — um rio aquela água podre? — passava ao lado do barraco de Dora. Zulmira tinha sorte, morava em um canto onde mal se sentia o fedor. Uma voz sonolenta veio de dentro:

— Ô, mãe, vê se fecha a porra dessa porta, que eu quero dormir.

Dora entrou e rugiu:

— Então vai pra um hotel, moleque safado. Falando palavrão pra mãe, foi isso que eu ensinei? — Inclinou-se onde supôs estar o filho mais velho e distribuiu tapas fortes, que fizeram arder suas mãos.

— Ei, ei, mãe, espera aí, eu não fiz nada, não bate, foi ele — disse outra voz. Havia riso nela, mais que susto.

— Se não fez, vai fazer — resmungou Dora. — Já levou adiantado. E vamos saindo da cama, que está na hora.

Olhou com a aflição de todas as manhãs para os vultos dos filhos bonitos, altos, cabeças boas, magros demais, nunca tinham para comer o quanto queriam, vê-los dava aperto no coração, trabalhavam tanto, o tempo livre passavam com as namoradas ou o pessoal do tal *rap*. Tinha medo de que se metessem com traficantes. Só de pensar, Dora transpirava. Não fique agitada, dissera o doutor mocinho, mas ele não sabia como eram as coisas ali, via de longe, não dormia amontoado no barraco, na rua fedida.

Entreabriu a janela de madeira. Os filhos resmungaram. Apanhou a saia pendurada num prego na parede. Foi para junto da cama, fechou uma cortina velha de plástico branco que a separou dos meninos. Tirou a camisola, vestiu a saia, pôs uma blusa de malha larga, puída, apanhou a carteira sob o travesseiro e colocou-a na bolsa surrada. Os filhos continuavam a dormir, apesar da claridade, dos rádios que berravam músicas e algaravia. Dora correu até o banheiro. Depois, no pequeno tanque, escovou dentes, lavou rosto e corpo do jeito que pôde, como sempre, no fio de água. Secou-se, ajeitou a roupa, penteou os cabelos. Minguados minutos durou a operação. Entrou, olhou os filhos deitados, e disse irritada:

— Se ficarem no sono, vão ver. Esses dois marmanjos, pro trabalho. E o resto pra escola. Lia, Rute, o dinheiro do pão. Eliézer, não chamo mais.

Os jovens, entre resmungos, começaram a levantar-se. Dora fechou a porta atrás de si. Zulmira esperava na rua sem calçamento, coberta de detritos, mato, lixo que ninguém se dava ao trabalho de recolher. Falando da vida, dos filhos, das patroas, as duas mulheres, passo lento, esforçado, subiram a ladeira íngreme em direção da padaria e do ponto de ônibus. Quando, hora e meia depois, Dora desceu do segundo ônibus, na avenida Paulista, antes de Zulmira, perguntou-se se fizera bem em não falar à melhor amiga sobre o tormento a que fora submetido seu espírito pelas indecências que pendiam agora da parede da patroa. Que poderia dizer? Como seria capaz de transformar em palavras o horror que sentia?

— Dá um pulinho aqui, Dora.

Não havia água correndo. Ouviu de imediato o grito emitido pela voz seca. Suspirou, deixou de lado o frango que temperava, passou as mãos na água, secou-as no avental e foi para a sala das visitas. Ainda no caminho sentiu o mal-estar que a tomava ao ver os tristonhos malignos quadros. Fora assim desde que havia chegado ao serviço naquela manhã, para encontrar a cozinha em grande bagunça, pilhas de louça por lavar, uma visão que desanimaria qualquer gente de bem. Na sala de jantar, sobre a toalha manchada de vinho, havia copos sujos, cinzeiros transbordantes. Na coleta dos restos da festa de Dona Ega, Dora tivera de entrar e sair várias vezes da sala de visitas, sentindo de cada vez os quadros mais vivos, ameaçadores. As imagens como que se insinuavam sob sua pele tomada de calafrios. Dora não sabia subtrair-se ao sortilégio. No templo, o pastor falava de umbanda, de candomblé, condenava os cultos, afirmava que deles vinha todo o mal. Dora, que se lembrava com saudade dos afagos da avó mãe-de-santo, única fonte de amor na infância, não acreditava na perversidade dos umbandistas. A maldade estava ali, naquelas coisas que faziam mal à alma. Enquanto recolhia cinzeiros e copos sujos — inacreditável a quantidade que Dona Ega e seus convidados haviam usado —, tentara evitar a sala de visitas. Forçada a ir até lá, afastava os olhos das aberrações. Não se conformava. Como alguém podia, com mãos criadas pelo Senhor, desenhar aquela coisa, tal profanação! Tudo estava arrumado agora, louça e talheres do jantar limpos, enfiados no secador. Entregue ao trabalho, esqueceu os quadros. Agora voltava lá, onde estavam Dona Ega e o homem de preto, só que desta vez ele vestia bege, o tal Zeca. O sujeito parecia enfiar-se em uma lata de tinta antes de sair de casa. A roupa toda era de uma cor só, tão assim que chegava a incomodar a vista. Antes de trabalhar para Dona Ega, Dora não sabia o que era bege, para ela nada mais que um marrom aguado. Mas a patroa chamava as peças pela cor, a blusa cáqui, a saia verde-musgo, o casaco marinho, o terninho fúcsia, a saia bege... E de repente lá estava de novo frente aos quadros. A luz do sol tornava-os mais nítidos e ofensivos.

— Um cafezinho pra gente — disse Dona Ega sem olhar para Dora, sorrindo ao homem na escada.

— O meu sem açúcar — pediu Zeca.

— Sim — respondeu Dora a custo.

— Sabe uma coisa, Zeca? — Tão enrabichada estava a patroa, nem notou Dora, ali, estática, observando os quadros. — Você é um gênio. Veja o erotismo. Sempre achei Bacon fortíssimo, maravilhoso, mas nunca tinha visto nada de erótico nele. Hoje...

— Não tem mais tanta certeza? — perguntou o homem. Encarapitado na escada, instalava o refletor. Dona Ega, calça preta e blusa branca justa, decotada,

O que é ser rio, e correr?

expondo braços e colo sardentos, passava ao homem as ferramentas que ele requisitava. Não se via em parte alguma o menino bonito André.

— Você precisava ver as reações dos convidados do jantar, ontem, Zeca. O meu... amigo, um que você não conhece, ficou escandalizado, zangou comigo! — A mulher de cabelos vermelhos percebeu Dora. — Que está esperando, criatura? O cafezinho.

A mulata saiu do breve e triste transe, descolou os olhos dos quadros, deu meia-volta e rumou para a cozinha, de onde retornou com o café fumegante em pequenas xícaras de cerâmica pintadas num padrão moderno.

Regressou à pia, onde esperava-a o frango temperado. Apanhou uma assadeira redonda de vidro e nela colocou a ave, cercando-a de batatas cozidas e cebolas. Derramou sobre tudo uma calda de laranja e especiarias, arrumando a travessa no forno. Limpou arroz e lentilhas com a rapidez proporcionada por olhos experientes. Deixou os grãos sobre a pia, de molho, preparados para a panela. Apanhou na área de serviço aspirador, vassouras, panos, cadernos de jornal e foi para o interior do apartamento.

Os quartos ainda estavam por arrumar. Quando Dona Ega dormia até tarde, Dora ficava proibida de limpar os demais cômodos. A patroa saíra da cama quando já eram mais de onze, e o tal Zeca tocara a campainha. Dora nunca a vira agir tão rápido. Ele nem começara a instalar a luz no teto, e a mulher já estava ali, banho tomado, cabelos molhados, blusa branca decotada, chamando Dora para servir cafezinho. Agora, a luz no teto estava instalada e não havia ninguém na sala de visitas. Não viu tampouco a caixa verde de ferramentas do homem de bege. Ao caminhar equilibrando aspirador, vassouras, balde, panos, perguntou-se se Dona Ega teria descido com o tal Zeca pelo elevador social. Escapou dos quadros perversos e foi para o interior do apartamento.

Abriu a porta do corredor e deu de imediato com a patroa, isto é, com seu reflexo. A porta do quarto, como as do outro quarto e do banheiro, era coberta de alto a baixo por espelho. Aberta, refletia o interior do cômodo. Dora viu. No meio do quarto, ao lado da cama, de costas para a porta, camisa desfeita, calça em parte arriada, à mostra a bunda não muito firme e branca, Zeca, o homem. Ajoelhada à frente dele, blusa branca aberta, seios à mostra, Dona Ega fazia com a cabeça movimentos rápidos, pendulares, para a frente e para trás. O tal Zeca respirava grosso, arfava, gania baixo. Dora ficou paralisada. Como podia ser? Quis sair, voltar para a segurança da cozinha, mas por um segundo interminável, pastoso e longo foi incapaz de dar um passo. Notou pelo reflexo do espelho que o homem inclinava-se para a frente. Uma de suas mãos descia pelo colo de Dona Ega, que Dora via por entre as pernas abertas dele. Os dedos do homem cercaram um seio e depois prenderam o mamilo. A mulher arfou, soltou grito. De repente, Dona Ega lançou a cabeça para trás, em um movimento de quem busca ar. Quando endireitou o corpo, seus olhos viajaram até os reflexos no espelho, onde viu sua imagem e, ao mesmo tempo, na estreita faixa do reflexo que capturava uma fração do corredor e os espelhos das outras portas, deu com o rosto apalermado de Dora, que a mirava boquiaberta.

Pelos espelhos, as mulheres fitaram-se. A momentânea, absoluta intensidade desfez-se quando Helga sacudiu a cabeça, gesto rápido, fechou e abriu os olhos. Buscou de novo o espelho. O corredor estava vazio. Alucinação? Não teve tempo de pensar. Sentiu as mãos de Zeca delicadas e firmes aproximando sua boca do cacete vermelho ereto pulsante. Convenceu-se de que nada havia acontecido. Esqueceu o episódio e dedicou-se ao que importava: circundou com os lábios a carne erétil.

Na cozinha, Dora desejava fingir-se de cega, como ontem fizera-se de surda. Impossível. A patroa, como era que a patroa... Havia turbilhão, remoinho em sua cabeça. Desejo de sair dali correndo, nunca mais ver a ruiva, os quadros malditos. Os desenhos e a mulher no quarto eram a mesma coisa. Tudo parte de um mundo mau que a envolvia desde a véspera, quando pusera os olhos nos quadros. Dora pensou em Dona Ega, sempre bem vestida, perfumada, mandona, de joelhos na frente do homem, fazendo... Lembrou-se da única vez em que Ramiro tivera a indecência de lhe pedir aquilo. A reação fora tão feroz e visceral — Me obriga, quero ver, arranco com os dentes —, que o marido violento nunca mais tocara no assunto. Dora passou alguns momentos olhando em roda para a cozinha e a área de serviço. Que deveria fazer? Sentia desolação, um deserto no peito. Como podia ser?

Controlou-se a custo, aos poucos. Coração batendo forte, caminhou até o fogão, abriu a porta do forno, verificou o assado, regou a ave com molho, devolveu a travessa para dentro. Refogou o arroz, que pôs a cozinhar. Preparou as lentilhas com paio cortado em rodelas. Agia sem pensar, por instinto, olhar perdido. Se não precisasse do dinheiro, se o canalha do marido ajudasse, deixaria o emprego na mesma hora. Ramiro tinha grana, Dora não sabia como. Melhor até não saber. Ouviu vozes, risos, percebeu que a patroa e o homem estavam de volta à sala. Sentiu de súbito a testa banhada de suor, como se ela, não a outra, fosse apanhada em indecência. Não queria olhar para Dona Ega...

— Dora. — A empregada virou-se na direção da voz. Viu a patroa composta, bem maquiada, sorridente. A calça era a mesma, mas trocara de blusa. Trazia na mão uma jaqueta. Como se nada, disse: — Estou indo.

— Sim — foi tudo o que Dora conseguiu articular.

— Zeca vai me dar carona até a redação, hoje estou no rodízio.

Era estranho aquilo, a mulher mandona dando explicações. Mas Dora sentia-se tão aturdida que não chegou a se dar conta da novidade.

— Tá.

— Então, até amanhã. Não esquece de ver se está tudo trancado.

— Sim.

— Tchau, então.

O que é ser rio, e correr?

Foi-se a mulher de pele branca. Se atentasse para o que via, teria percebido o olhar transtornado da empregada, mas saiu, como de hábito, sem nada ver. Sozinha no apartamento, Dora baixou a chama do forno, certificou-se de que arroz e lentilha iam no bom caminho. Sentou-se numa banqueta e pôs a cabeça entre as mãos. Assim ficou até a respiração normalizar-se. E foi tomada de pressa repentina. Queria acabar o serviço, sair dali. Não podia ficar naquele lugar. Foi para os quartos e trabalhou sem cuidado. Parecia tropeçar nos próprios passos. De quando em quando se perdia em cisma ruim, uma nuvem de medo que lhe cerrava a garganta. Voltou para a cozinha, tirou a comida do fogo. Parte do arroz havia pegado na panela, o caldo da lentilha estava grosso demais. Pouco se lhe deu. Não tinha cabeça para isso. Voltou ao quarto da patroa, onde havia deixado os petrechos de limpeza, que começou a recolher.

O telefone tocou, eletrizando-a num sobressalto bobo. Não havia razão para susto. Só um telefone. O aparelho branco, ao lado da cama, trilava e trilava. Ao quinto toque, Dora atendeu. Não atendia nunca na casa de Dona Ega. Deixava a caixa-falante receber a ligação. Mas desta vez, num impulso, levantou o fone:

— Alô?

— Podia falar com Maria Auxiliadora, por favor? — voz de mulher.

— É a casa da Dona Ega — disse Dora.

— A moça que trabalha aí, a doméstica. Preciso falar com ela, urgente.

Maria Auxiliadora, nome de batismo de Dora. Tão pouco usado, ela esquecia. Veio o medo. Quem poderia querer falar com ela ali? Só os filhos tinham o telefone, com ordem para não ligar. Será que...

— Sou eu, moça.

— Dona Maria, a senhora precisa vir urgente ao hospital de Itapecerica. Sua filha teve uma hemorragia na escola. Internaram...

Não esperou a outra concluir a frase, nem quis saber de que filha se tratava. Com palavras truncadas informou que estava saindo. Sabia qual era o hospital. Ficava no bairro, alguns paradas antes da favela. Deixou os petrechos de limpeza onde estavam, não recolheu a roupa. Pôs a comida em travessas, que guardou na geladeira. Empilhou as panelas sujas na pia. Enfiou a roupa por cima do uniforme. Esqueceu de desatar o lenço de cabeça que usava para limpar e cozinhar. Trancou a porta da área de serviço, coração na boca, têmporas latejantes. Correu até o ponto de ônibus, que demorou menos a chegar do que ela temia. Em Pinheiros pegou outro ônibus. Início da tarde, havia lugar sobrando. Mas Dora não quis sentar. Ficou ereta, agarrada ao tubo de metal opaco, fitando sem ver a cidade que, lento, trepidante, o velho veículo deixava para trás. Costas curvas, cabeça tombada sobre o peito, ela sacolejou, rua após casa após prédio após viaduto após praça. Sentia um aperto medonho no peito.

— É a mãe da Lia, Dona Maria Auxiliadora?

— Sim.

Olhos vermelhos, muito abertos, fitou a mulher que falava. Soubera, desde que havia chegado, uma hora antes, que a doente era a caçula. Ficara aguardando numa sala cheia de gente intimidada e quieta, num corredor comprido pintado de verde triste. Doentes mal-acomodados em macas ou deitados em colchonetes de espuma no chão padeciam, em silêncio uns, com gritos e gemidos outros, conforme o modo de cada qual.

— Boa-tarde, eu sou Teresa, a médica que atendeu Lia. A senhora pode vir aqui um instantinho? Temos de conversar.

— Quero ver a minha filha.

— Claro, mas primeiro eu preciso falar com a senhora.

— Ela pode ir pra casa comigo?

— Vai ficar aqui até amanhã. Perdeu muito sangue, está tomando soro. Não se preocupe. Lia é magra, mas forte. Vai sair dessa. Que idade tem ela?

— Faz doze no fim do ano.

— Está com onze, então. O que calculei.

Cabelos loiros presos em coque arrematavam o rosto da doutora, largo, de lábios carnudos. O olhar penetrante contrastava com o sorriso compassivo, melancólico, revelador de dentes grandes e amarelos. A médica deteve-se na extremidade do balcão de atendimento do Pronto-Socorro, na ante-sala pintada do mesmo verde triste do corredor. Atrás do balcão de aço, duas atendentes de aparência fatigada lidavam com fichas, recebiam telefonemas e falavam aos recém-chegados. Meio da tarde, dia de semana. O vestíbulo do PS estava cheio, médicos e enfermeiras iam de um lado para outro, apressados, assediados por equipes de televisão e jornalistas. Falava-se de um botijão de gás que explodira a poucas quadras dali, estraçalhando a família que comia, estropiando vizinhos, oferecendo ao noticiário da hora do almoço dramas que podiam ser engolidos pelos telespectadores com sua comida. Dora não teve curiosidade sequer de indagar onde ocorrera o desastre. Poderia ter sido na favela, perto de sua casa. Mas isso nada significava para ela. Só prestava atenção ao que dizia a médica:

— ...estava grávida de três meses. Sofreu um aborto espontâneo... perdeu muito sangue, vai passar a noite aqui. Está com soro. Ficará bem.

— Bem, dona doutora? — A palavra usada pela médica aturdiu Dora.

— Pois é, sobre isso quero falar com a senhora. Lia não me contou muita coisa, estava cansada, eu não insisti. Mas entendi que foi deflorada — a médica olhou o rosto boquiaberto da empregada e mudou o modo de falar, como se se dirigisse a alguém de nenhum entendimento —, quer dizer, perdeu a virgindade, entende?, faz mais de um ano. Foi só isso que disse. Nem sabia que estava grávida. Lia quase não fala. Precisei de muito tempo para ter essas respostas. Dona Maria, pela reação da menina, quando perguntei quem tinha feito isso, acho que aconteceu o mais comum, alguém muito próximo, provavelmente em sua casa. Talvez o pai, ou...

Dora sentiu que o chão lhe faltava sob os pés. As imagens dos quadros de

Dona Ega voltaram-lhe à memória, e um dos rostos derretidos, borrados, era o de sua filha inocente a quem haviam feito mal. Ainda brincava com boneca e... Deus dera-lhe e tirara dela um filho que por algumas poucas semanas havia crescido, sem que ninguém soubesse, dentro do corpo franzino. Dora lembrou sem propósito, sem vontade, com raiva, da patroa ajoelhada diante das pernas do tal Zeca e imaginou Lia no lugar de Dona Ega, imaginou sua filha, a quem a própria mãe sempre prestara pouca atenção. Nem o caçula, Ramirinho, era tão sem malícia quanto Lia fora um dia, fazia tempo. Dora começou a chorar baixinho. Só os ombros tremiam. A médica observou impotente as lágrimas desamparadas, nuas, sem o pudor de um par mãos ou lenço. Ficou comovida a mulher loira acostumada a confortar quem estava aquém do conforto. Por fim, Dora limpou as lágrimas com o dorso da mão, que enxugou na saia.

— Alguém na minha casa — ecoou.
— Foi o que eu achei. A senhora é casada, tem filhos. Pode ser que...
— Os meninos nunca que iam fazer isso com a irmã. Eles, eu sei como eles tratam as meninas. Não iam fazer isso.
— O pai?
— Quase nunca vai lá, quando vai eu estou...
— Então quem será? Pense bem, Dona Maria. Os seus filhos...
A médica olhou para Dora. Esta devolveu-lhe um olhar inexpressivo.
— Já disse, dona doutora, meus meninos não iam fazer isso... — falou.
— Alguém mais? Um tio? A senhora tem irmãos?
— Eu não sei quem pode ter sido. — A voz de Dora estava sumida, estrangulada. Levantou-se. Tinha cem anos de idade.
— Isso é estupro. Sua filha estava grávida e abortou. Nós vamos denunciar, Dona Maria. A polícia vai investigar.
— Sim, senhora — disse Dora. Não sabia como expressar em palavras o quanto a incomodava ser chamada de Dona Maria. Não era "dona", muito menos "Maria". Teve vontade de pedir à doutora para tratá-la apenas por Dora, mas faltou coragem. Calou-se.
— Nós temos de denunciar. É um crime.
— Sim, senhora, eu entendo. Está certo.
— Dona Maria...
— Sim?
— A senhora não tem mesmo idéia de quem... — A médica interrompeu-se. Pensou que a mãe de Lia poderia estar escondendo o nome do estuprador. Isso acontecia.
— Já pensei, dona doutora. Imagina que eu ia deixar uma coisa assim?
— O caso é que se foi alguém de sua família... pode acontecer de novo. A polícia vai investigar. Mas se a senhora não ajudar...
— Vou ajudar, sim, em tudo. Eu nunca ia deixar, dona doutora, nunca. Se eu soubesse, eu... — disse, quase gritou, Dora.

— Estou vendo, Dona Maria. Acredito.

O tom da médica, cálido, firme, fez bem ao coração frio e trêmulo de Dora, que ergueu os olhos do chão e fitou o rosto largo da outra:

— Posso ver a Lia?
— Sim.
— Vai mesmo dormir aqui?
— Fica até amanhã. Se reagir bem, pode ter alta depois do almoço.
— Deixa eu ficar com ela hoje?
— Na enfermaria não ficam acompanhantes. A senhora teria de dormir na espera do PS. Não é confortável. Vá para casa e volte amanhã.
— Tá certo, dona doutora. Agora eu queria ver ela.

Os ouvidos de Dora zuniam. Sentia a cabeça cheia de nuvens. Não entendia os próprios pensamentos, que corriam velozes em um labirinto mental esbranquiçado pelo pânico, pela impotência. "Deus é amor", repetia sem cessar, recordando palavras da folhinha do culto, pendurada em cima de sua cama, no barraco. "Crê no Senhor e Sua mão lhe sustentará." Quando Dora não entendia, Eliézer ensinava o que estava escrito ali. Ele e as garotas eram os olhos da mãe, cega para tantas palavras. As meninas decifravam a Bíblia e contavam a Dora o que entendiam daquelas histórias cheias de vocábulos esquisitos. A folhinha do culto estava vencida, mas Dora não a tirava da parede. A visão das palavras vermelhas, um vermelho forte, bonito, diferente do vermelho-doente dos quadros de Dona Ega, acalmava seus sentidos. "Deus é amor", ela pensou enquanto seguia a médica corredor abaixo, até a enfermaria. Tinha medo de não chegar. Sentia-se esmagada pela própria carne, que de um momento para outro poderia se desfazer, cair inerte. Mas não devia pensar nisso. Tanta coisa a fazer... Quando deu por si, estava sentada num canto daquela sala cheia de leitos e pessoas, na beira da cama de Lia, que jazia inerte. Dora mantinha os pés juntos, a bolsa grande e velha pousada sobre o colo. Sentia-se muito cansada, os olhos pesavam.

Lia abriu os olhos e viu a mãe ao seu lado.

— Mãinha!

Dora pôs uma das mãos sobre os dedos finos da filha. No bracinho magro estava espetada uma agulha presa com tiras de esparadrapo, ligada a um tubo transparente que saía de um frasco cheio de líquido incolor. A enfermaria vibrava de rumores, ruídos, gemidos, mas Dora estava presa à respiração entrecortada da garota deitada a sua frente, ricto cansado nos lábios brancos. Mãe e filha assustaram-se. Traziam, cada qual de seu jeito, estampadas nos rostos, agonias feias de se ver.

— Lia, filha.
— Mãinha.
— Lia, sabe o que ela me disse?

O que é ser rio, e correr?

— Quem?
— A doutora, Lia, sabe o que ela me disse?
— Não...
— Tem certeza, minha filha?
— ...
— Quem fez isso?
— Isso o que, mãinha?
— Você sabe.

Surgiu entre as duas um silêncio constrangido. A garota fitou a mãe, grandes olhos arregalados, e mordeu o lábio inferior. Os olhos encheram-se de medo, as mãos pequenas uniram-se e torceram-se em um gesto exausto, aflito. Nada precisou dizer. Dora soube. Não havia necessidade de provas, detalhes, particularidades, quando, como. Lia e Dora ficaram assim por longos minutos, imóveis, observando-se com olhos de velhas.

— Mãinha... — disse Lia, baixo.
— Foi pecado daquele homem da desgraça, minha filha.

Lia começou a chorar. Como a mãe, sem esconder o rosto entre as mãos, deitada na cama de hospital. Não entendia bem o que havia acontecido. Mas a memória da dor, a aflição da mãe, a montanha de perguntas da médica, tudo indicava que era muito ruim isso que lhe ocorrera. A menina estava assustada, desolada. Dora envolveu Lia num abraço frágil.

E lembrou-se, então, de algo que o ódio a forçara a esquecer, a história de Ramiro e Rute. O quadro ergueu-se nítido na memória: ela o viu como se estivesse acontecendo ali. O maldito marido tentara forçar a filha de oito anos, depois de espancar a esposa até deixá-la impotente no chão. Rute gritara feito possessa. Ramirinho e Lia esconderam-se entre o fogão e a geladeira, chorando de medo. A vizinhança manifestara-se, alarmada com os gritos, berros e uivos. Ao fim de um tempo interminável, os filhos mais velhos, moleques ainda, haviam arrombado a porta do barraco, avançaram aos murros contra o pai, arrancaram-no de cima de Rute e o expulsaram de casa. Pouco antes de desmaiar, Dora vira fixos nela os olhos de Lia. Aos seis anos, a menina mostrara a mesma expressão que a mãe reencontrava agora, a dor de quem não suportava ver. A sensação de agonia que era capaz de ler no rosto pálido da menina em tudo se igualava à sua. Dora quis mais uma vez sumir, ser poeira. Tocou no rosto de Lia, acariciou as faces da criança com cuidado, como se fossem de vidro.

De que havia adiantado mentir a si mesma, fingir que o caso de Ramiro e Rute não acontecera, tomar o cuidado de não falar no assunto com ninguém, ainda que lembrasse dele todos os dias? Seu silêncio fora a permissão para Ramiro fazer com Lia o que não fizera com Rute. Dora acariciou a filha até que uma enfermeira decretou o fim da visita. Imersa em sua dor, alheia a tudo mais, Dora deixou a enfermaria, o hospital.

Dora

— Quero falar com o Eliézer. É a mãe dele. ...Sim, moça. Sei que é proibido parente ligar. Mas é coisa de urgência, por favor, coisa de hospital.

Ela transpirava. Nunca se sentia bem ao telefone, muito menos ao aparelho da patroa, que usava agora sem autorização. Mas precisava conversar com o filho. Sentava-se ereta na cadeira de espaldar alto junto da mesa do telefone, no saguão do apartamento de Helga. Indiferente à vista verdejante e ensolarada do fim da tarde. O mesmo não podia dizer dos desenhos nefastos na sala vizinha, para os quais não conseguia olhar sem calafrios. O mal que estava neles transferia-se a quem os fitava. Enquanto esperava pelo filho, forçou-se a baixar os olhos para o tapete, o chão.

— Oi, mãe, que aconteceu?

— Tem de ir no hospital lá de Itapecerica, Eliézer. Lia passou mal, muito, na escola, teve não sei como chama, quando muito sangue sai, e... Tá lá, no hospital. Quero que você fica a noite lá, com o teu irmão.

— O que foi?

— Sua irmã, Eliézer, ela teve coisa de sangue, foi negócio feio... Quero que vocês dorme lá. Lia só sai amanhã.

— E a senhora? Tá no hospital?

— Na casa da Dona Ega. Tenho de acabar o serviço e falar com ela.

— Depois vem no hospital?

— Vou pra casa, filho. Preciso conversar com seu pai.

— A senhora? Ele...

— Preciso de falar com ele, filho. Olha, antes de ir pro hospital, passa em casa, diz pra Rute pegar o Ramirinho e ir dormir com ele na Zumira. Eu preciso de falar com seu pai, só mais eu e ele, Eliézer.

— Mãe, é perigoso.

— Não. Eu sei o que tô fazendo. E você me obedece. Depois de falar com seu pai, vou pra casa da Zumira. Vai ficar apertado lá, hoje. — Dora deu uma pequena risada. — Não se preocupe. Amanhã tudo vai estar direito.

— Promete que não fica lá, sozinha com ele?

— Claro, filho. Não sou... — O que ela não é? Diz a primeira palavra que lhe ocorre: — Não sou bronca, meu filho.

— Cuidado, mãe.

— Olha a Lia e o Ramirinho.

— Quê?

— Cuida dos teus irmão, filho.

— Eu...

— Amanhã, logo cedo, eu vou no hospital, a gente conversa. A vida da nossa família vai ter que mudar, mas pra melhor.

— O que o pai fez, mãe? A Lia, ele...

— Depois a gente conversa, filho. Agora vai trabalhar, que eu tenho muito serviço aqui. Eliézer, cuida das crianças pra mim.

199

O que é ser rio, e correr?

— Tá bom.
— Promete.
— Já prometi, mãe, que saco.
— Não fala assim. Até amanhã.
— Desculpa, mãe. Fique com Deus. Vou desligar. Tão olhando feio.
— Fique com Deus, filho.

Dora levantou-se da cadeira e secou as mãos úmidas na saia. Foi para a área de serviço. Tirou do varal a roupa seca e passou tudo com capricho. Terminou de limpar a cozinha com zelo. Foi difícil entrar no quarto de dormir da patroa, mas controlou o nojo e enfrentou a tarefa. Nesta vida é preciso encarar tudo. Passou depois a arrumar o resto da casa. Tanto empenho pôs no trabalho que em três tempos terminou. Só não chegou perto dos quadros do Tinhoso. Que ficassem sujos. A última tarefa foi guardar a louça e os talheres nos devidos lugares. Sobrou no secador, solitária, a longa faca bífida de cortar carne. Apanhou-a com cuidado pelo cabo e poliu-a com um pano seco. Depois enrolou-a em um retalho do plástico estufado de pequenas bolhas de ar e guardou-a em sua bolsa velha. Foi para o quarto de empregada, tirou o uniforme, vestiu-se, desatou o lenço de cabeça. No banheiro da área de serviço escovou os dentes, lavou o rosto e penteou os cabelos. Desviava os olhos a cada vez que se via espelho. Na cozinha, acendeu a luz, sentou-se numa banqueta e esperou.

A mulher de cabelos vermelhos entrou pela porta dos fundos. Jogou a bolsa e as chaves do carro sobre a mesa e exclamou:
— Nossa, Dora! Ainda aqui? Aconteceu alguma coisa? Tão tarde!
— Precisava falar com a senhora, Dona Ega.
— Amanhã. Estou exausta. Dormi mal, trabalhei como louca.
— Amanhã não venho mais, Dona Ega. Queria minhas conta.
— O quê?
— Hoje foi meu último dia, Dona Ega.
— Como eu posso ficar sem empregada de uma hora pra outra? Tem de avisar antes. Você deve saber o que é aviso prévio.
— Eu não posso trabalhar mais aqui.
— Que aconteceu, Dora? Ninguém larga emprego assim.
— Teve problema lá em casa. Coisa séria. Vou ter de cuidar das coisas. — Não achou que mais dizer e calou. Deu-se conta de que jamais a patroa perguntara por sua família, nunca indagara onde morava, se era casada, se tinha filhos. O pouco que sabia, Dora contara para explicar raras faltas e atrasos. Agora, não sentia vontade de revelar à mulher de cabelos vermelhos — que, além de pendurar na parede desenhos nojentos, era capaz de fazer coisas horríveis — o que havia acontecido com sua filha.
— É um problema tão grave que você precisa se demitir?

Dora, muda, assentiu com um movimento breve. Olharam-se ambas. Helga não conseguiu ignorar, embora a desatenção com que via os outros, o desespero nos olhos da mulata magra e envelhecida. Foi a primeira vez em que de fato viu Dora. E não quis aproximar-se da funda dor.

— Se a senhora não se incomodar, eu queria minhas contas. — Dora falou baixo, voz abafada e firme. O abismo entre patroa e empregada alargou-se. Nada mais foi dito ou perguntado. Ficou claro que aquele seria mesmo o último dia de Dora ali. Bolsa apertada contra o peito, a mulata disse: — A senhora me desculpa o mau jeito.

— Não sei quanto tenho de te pagar, nem sei se tenho dinheiro. Vou falar com meu irmão. Ele é batuta nessas coisas. Espera aí. — A mulher de cabelos vermelhos apanhou a bolsa sobre a mesa e saiu. Dora permaneceu em pé. De novo à espera. Tudo naquele dia haviam sido esperas. Esperara para ser atendida no hospital. Havia esperado até conversar com Lia. Tivera de esperar para que Eliézer atendesse ao telefone. E para que Dona Ega chegasse à casa. Na verdade, não fizera outra coisa na vida. Esperara pelo pai, que nunca conheceu, pelo marido, que só quando lhe dava na veneta ia para casa, sempre para brigar, para bater, para forçar. Esperara pelos filhos. Primeiro para que nascessem. Mais tarde, para que se recuperassem de doenças. Depois, para que voltassem da escola, do serviço. Sempre à espera.

A patroa entrou na cozinha. Encostou-se à mesa e deu uma tragada no cigarro. Depois de soltar a fumaça, olhou atentamente para Dora:

— Quer dizer que você vai embora?

— Sim, senhora.

— Volta amanhã, às onze. Vou pagar. Podia criar caso, você nem me deu aviso prévio. Mas vou pagar. Falei com meu irmão, ele explicou o que devo. Não tenho grana nem cheque, agora. São dez e meia da noite. Isso não é hora. Preciso passar no banco.

— Amanhã, então. Às onze.

— Isso. Daí a gente conversa. Traz a carteira de trabalho.

— A sua chave. — Dora abriu a bolsa. E gelou. A patroa podia ter idéia de examinar o conteúdo. Muitas fazem assim quando a doméstica vai embora. Dora recriminou-se por não ter pensado nisso antes. Nervosa, com dificuldade, tirou do aro de seu magro chaveiro a chave do apartamento. A patroa ficou encostada à mesa, observando, fumando. A mulata estendeu a chave sem nada dizer e fechou a bolsa.

— Dora...

Dona Ega pediria agora para ver a bolsa. O coração da empregada bateu desesperado. Será que poderia impedir a revista? Não imaginou que desculpa poderia dar. Nada lhe passava pela idéia. Como explicar a faca embrulhada em plástico? Respondeu com a voz abafada:

— Sim?

O que é ser rio, e correr?

— Não, nada. Amanhã a gente conversa.
— Até amanhã, Dona Ega.

No ônibus, Dora ainda mantinha a bolsa agarrada contra o corpo. De quando em quando sentia o volume macio esguio e fino envolto em plástico. Parecia ver com os dedos o brilho limpo, o reflexo do metal à luz.
    Ônibus quase vazio. Dora ia sentada. O veículo avançava por ruas desimpedidas. A mulher não atentou para a paisagem. Nem notou a rapidez do transporte. Os sentimentos tumultuados davam lugar a decisões claras. Sabia, como nunca antes, o que tinha de fazer. A primeira coisa, ao entrar em casa, seria escrever — em letras desenhadas com laboriosa inépcia — um bilhete ao filho Eliézer. Tinha o texto pronto na cabeça, para isso haviam servido as longas horas de espera na casa da patroa:
    "Eliézer vai procura dona Ega amanhã onze hora
Ela me deve dinheiro pra mim
Pode telefona o número é esse aí
Leva minha cartera de trabalho".
    Anexaria o cartão que fora dado pela patroa em seu primeiro dia no emprego. Constavam nele os telefones da casa e da redação onde trabalhava Helga Sch... alguma coisa que não se conseguia ler. Deixaria bilhete e cartão em um lugar onde Eliézer não poderia deixar de encontrar. Na bolsa, presos com elástico na carteira surrada onde estavam também seus documentos, a carteira de trabalho e o pouco dinheiro de que dispunha. A viagem seguia rápida. Não demoraria e veriam as luzes do Embu, pertinho, já. Planejara todas as suas ações enquanto esperava por Helga.
    Não iria direto para casa. Entraria antes no bar em que, todas as noites, religiosamente, Ramiro batia o ponto. Não deixava de aparecer lá, chovesse ou houvesse lua, sempre depois da uma da manhã. Dora deixaria um recado para o marido. Não escreveria nada. Pediria ao português do caixa para transmitir a mensagem. Que ele precisava aparecer em casa falar com ela. Que a polícia estava atrás dele. Que sabiam o que tinha feito com a menina. Mais não precisava. Só isso. E Dora avançava pela noite, perscrutava a escuridão, voava acima, adiante, além da condução velha, sonora lataria. Passaram o Embu, seguiram. O veículo deixava atrás pontos nos quais ninguém subia, ninguém descia. A certa altura só levava Dora, o motorista e o cobrador. Este, barrigudo, nariz vermelho, entalado entre ferros, diante da mesa de troco, olhava para ela com um tanto de fastio e outro de desejo. Dora percebeu o olhar, mas não reagiu. Só queria chegar ao seu destino.
    O sangue não tamborilava mais em suas têmporas, o coração sossegara. Respirava devagar, ar para dentro, ar para fora, rodando dentro do breu na trepidante ilha de luz pálida. Estava calma, bem calma. Jamais havia imaginado que seria tão fácil. Repassava na idéia cada um dos passos. Não seria difícil.

Dora

Nada poderia ser mais difícil do que voltar a ver os olhos de Lia. Lembrou das palavras do Senhor: "É minha a vingança". Mas disse para si mesma que não transgrediria a lei. Ao contrário, era a mensageira da vingança. Assim viajava pela noite. Repetia para si, baixinho, as palavras do bilhete — não fosse esquecê-las na hora de escrever! E apalpava o fino e longo e estofado volume no fundo da velha bolsa.

São Paulo
outubro de 1999/fevereiro de 2001

*OUTROS TÍTULOS
DESTA EDITORA*

A ASSINATURA PERDIDA
Aramis Ribeiro Costa

DEZEMBRO DE UM VERÃO MARAVILHOSO
Cadão Volpato

A FARSA DOS MILÊNIOS
Arturo Gouveia

AS FÚRIAS DA MENTE — Viagem pelo horizonte negativo
Teixeira Coelho

JARDIM ZOOLÓGICO
Wilson Bueno

O MAL ABSOLUTO
Arturo Gouveia

MAR PARAGUAYO
Wilson Bueno

O MAR QUE A NOITE ESCONDE
Aramis Ribeiro Costa

METAFORMOSE — Uma viagem pelo imaginário grego
Paulo Leminski

A MUSA ADOLESCENTE
Joaquim Brasil Fontes

NIEMEYER, UM ROMANCE
Teixeira Coelho

POUCAS E BOAS
Celia Cavalheiro

RONDA NOTURNA
Cadão Volpato

SOMBRA SEVERA
Raimundo Carrero

AS SOMBRIAS RUÍNAS DA ALMA
Raimundo Carrero

SOMOS PEDRAS QUE SE CONSOMEM
Raimundo Carrero

Este livro terminou
de ser impresso no dia
29 de maio de 2002
nas oficinas da
Bartira Gráfica e Editora S.A.,
em São Bernardo do Campo, São Paulo.